THE PUSH

我本不该成为母亲

[加拿大]阿什莉·奥德兰——著
李雅欣——译

中信出版集团 | 北京

人们常说，我们在子宫里最先听到的是母亲的心跳声。实际上，最先使我们的听觉器官振动起来的是母亲的血液流经静脉和动脉的声音。即便在耳朵能听见声音前，我们便会跟随这原初的节奏振动。在成为受精卵前，我们以卵子的形态存在于母亲的卵巢中。一个女人的所有卵子都是当她还待在母亲子宫中、仅是四个月大的胚胎时就在她卵巢里形成的。这意味着，我们作为卵子的细胞生命起始于我们外祖母的子宫。我们每个人都在外祖母的子宫中度过了五个月，而外祖母也来自自己外祖母的子宫。在母亲还没出生前，我们就跟随她的血流而振动……

——《当鼓手是女人》

你的家在夜里如此明亮，宛若一室火光。

她选的窗帘看起来像亚麻布，价值不菲。透过疏松的针脚，我常常能感知到你的心绪。我能看到我们的女儿写完作业后甩起马尾辫，我能看到小男孩将网球击向三点五米高的天花板，与此同时你的妻子穿着紧身裤，绕着客厅团团转，收拾一天下来杂乱的屋子。玩具放回篮子里，靠垫放回沙发上。

不过今晚，你没把窗帘拉上。也许是为了看那漫天飞雪，也许这样我们的女儿就能巴望踏雪而来的驯鹿。她早已不信这回事了，但为了你，她会装作相信。为了你，她什么都愿意做。

你们都穿得很漂亮。孩子们身穿格纹衫，坐在皮革矮凳上，你的妻子用手机给他们拍了照。我们的女儿牵着小男孩的手。你正在房间后方摆弄唱片机，妻子在对你说话，但你将食指抬到嘴边，示意你已差不多明白了。我们的女儿蹦蹦跳跳，向上甩动双臂，而你的妻子一把抱起男孩，带着他一起旋转。你举起一杯酒，也许是苏格兰威士忌，抿了一口、两口，接着悄然离开唱片机，仿佛那是个熟睡的孩童。这常常是你们跳舞的前奏。你接过男孩，他的头向后飞仰，你把他的身子上下一翻。女儿伸出双臂，想要爸爸亲一口。妻子拿着你的酒杯，以摇曳的身姿走向圣诞树，将一串歪斜的彩灯理齐。随后你们一同停下，倾身靠拢，齐声说了几个词，心心相印，极具默契，然后又一同开始舞动。这首曲子你非常熟悉。你的妻子悄悄离开房间，她儿子的目光不由自主地追随。我记得那种感觉，被人所需的感觉。

火柴。她拿来火柴，走到装饰精美的壁炉前，点亮了上头的几支蜡烛。不知那盘曲的树枝是真是假，闻起来有没有林场的味道。我将自己的想象放飞片刻：想象今夜当你们睡得正香时，那些树枝燃起熊熊烈火；想象你家的光亮由温暖的黄油色转为赤红——灼热、爆裂、置人于死地的赤红。

男孩捡起一根铁拨火棍，还没等你或你的妻子注意到，就被我们的女儿一掌拍开。她是个好姐姐，好帮手，守护者。

我很少留下来看那么久，但今晚的你们实在太过美好，我移不开目光，挪不动脚步。雪花飞扬。这是能捏雪球、堆雪人的雪，这是女儿会在明天清晨想出门玩的雪。十二岁对于躺在雪地上画雪天使[1]来说，还不算太大的年纪。我打开雨刮器，调

1 雪天使：一种雪地游戏，指仰卧在雪上，张开双臂双腿呈扇形滑动，在雪地上画出天使的形状。（如无特殊说明，书中脚注均为译者注。）

高空调温度，瞟见数字时钟从 7：29 跳到 7：30。这个点曾是我们一起看《极地特快》的时间，穿着连袜式圣诞睡衣的女儿在我们身旁。那本书被我放到哪儿了呢？不知你是不是也有一本。

你的妻子正坐在椅子上，看着你们三人绕着屋子欢蹦乱跳。她扑哧一笑，把披散的鬈曲长发拢到一侧，举起你的酒杯闻了闻，又放了下去，然后又微微一笑。你背对着她，看不到我眼中的这一幕：她一手放在小腹上，极其轻柔地抚摩着，垂下目光，忘我般地想着那在她体内生长的小东西。仅是一团细胞，却又包罗万象。你转过身，她的思绪回到屋里，回到她所爱之人的身上。

明早她就会告诉你。

我还是那么了解她。

我垂下目光，戴上手套。抬眸之际，我看到我们的女儿正站在敞开的前门口，脸蛋被门牌号上的灯泡照得半亮，手中的盘子上放着胡萝卜尖，还有曲奇。你们会在门廊的瓷砖上留一些食物碎屑。你会配合她一起玩，她也一样。你们什么都愿意为彼此做。

她正看着我，目光直视坐在车里的我。她的身子抖了抖。你的妻子为她买的裙子太小了，我第一次看到她正在发育的臀部和正在鼓起的胸脯。她单手优雅地将马尾辫拢到一侧肩膀上，这是女人的姿态，接着把手覆到小腹上，就像你妻子刚才的动作。出于本能。没错，亲爱的，这就是一切起始与结束的地方。

我觉得这是她生来第一次与我相像。

我摇下车窗，抬起手，一声问候，无声的问候。她把盘子放到脚边，再次站起身看向我，随后缓缓转身走进屋内，走向你，走向她的家庭。我等待着窗帘被猛地拉起，等待你来到门口，弄明白我他妈到底为何将车停靠在你家旁边。如果那样的话，我能说些什么吗？我很孤独？我很想她？我值得做你那温馨明亮的家中的母亲？

可她没有这么做。她蹦蹦跳跳回到客厅，你正在哄你妻子从椅子上起身。你们身子相贴，亲密共舞，你挑逗地抚摩着她的后背，而我们的女儿牵起男孩的手，带他走到客厅的窗子中央，如同舞台中央最夺目的演员。一家人就像一幅精心构图的画。

他长得很像萨姆，眼睛特别像，发梢打个小卷的顺滑黑发也很像。我曾用手指一次又一次地绕那些小卷。

我感到恶心。

我们的女儿正在窗边凝视着我，手搭在你儿子的肩膀上。她弯下腰，亲了亲你儿子的脸颊，接着又亲了一下，又一下。男孩很享受这般爱意，早对此习以为常。他指着窗外的落雪，可我们的女儿一直看着我。她揉了揉男孩的肩头，像是在给他温暖，就像一个母亲一样。

你来到窗边，跪下身到与男孩平视的高度，看向窗外，接着望向上空。我的车没有吸引你的注意。你像你儿子一样指向纷纷扬扬的雪花，用手指在天空中划过一道弧线，为你的儿子讲雪橇，讲麋鹿。他的目光寻遍夜空，试图找到你所描绘的东西。你逗弄地弹了弹他的下巴。我们女儿的目光仍牢牢锁定在我身上。我发现自己正靠在车座上。我咽了口唾沫，最终将目光从她身上移开。她总是赢家。

我再次转头看，她仍在那儿，望着我的车。

我以为她打算拉窗帘，可她没有。这回我一直看着她，我拿起副驾驶上厚厚的一沓稿件，感受到了自己文字的力量。

我来这儿把这沓稿件交给你。

这是以我的视角所见的故事。

01

你将椅子滑过来，用铅笔末端轻点我的课本，我凝视着纸页，犹豫要不要抬头。“你好？”我像接电话一样回应，把你给逗笑了。我们并肩而坐，情不自禁地笑了起来。学校图书馆，素不相识的两人，修习同一门选修课。这门课一定有上百个学生，因为我从没见过你。你用铅笔绕着盖过眼睛的打卷儿发梢。你的名字很特别。到了傍晚，你同我一起走回宿舍，一路上我俩都没怎么说话。你没有掩饰对我的一见钟情，时常对着我笑。我也从未遇到过一个对我如此关注的人。你在我的宿舍外吻了我的手，我俩又不由笑开了怀。

不久后我们到了二十一岁，变得形影不离。再不到一年就要毕业了。我们曾在我宿舍的床板上同眠共枕，也曾分坐在沙发两侧双腿交缠。我们曾和你的朋友们一起去酒吧，但我俩总会早早回家，在床上感受彼此历久弥新的温暖。我很少喝酒，你也厌倦聚会——你只想要我。我的世界中没有我太在意的人。我的朋友圈不大，大多是点头之交，因为我专注于稳住成绩拿奖学金，没有时间和兴趣投入典型的大学社交生活。好几年来，我没和任何人发展过特别亲密的关系，直到遇见你。你给予了我与众不同的东西。我们脱离了社交轨道，彼此需要且幸福快乐。

你给予我的安适感令我着迷。遇见你时我一无所有，你轻而易举就成了我的全部，但这不是说你不值得——你完全值得。你温柔、体贴又可靠。我将自己的作家梦第一个告诉了你，你回应我:“不然你还会成为什么呢？”其他女生看见我们时目光中的嫉妒令我美滋滋的。夜里当你入睡，我会闻着你顺滑黑发的气味；早晨当你醒来，我会抚摩你毛茸茸的下颌线。我对你上了瘾。

我生日那天，你为我写下了爱我的一百条理由。……14. 我喜欢你睡着时轻微的鼾声。……27. 我喜欢你漂亮的字。……39. 我喜欢在你背上描自己的名字。……59. 我喜欢和你在去教室的路上共享一个松饼。……72. 我喜欢你周日醒来时的小情绪。……80. 我喜欢看见你读完一本好书，然后把书抵在胸口。……92. 我喜欢你成为一个好母亲的潜质。……

“你为什么觉得我会成为一个好母亲？”我放下手中的列表，一瞬间觉得你可能根本不了解我。

“你为什么没法成为一个好母亲？”你笑嘻嘻地戳着我的肚子，“你那么善解人意，甜美可亲，我都等不及和你生下几个小宝宝了。”

除了强颜欢笑我什么也做不了。

我再未遇见一个心同你一样满怀热忱的人。

“终有一日你会明白，布莱丝。我们家族的女人……注定与常人不同。”

我依然能看见香烟滤嘴上母亲橘红色的唇印。烟灰落入杯子，漂浮在最后一口橙汁上。面包烤焦的味道。

关于我母亲塞西莉亚，你只偶尔在某些场合问到过几次。在这个话题上我只跟你说了这些事实：一、她在我十一岁时离开；二、在那之后我只见过她两次；三、我不知道她现在在哪儿。

你知道我有所保留，但你从未逼问——你害怕可能会听到的真相。我们有权对彼此和自身有所期望，对母亲一事也不例外。我们都想要一位好母亲，需要一位好母亲，期望拥有、娶到或成为一位好母亲。

1939
|
1958

埃塔出生的那一天恰逢第二次世界大战爆发，她脸蛋红扑扑，身子肉嘟嘟，双眸犹如大西洋一般。

埃塔爱上了她遇见的第一个男孩，镇上医生的儿子路易斯。路易斯安静温柔，谈吐谦和，不同于埃塔认识的其他男孩，而且他还不在乎埃塔没有那么天生丽质。从他们上学的第一天起到最后一日，路易斯每天都会与埃塔一同走去学校，一手背在身后。就是这些点打动了埃塔。

埃塔家坐拥上千英亩玉米田。埃塔十八岁时跟父亲说她想嫁给路易斯，可她父亲硬要准女婿学习耕作。他没有儿子，因此想让路易斯来继承家业，可埃塔觉得父亲只想向年轻小伙证明一点——耕作是硬活儿，值得敬重，不是手无缚鸡之力的文弱书生能胜任的，而女儿偏偏选了个和自己迥然不同的男人。

路易斯追随自己的父亲走上从医之路，他还获得了医学院的奖学金，但比起行医执照，他更想执起埃塔的手步入婚姻殿堂。可埃塔的父亲不顾埃塔求情，简直把路易斯当牲口使。路易斯得每天凌晨四点起床，到挂着露珠的田间干活儿，一直忙活到天黑。埃塔常对他人说，路易斯一次都没抱怨过。他默默卖掉了父亲传给他的医疗包和医书，把钱存入厨台上的储蓄罐。他告诉埃塔，这是给将来的孩子存下的大学基金。埃塔觉得，这足以说明路易斯是个多么无私的男人了。

初秋的一天，太阳还没升起，路易斯被青贮饲料撒料车上的搅拌装置截断了腿，孤单一人，在玉米田间失血而死。埃塔的父亲发现了他，让埃塔去谷仓取来防水帆布盖住他的尸体。埃塔把路易斯的断腿抬到农舍，找到往水桶里倒水正想清洗撒料车血迹的父亲，冲着他的头就扔了上去。

她还没有告诉家人，有个小孩已在她肚子里生长。她体格高大，超重七十磅[1]都没人发现她怀孕。四个月后，小女婴塞西莉亚在一场暴风雪中降生在厨房的地板上。当埃塔使劲生孩子时，她一直凝视着厨台上的储蓄罐。

埃塔和塞西莉亚在农场上过着平静的生活，很少进城。一旦进城，就得顶着他人的窃窃私语，说她是个“神经失常”的女人。在那些日子里，人们没有多说些什么，也没有多质疑什么。路易斯的父亲定时定量给埃塔母亲镇

七十磅：约合31.75公斤。——编者注

静类药物，让她看情况给埃塔服用。因此大多数日子里，埃塔都躺在她从小睡到大的小铜床上休养，由她的母亲照顾塞西莉亚。

但埃塔很快意识到，再这么继续病恹恹地躺下去，她永远都遇不到另一个男人。她开始正常地好好生活，甚至照料起塞西莉亚，用婴儿车推着她在镇上转，而那可怜的小女孩却哭喊着要她的祖母。埃塔告诉大家，孩子染了病，有严重的慢性胃痛，几个月都没法好好进食，所以才这么瘦。没人相信，但埃塔也不在乎闲言碎语。那时她才刚刚遇到亨利。

亨利是小镇的新来客，和埃塔去同样的教堂，管理着一家糖果制造厂的六十名员工。自遇见埃塔的第一刻起，他就一直与她过得很甜蜜——他喜欢小宝宝，而塞西莉亚又特别可爱。她终于不再是大家所说的那个问题所在了。

不久后，亨利为一家人在小镇中心买了一栋薄荷绿镶边的都铎风格小屋。埃塔告别了那张铜床，掉下去的体重又长了回去。她全身心投入，将这栋房子打造成自己的家。门廊精心修建，添了个秋千，每扇窗都挂上了蕾丝窗帘，烤炉里总放着巧克力曲奇饼。有一天，客厅的新家具被错送到了邻居家，邻居没订购，却让送货员在自家地下室组装了那些家具。埃塔听到风声，赶忙冲上大街追着卡车跑，骂着脏话，身穿家居服，头上还别着卷发卡，逗得大伙儿哈哈大笑，最后，连埃塔自己也笑了。

她竭尽全力，成为大家所期待的女性，一位好妻子，一位好母亲。

似乎一切看上去都会好起来。

02

回想我们的开始，跃入我脑海的是这些人和这些事：

你的母亲和父亲。这对其他人来说可能无足轻重，但你将你的家人带给了我，我唯一的家人。那些出手大方的礼物，还有那些让我们去阳光明媚的地方度假的机票。你父母的房子总是散发着洗熨后的亚麻布暖暖的味道，每次去我都不想离开。你母亲抚摩我发梢时的温柔让我想窝到她的怀里。有时，我会觉得她爱我和爱你一样多。

他们什么也没问便接受了我父亲的事，在他拒绝假期邀约后也没过多评判，这份体贴令我感激不尽。塞西莉亚，当然，从未被提起过。你早已考虑到这事，在把我带回家前就提前和父母交代过。（她是个好姑娘，她真的很好，但你们最好先知道……）我的家庭从未成为你们茶余饭后的八卦话题。唯有愉悦是你们之间的主旋律。

你们都太完美了。

你叫妹妹“亲爱的”，她很崇拜你。你每晚都会给家里打电话，我会在走廊里听，希望能听清你母亲到底说了什么，让你笑得那么开心。你隔周回一次家，帮你父亲忙里忙外。你会与人拥抱，你会照顾你的堂表弟妹，你知道你母亲独家的香蕉面包配方，你每年在父母的结婚纪念日给他们寄卡片。而我的父母却连他们的婚礼都没提过。

我的父亲。在那年感恩节我发信息跟他说不回去的时候，连信息都没回。但我对你撒谎说我父亲很开心我遇到了心仪的人，还让我代他向你们家送上最美好的祝愿。事实上，和你相遇后，我和父亲就很少联系了，只通过电话答录机交流，即便如此，也不过是些惹人生厌的泛泛而谈，我都不好意思让你听见。我依然不知道我和父亲的关系是如何走到这一地步的。这样的谎言是必要的，如同我对你说过的许多零零碎碎的谎言，这样你才不会怀疑我的家庭有多么千疮百孔。家庭对你而言太过重要，关于我家庭的真相可能会改变你对我的看法，无论你我都不能冒这个险。

第一套公寓。我最爱清晨时的你，你把被单拉过头顶赖床的样子，还有你残留在枕套上的浓厚的男孩子气。那时我醒得很早，常常太阳还没升起就起床了，然后到厨房尽头的餐桌上写作，那地方总是冷得要死。我穿着你的晨袍，端着陶瓷杯喝茶，那个陶瓷杯是我在一个陶器工坊为你绘制的。再过一会儿，当楼层渐渐温暖，百叶窗后的光足够你看清我的皮肤肌理后，你会急切地呼唤我的名字，把我拉回床上，我们会尝试——你大胆而果敢，比我更早了解我的身体能做到什么。你令我着迷，因为你的自信、你的耐心，和你对我原始的渴求。

和格雷丝共度的夜晚。格雷丝是我的大学好友，毕业后我仍与她保持联系，但我没表现出我与她有多亲密，因为你有些嫉妒我俩共处的时间太长，还总在一起喝酒，虽然就女性间的友谊而言，我给予她的实在不算多。不过，在她还单身时，你仍在情人节给我俩都送了花。我大概一个月邀请她来吃一次晚饭，你会像个第三者一样，坐在倒扣的垃圾桶上。晚饭那天，你常会在回家的路上驻足，带一瓶上好的葡萄酒回来。当我和格雷丝谈八卦谈得甚欢，或当她掏出烟，你便会礼貌地致歉离开，然后翻开一本书。有天晚上，我们在屋里抽烟，你与妹妹通电话的声音从阳台上传来（我想是她？）。你妹妹刚和男朋友分手，便打电话给自己如密友知己一般的哥哥倾诉。格雷丝问我你有哪里不好。床上功夫差？脾气臭？总能说出几点吧，因为没有男人可以如此完美。可真的没有，我心知肚明。我想这就是“运气”的意思。我运气很好，我拥有的不多，但我拥有你。

我们的工作。我们很少谈论彼此的工作。我羡慕你不断升职，事业有成，你也知道这一点，因为你对我俩在职业和收入上的差异很敏感。你在挣钱，而我在做梦。自毕业后，除了几个兼职的小项目，我几乎一事无成，但你仍对我大力支持，还给了我一张信用卡，只对我说：“想买什么尽管刷卡。”那时你早已受雇于一家建筑公司，并在我写完三个短篇故事的时间里晋升了两次。这三个故事都没发表。你离家去上班的样子好似你属于另一个人。

拒稿的消息来得不出所料。这是进步的过程，你总是温和地开导我。总要经历的。你无条件的信任就像魔法一样，奇妙无比。我迫切地想证明我和你所想的一样优秀。“读给我听，不管你今天写了什么，都读来听听！”我总是让你求我，你会在我佯装愤怒然后同意后低声轻笑。这傻乎乎的一幕常常上演。晚餐后，你会蜷缩在沙发上，浑身脱力，连办公室的衣服都不换。当我阅读自己的作品时，你会闭上眼睛，在听到最出彩的句子时莞尔一笑。

那天晚上，我向你展示了我发表的第一个故事，你双手颤抖接过这本厚重的杂志。我时常回想起那一幕，回想起你为我而骄傲。几年后，我会再度看到那双颤抖的手，捧着她湿湿的小脑袋，那小脑袋上沾着我的血。

不过在那之前：

你在我二十五岁生日那天向我求婚。

你给了我一枚戒指，这枚戒指我现在依然时常戴在左手上。

03

我从未问过你喜不喜欢我的婚纱。我在一家二手商店的橱窗看到了这件婚纱，随后和你母亲一起逛高级服装店时还对其念念不忘。你从未像一些在婚礼圣坛上大汗淋漓、双腿颤抖的虔诚新郎一样对我低语：你看起来真美。当我们藏在红色砖墙后，等待飘然降临露天婚宴场地时，你从未提及我的婚纱。来宾正在畅饮实惠的普罗塞克起泡酒，谈论天有多热，期待下一份开胃小食什么时候上桌。你的眼睛离不开我粉嫩光洁的脸颊。你让我几乎移不开目光。

那是你最为帅气的时刻，现在当我闭上眼睛，仍能看到你站在我面前——二十六岁的你有光亮的皮肤，打卷的头发依然垂落额头。我敢说你那时的双颊仍残留着青春期的肉感。

一整晚，我们紧握彼此的手。

那时，我们对彼此，对彼此将会成为什么样的人知之甚少。

那时我俩之间的问题根本不及我手中花束里雏菊花瓣的数目，但过不了多久，我们就会迷失在一大片雏菊原野之中。

* * *

“不用安排新娘家人的座席。”我偶然间听到婚礼策划师低声告诉负责摆放折叠椅和席次牌的男子。男子轻轻点头以示了解。

婚礼前，你的父母将他们的结婚戒指放在一个银色蚌壳里，送给了我们。戒指是你曾祖母所爱的男人送给她的，那位男子上了战场，一去不返。戒指内侧刻有那位男子对你曾祖母爱的宣言：维奥莱特，你终会找到我的。你曾说：“她的名字多美啊。”

你母亲披着一件典雅的银白色披肩，向我们敬酒：“婚姻会分崩离析，而身在其中却难以意识到离婚姻破裂还有多远，直到崩溃的那一刹那。覆水难收，仿佛再也无法回到起始之处。”她顿了顿，看向我：“闭上眼睛，倾听此时此刻彼此的心跳，你们终究会找到对方，找到海岸。”她牵起你父亲的手，你起身举杯。

那天晚上，我们做了爱，就像大多数夫妻那样。我们筋疲力尽，却感到无比真实。我们有一对婚礼戒指，一张婚宴承办方开的账单和一阵肾上腺素分泌过度后的头疼。

我最诚挚的朋友，我的灵魂伴侣，我将执起你的手，与你共度余生。千万个日日夜夜，我们同甘共苦，风雨同舟。你，福克斯·康纳，是我的爱人。我会对你忠贞不渝。

几年后，女儿看着我把婚纱塞进汽车后备厢。我要把这件婚纱送回原先那家二手店。

04

随后几年的生活，我记得一清二楚。

在我们的维奥莱特降生前的那些年。

我们很晚才吃晚饭，坐在长沙发上，边吃边看时政节目，每天晚上与安德森·库珀不见不散，在黑色大理石咖啡桌上吃着辛辣外卖，看着世间的罪恶角落。我们会在周末下午两点喝下几杯滋滋冒泡的酒，喝完后打个盹儿，直到几小时后被人们外出去酒吧的声音吵醒。我们做爱。我们给彼此理发。我阅读报纸的旅游版面，琢磨我们下次要去哪里旅行，感觉自己在做实打实的研究。我手中拿着暖手冒着泡的热饮，在价格不菲的商店里闲逛浏览。我在冬日里戴着昂贵的意大利皮革手套。你和朋友们打高尔夫。我关心政治！我们相拥在休闲躺椅上，互相爱抚，觉得在一起是如此幸福。电影是个我看得下去的东西，能把我的思绪带离坐在原地的身躯。生活不再那么本能化。灵感熠熠生辉，词句泉涌而至！你让音乐响彻整个屋子，那些很新锐的调子，是你跟别人在满是成年人的场所里小酌时，听人提到的艺术家的创作。洗衣皂不是有机的，所以我们的衣服总散发着一股不自然的山间气味。我们去登山。你问我些写作上的事。我从没正眼看过另一个男人，并脑补跟他做爱的样子。你每天开着一辆很不实用的车，直到一年中的第四场或第五场雪。你想养一条狗，街上的狗常让我们不由停下脚步去挠它们的脖子。公园不是我逃脱家务的唯一解压场所。我们读的书没有插图。我们没想过电视荧光屏对大脑的影响。我们那时也不知道，原来孩子最喜欢的东西，是那些专门为了成人使用而制造的产品。我们以为我们了解彼此，还以为我们了解自己。

05

那年夏天，我二十七岁。阳台上有两张久经日晒雨淋的折叠椅，阳台下是我们家和隔壁邻居家之间的小巷。我系在白色纸灯笼上的系带不知怎的，让下方飘上来的那股令人毛骨悚然的热垃圾的味道变得更易察觉。你在我们正喝着玻璃杯中清冽的白葡萄酒时，对我说了这句话："我们试试吧，今晚。"

我们谈过这件事，已经好多次了。每当我抱起别人的小宝宝，或跪下身和孩子们玩耍，你都乐不可支。很自然嘛，你很适合做母亲。你这么对我说，但我仍在想象，做母亲，那会是什么样的呢，会有怎样的感受呢？

我会和我母亲不同。我会做得和其他过得顺心如意的母亲一样。我母亲做不到的，我都能做到。

那些日子，我压根没想过我母亲，我确定这事不会发生。当她不约而至时，我就当她是落在橙汁里的灰尘，把她吹走。

在那年夏天之前，我们租了一间更大的公寓，带有次卧，公寓楼有一台运行极其缓慢的电梯。先前住的大楼没有，推婴儿车很不方便。碰见和小宝宝有关的东西时，我们总是有意无意地提醒彼此，一个眼神，一个手势，但从未明示。商店橱窗里时髦的童装，哥哥姐姐尽职地牵着小弟弟小妹妹。那时有期待。那时有希望。几个月前，我就已经开始更认真地关注经期，记录排卵期，在日程表上做记号了。有一天，我发现记录表上多了个提示受孕的小笑脸。你的激动十分可爱。你会成为一个好爸爸，而我会成为你孩子的好妈妈。

我回顾过去，惊讶于自己当时的自信。多年以来，我一直在你面前装出完美的样子。我不再感觉自己是我母亲的女儿，我感觉我是你的妻子。我想让你幸福，我想成为一个和自己母亲不同的人，所以，我也想要个孩子。

06

埃林顿一家。他们家离我小时候长大的房子隔了三户。在干燥无情的夏日，只有他家的草坪一直绿意葱茏。在塞西莉亚离开我整七十二小时的时候，埃林顿太太敲响了我家的门。父亲依然鼾声震天，躺在他当床睡了整整一年的沙发上。一小时前我才后知后觉，母亲这回不会再回家了。我翻遍了她在卫生间的梳妆台和抽屉，还有她堆放香烟盒的地方，所有她在乎的东西都不见了。我那个时候就已经很清楚，别去问父亲她的去向了。

“布莱丝，你想来我们家共享一顿美味的周日烤肉大餐吗？”埃林顿太太有一头闪亮密实的鬈发，定型完美，一看就是刚在美发厅做好的发型。我情不自禁地点了点头，道了句谢谢。随后我径直走向洗衣间，把我最漂亮的衣服——一件海军蓝的套头衫和一件彩虹条纹的高领毛衣——放进了洗衣机。我想过要不要问她我父亲能否一同前去，但埃林顿太太是我认识的在社交上最圆润随和的人，如果她没邀请我父亲，那一定有她的原因。

小托马斯·埃林顿是我最好的朋友，我已经不记得具体是什么时候为他冠以如此名号，不过，在我十岁的时候，他就已经是唯一我乐意一起玩耍的伙伴了。同龄的女孩总让我不自在，因为我的生活和她们的相比差别太大——她们的玩具烤炉，手工头饰，从不穿错的袜子，还有她们的母亲，都与我不同。我很小就知道，和常人不同的感觉一点也不好。

但埃林顿一家让我觉得很舒服。

既然埃林顿太太来邀请我，那她一定从哪儿知道了我母亲出走的事，因为我母亲从不允许我去埃林顿家吃晚饭。母亲还立过一个规矩，要求我每晚差一刻五点前必须回家，尽管这个家根本没啥可回的：炉子总是冷冰冰的，冰箱也总是空荡荡的。在母亲离去前，父亲和我的晚餐几乎都是用即食燕麦片打发的。父亲会带几包小袋装红糖回家撒到燕麦片上，这些红糖是他从他工作的那家医院的咖啡角顺到兜里的，他在那家医院管理一个卫生团队，挣着体面的钱。至少以当地标准来看，算是很不错了。只不过，我们的生活看起来却远没有那么体面。

我不知什么时候学到，受邀参加晚宴时应该带点东西以表敬意，我便从前院的花丛中剪下一团绣球花。尽管时值九月末，大多数白色的花瓣已经脆了。我用头绳捆起绣球花的茎部。

“这位年轻的女士，你总是想得那么周全。”埃林顿太太对我说。绣球花被插进一个蓝色的玻璃花瓶，小心翼翼地置于餐桌上热气腾腾的饭菜之中。

托马斯的小弟弟丹尼尔很喜欢我。我放学后常常和丹尼尔在客厅一起玩小火车，与此同时托马斯会在母亲的陪同下写作业。我自己的作业一般会在八点之后写，那时塞西莉亚要么已经上床睡觉，要么已经出门到城里过夜生活。她经常这样，第一天晚上到城里去，第二天再回家。所以我喜欢拖到晚一点再写作业，好有点事做以待眼睛渐渐发酸。小甜心丹尼尔简直太让我喜欢了，他说起话来像个小大人，五岁时就学会了乘法。我俩一同坐在埃林顿家惹人发痒的橙色地毯上玩耍，我会拿乘法表考他，惊讶于他怎么那么聪明。埃林顿太太会突然冒出脑袋，听我们在聊什么，还常常在走之前摸摸我俩的头。两个小不点儿，干得不错。

托马斯也很聪明，不过体现在别的方面。他能编出妙趣横生的故事。埃林顿太太从街角商店为我们买了小型螺旋笔记本，我们会在笔记本上写下他编的故事，并为每一页配上插图。每一本书都要花上几个星期。我们会煞费苦心地谈论每一段故事该配什么插图，然后花时间在开工前削好一整盒彩铅。托马斯曾送了我一本，那本的故事很特别，深得我心。故事里的家庭中有个漂亮温柔的母亲，她患上了罕见的致命水痘，变得奄奄一息。最后一次家庭旅行，一家人来到一个远在天边的小岛，并在小岛的沙地上发现一只名叫乔治的魔法小地精。乔治许诺送他们一份蕴含超自然之力的特别礼物，条件是他们得把它塞进行李箱带回家，带它到世界另一端看一看。一家人同意了，乔治便低声吟唱，给予了他们日思夜想的渴求之物——你们的母亲将获得永生，时间之末才会终老。每当你们伤心难过，开口吟唱这首歌谣！地精住在母亲的口袋里，愉悦地度过了余下的永恒。我在这本书上用心描绘出这个家庭——这个家就像埃林顿一家，不过多了第三个孩子，一个像我一样的桃色皮肤的女孩。

一天早晨，我发现母亲坐在我的床沿，翻阅这本被我藏在抽屉深处的书。

“这是从哪儿来的？”她头也不抬地问。

“我做的，和托马斯一起，在他家。”我伸出手，想从她手里夺回我的书，伸手的动作无比渴切，如同哀求。她使劲抽回书，砸向我的头，仿佛这螺旋笔记本里打着孔的纸页，还有纸上所写所绘的一切都让她恶心。书角磕到了我的下巴，书落在我俩中间的地板上。我凝视着书，无比羞愧，为母亲不喜欢的配图，为我对她的隐瞒。

母亲站起身走出我的房间，挺直纤细的脖子，昂首挺胸，肩膀后张，轻轻带上了门。

第二天，我把这本书带回了托马斯家。

“你为什么不想留着？你不是为你们俩的共同成果感到非常自豪吗？”埃林顿太太接过我手中的书，看到几处折痕。她轻柔地抚摩封皮，说：“没事的。”她摇了摇头，以示我不必多加解释。“你可以把它放在这里。”

她把这本书放回客厅的书架。那天离开时，我留意到她把书翻开到最后一页，正对着房间——一家五口，连我在内，我们互相挽着胳膊，美丽的母亲站在中心微笑，小小的爱心从她身上迸射而出。

在我母亲离开后的那顿周日晚餐后，我主动帮埃林顿太太洗盘子。她打开唱片机，一边哼唱，一边清理餐桌和厨台。我冲洗着碗碟，余光怯生生地瞄着她。她忽然停下，拿起厨台上那只微波炉隔热手套，调皮地看了我一眼，戴上隔热手套，把手背在脑后。

“布莱丝小姐。”她声音很高，怪腔怪调，手像木偶一样移动，“我们诚邀莅临埃林顿餐后脱口秀的各位贵宾回答几个问题。和我们说说，你有什么爱好吗？比如看电影？”

我尴尬地笑了笑，不知如何配合。“嗯，算是吧，偶尔。”我从没去看过电影，也从没和木偶对话过。我目光下移，摆弄着水池里的碗碟。托马斯高声尖叫着跑进厨房：“妈妈又在开脱口秀啦！”丹尼尔跟在后面：“问我问题，问我！”埃林顿太太站在原地，一手背在身后，一手操纵着木偶的嘴一张一合，尖细的声音从她嘴角传出来。埃林顿先生饶有兴致地抬头看。

“听着，丹尼尔，你最喜欢吃什么？不许回答冰激凌！”木偶问。丹尼尔上蹿下跳，冥思苦想，托马斯忍不住抢答：“是派！我知道他喜欢吃派！”木偶吸了口气。“派！也就是说，不是馅饼菜[1]咯！这让我想快乐地嘟嘟叫！”男孩们兴奋得又是笑又是叫。我听着他们继续回答。这是我前所未有的感受。说来就来的互动，傻气而舒心。埃林顿太太看到我站在水池边看，勾了勾手指示意我过去。她把隔热手套盖在我手上，说：“今晚还有一位嘉宾主持！千载难逢哟！”接着她对我低声耳语：“上吧，问问男孩们他们更想吃什么，是吃虫子呢，还是吃其他人的鼻屎？”我扑哧一声笑了出来。她转了转眼珠，笑了笑，像是在说：相信我，那俩傻孩子，他们超喜欢这种问题。

那天晚上，她陪我走回家，这是她第一次这么做。我家的灯都关了。她看着我拧开门锁，确认我父亲的鞋在门廊里，接着从口袋里掏出那本关于魔法小地精的书，递给我。

“我想现在你应该想要回它了。”

没错。我用大拇指翻动纸页，那天晚上，我第一次想到了我的母亲。

我再次感谢埃林顿太太邀请我吃晚饭。她走到我家车道的尽头，转过身大喊：“下周同一时间！提前说好咯。”我猜她早有预想。

1　馅饼菜：此处用了 Rhubarb 一词，既有馅饼菜的意思，也是演员们在舞台表演时，为了制造人声嘈杂的效果而重复说的词。——编者注

07

她在我体内的那一刻，我就知道了。她的温度填满了我，我知道。我不怪你觉得我一定是疯了。不过，就在差不多三周后，我们便一起在卫生间的地板上放声大笑，像醉酒的傻瓜一样。一切都变了。记得吗？你那天翘班了，我们一同躺在床上看电影，每顿都点了外卖，只想每分每秒在一起。你，我，还有她。我知道她是个女孩。

我无法继续写作。每回我试图专注，思维总会涣散，不由自主地想象她会长什么样，会是个怎样的孩子。

我开始参加产前训练班。每堂课一开始，我们会围坐成圈，自我介绍，说一说肚子里的宝宝几个月了。跟着教练做看起来可有可无的有氧运动时，我盯着镜子中其他母亲的肚子，对即将到来的事期待万分。我还没有显怀，但我已经迫不及待地想看到她为自己创造出更多的空间，在我的肚子里，在这个世界上。

在城市里游逛的日子变得与往日不同。我有了一个秘密。我期待别人用不同的眼光看我。我想抚摩自己尚且平坦的小腹说:“我要当妈妈了。这就是现在的我。”我沉浸其中。

* * *

有一天，我在图书馆的“妊娠和分娩”专区翻看各种书，待了几小时。我刚来不久的时候，一个女人走到我身边，目光从一溜书的书脊上扫过，抽出一本一看就有很多人借阅过的睡眠指南。

“几个月了？”

“六个月。”她在目录页上飞速滑动手指，接着看了眼我的肚子，又上移目光看向我的脸，“你呢？”

“二十一周。”我们相互点头致意。她看上去像个以前会自制康普茶，早上六点去上动感单车课，而现在安于剩菜糊和步行去商店买尿布的人。“我还没想过睡眠的事。”

“第一胎吗？”

我点点头，微微一笑。

“我这是第二胎。”女人举起手中的书，“跟你实话说吧，只要解决睡眠问题，你就会过得还算不错。其他的都不是问题。头一次，我就没搞定这事。”

我流露出些许笑意，感谢她的指点。一声孩子的哭号破空而出，从图书馆的另一端传来，她叹了口气。

“那是我的娃。”她屈肘指了指后方，接着从书架上抽下一本和她手中那本一样的书，递到我手里。我注意到她手上有粉色彩笔印。“祝你好运。”

从她一步步远去的背影看，她很丰润，散发着母性气息，臀部宽大，蓬乱的齐肩披发看来是失眠所致。在我眼中，她俨然就是一位母亲。是因为她的模样，或者举止？是因为她看上去比我要操心更多的事？这样的转变，何时会发生在我身上？我会如何变化呢？

08

“福克斯，过来看看。”这是你母亲自得知我们有孩子后寄来的第三个超大的盒子。她的兴奋劲一直没减弱，每周都来电话问我感觉如何。我拿出盒子里花哨的包巾、编织婴儿帽和白色迷你睡衣。盒子底部有个独立的包裹，包裹上写着“福克斯小时候的东西”，里面有一只眼睛是纽扣的破旧泰迪熊，一块线头外露的法兰绒毛毯，能依稀看到丝绸边缘原来象牙白的本色，包裹里还有一个小瓷人，是一个坐在月亮上的小男孩，身上用精美的金色字体文着你的名字。我将泰迪熊拿起来闻了闻，又送到你的鼻子边。你开始追忆往事。我漫不经心地听着，一边在自己的过往中寻找类似的物件，毛毯、毛绒玩具、喜欢的书之类的东西，可什么也找不到。

“你觉得我们能做到吗？”那天吃晚饭时，我一边搅着盘子里的菜肴，一边问你。自怀孕后，我几乎一见肉就反胃。

“做到什么？”

“成为父母，养育孩子。”

你靠过来，用手中的叉子戳起我的牛肉。

“布莱丝，你会成为一个好妈妈。”

你在我手背上描出爱心的形状。

“你知道，我妈她……她不是……离开了吗？和你妈完全不同。”

“我知道。”你沉默了。你本可以问我更多的事。你本可以握住我的手，直视我的眼睛，让我继续往下说。你把我的盘子拿到水池里。

“你不同。”你终于开口，从身后抱住我，语气中的愤怒完全出乎我的意料，“你和她不一样。”

我相信了你。每当我相信你时，生活就变得容易得多。

在那之后，我们依偎在沙发上，你抚摩着我的小腹，仿佛世界尽在你的掌心之下。我们喜欢一同凝视我被撑开的皮肤，看着皮肤下的青绿色血管，等待女儿的胎动。有些父亲喜欢对妻子的小腹说话——人们说宝宝能听见。但当我们等待女儿示意她就在肚子里时，你却默不作声，心存敬畏，仿佛她是一场让你难以置信的梦。

09

“应该就是今天了。”

一大早，肚子里的宝宝沉得像在下坠。我做了一晚上的梦，梦到我们的床被羊水完全浸湿。慌乱迅速袭来，将我拉至恐惧的边缘，整整四十周的孕期，我都为这一日担惊受怕。我一边煮泡茶的水，一边对自己低语：她出生了，也没事的。就算今天就是那一天了，也没关系的。有孩子没什么大不了的。我坐在厨房的餐桌边，在一张纸上一遍又一遍地写下这几句话平定心绪，直到你走进来。

“车座椅已经备好。我的手机随时放在身边。”

我将那张纸悄悄塞到餐具垫下面。你亲了亲我，出门上班。我就知道你会这么做。

到了晚上七点半的时候，我们一起跪在卧室里，我的膝盖因长时间跪在老旧的拼花地板上疼得犹如炸裂。我尝试均匀地深呼吸时，你用力按住我的臀部。课上教过，练习过，但我怎么也找不到他们说的那种平静的感觉，那种这个时候应该起作用的直觉。你在用鬼画符记录着什么，分秒与宫缩。我扯过你手中的记录卡，又扔回到你身上。

“我们得走，现在就走。”在家里我不信任自己，我怕自己会在中途败下阵来。她就像即将喷发的火山，我正拼死拼活阻碍她出来。我的宫口还没打开。我还没准备好。我想象不出她沉入我张开的骨盆，我无法安抚自己像河口一样逐渐扩张。我蜷缩成一团，怕得不得了。我不知道该怎么做。

人们所说的疼痛千真万确——我已不记得当时的痛感，但我记得腹泻，记得产房有多冷，记得自己在宫缩间隙于走廊走动时看到的推车上的产钳。护士的手就跟男人似的，当她捅进我的身体，检查宫口开到多大时，我会低声呜咽，而她不为所动。

“我不想要这事情发生。”我低语道。这句话不是说给任何人听的。我没力气了。你就站在两步之外，喝着护士为我拿过来的水。我没法再压抑自己了。

“你不想要什么？”

“孩子。”

“你是说生孩子吗？”

“不，我说的就是孩子。”

“你想上无痛吗？我感觉你需要。”你抻长脖子找护士，把一块冰冷的布垫在我后颈下面。我记得你抓着我的头发，好似是一条马尾巴。之后你就忘了这回事。你不会像我一样记得这些事。

我不想用麻醉药，我下面想感受分娩会有多痛苦。惩罚我吧，我对她说，撕裂我吧。你轻吻我的额头，我把你一掌推开。

我恨你，恨你想从我身上得到的一切。

我向他们祈求，让我在马桶上用力，那里让我心理上最为舒适，况且那时我已神经错乱，谁的话都听不进去。你连劝带哄把我带上产床，他们指示我踩上脚镫。每件事都不对劲。灼烧感，我伸手向下，去感受我确信存在于那处的火焰，但有人推开我的手。

“去你妈的。”

“来吧。”医生说，“你做得到。”

“我不行，我不要。”我回嘴。

“你必须用力。”你对我说。我闭上双眼，希望一些可怕的事降临。死亡，我想要死亡，无论是我还是孩子。即便那时，我都无法想象我们会幸免于彼此的存在。

当她出来时，医生把她托举到我面前，但刺目的灯光下我一点也看不清。我仍因疼痛而剧烈颤抖，你的身影出现在我前方，挨着医生。医生把她送到你手中，说宝宝是个女孩子。你用手托住她滑溜溜的脑袋，小心翼翼地捧到眼前。你对她说了些话，我不知道你说了什么——自她降生的那一刻起，你们就有了独属于彼此的默契语言。她像个湿漉漉的小猫咪，医生用双手环住她的肚子，将她抱给护士，自己回身继续工作。胎衣滑落到地上。医生手中的缝合线撕扯着我的伤口，而我凝视着灯光，对自己刚才的成就满怀敬畏。我也是一位母亲了。我从未感到如此生机勃勃，全身像过了电一样，牙齿剧烈颤动，我都怕它们会震裂。我听到了她的声音，哭号声，听起来是那么熟悉。“妈妈，你准备好了吗？”有人问。他们把她放到我的胸口，她就像一条正在哭叫的暖乎乎的面包，身上的血已经洗净，裹在医院的绒毯里，鼻子上有黄色的小点，她乌黑的双眼看上去是那么谄媚，直直地望进我的瞳孔。

“我是你的妈妈。”

在医院的第一晚我彻夜未眠，一直隔着围绕小床的孔状帘子静静地看着她，她的脚趾就像一排迷你嫩豌豆。我解开她的毯子，用指尖划过她的皮肤，看她轻轻颤动的样子。她是个小生命，自我体内诞生，散发着和我相似的气味。她不愿主动吸我的初乳，即便我将沉重鼓胀得像个汉堡的乳房送到她嘴边。他们让我再等一等。护士提出在我睡觉时把她带走，但我不愿她离开我的视线哪怕一刻。每当泪水落到她的脸颊上，我才会意识到自己流泪了。我会将每一滴泪水用指尖从她脸上抹去，再送到嘴里品尝。我想尝尝她的味道，手指，耳轮，我都想亲口尝一尝。止痛药令我全身麻木，但我感受到身体深处被催产素点燃的熊熊烈火。我想那就是所谓的爱，但它带给我的感受更像震撼，更像奇迹。我没有去想接下来要做什么，没有去想回到家我们该怎么应对。我没有考虑该怎么抚养她，照顾她，没有设想她会成为怎样的人。我想和她单独相处，我想感受在那超现实时空中的每一下搏动。

我心有预感，我们再也无法如此相处。

埃塔打开浴缸的水龙头，要帮塞西莉亚洗她那缠结的长发。塞西莉亚五岁大，很少有人让她梳头。她的手肘紧紧抵着深绿色的瓷浴缸壁。

“后仰。”埃塔口中下令，手猛地向后一拽，把塞西莉亚的头发往后拉了几厘米，让她的脸没入惊雷般的冰凉水流之中。塞西莉亚吸了口气，呛了水，拼命挣扎，直到逃脱埃塔钳制在她皮肤上的手指。终于能够再次呼吸，她抬起头，看到埃塔正一动不动地盯着她，毫无收手之意。塞西莉亚知道还没完。

埃塔揪起她的耳朵，迫使她的头再次移到水龙头下方。进了水的鼻孔一阵刺痛，她感觉自己的脑袋变得飘飘忽忽。

随后埃塔松开手，拉出了排水口发霉的塞子，径自离开浴室。

塞西莉亚一动不动，她在刚才的挣扎中没忍住便意。她待在浴缸里，恶臭扑鼻，寒冷无依，瑟瑟发抖直到不知不觉睡了过去。

当她醒来后，埃塔已经睡了，亨利已下班回家，正坐在客厅边看电视边吃着一盘刚加热过的烤牛肉，包牛肉的锡箔纸整整齐齐地摞在一边，以便明天再用。

塞西莉亚走进客厅，双肩上搭着一块毛巾。这吓到了亨利，他嘴里塞满食物，来不及吞咽就问塞西莉亚为什么快半夜了还没睡觉。塞西莉亚说她尿床了，亨利脸一沉，用修长的双臂将她抱起，带到埃塔床边。塞西莉亚浑身发臭，但亨利对此什么也没说。他把埃塔摇醒。

“亲爱的，你能帮塞西莉亚处理下床单吗？她尿床了。”

塞西莉亚屏住呼吸。

埃塔睁开双眼，握住塞西莉亚的手，抓握的方式和力道就同五年前差点掐死她时一样。她带塞西莉亚回房间，为她套上睡衣，把她放到床上。两人一同听着亨利走下楼梯的脚步声，塞西莉亚的心脏怦怦跳个不停。她总在听亨利的脚步声，因为亨利能像电灯开关一样改变埃塔的心情。

埃塔一言不发，没触碰塞西莉亚，转身就走。塞西莉亚明白，她选择撒谎的直觉是正确的——她与埃塔之间发生的事是仅限于她俩的秘密。

在接下来的数年，塞西莉亚时常会察觉到埃塔“神经”

上的问题。有些日子，她会把放学回家的塞西莉亚锁在屋外，前门插上插销，后门紧紧锁死，所有窗帘也都拉得严严实实，但塞西莉亚能听到收音机或厨房水龙头的声响。遇到这种情况，她就会去中心街道逛商店打发时间，看看她的母亲似乎从没兴趣买的东西——比如果味香皂，或是她只享用过一次的薄荷巧克力。

天黑一小时后，塞西莉亚会再次回家，心知这个点父亲应该已经到家，晚饭差不多上桌了。她会告诉亨利，自己一直待在图书馆，亨利会拍拍她的头，说如果她保持这股认真学习的劲，就一定会成为班上的尖子生。埃塔对她视而不见，仿佛她根本没说话。

另一些日子，塞西莉亚下楼吃早饭时，埃塔会坐在桌边，低头看着自己的大腿，面无血色，像是一宿没合眼。塞西莉亚不知道埃塔前夜做了什么，但在那几日早晨，埃塔看起来特别疏离，特别难过。塞西莉亚一直没抬头，直到听到楼梯上传来亨利的脚步声。

10

“你太焦虑了，会影响到她。”你对我说。她已经连续哭了五个半小时，其中有四个小时我也在哭。我让你查阅婴儿百科中肠绞痛的词条。

“连续三周，每周有三天超过三小时。”

“她哭的时间更长。”

“她只哭了两天。”

“我是说小时，她哭了不止三小时。”

“我觉得她只是胀气。”

“我需要你取消你爸妈来这儿的行程，我应付不了他们。”我应付不了你完美母亲的意见。再过几周，你的完美母亲要来我们家过圣诞节。她常常打来电话，每次对话的开头都一个样：我知道近段时间不容易，但相信我……缓解婴儿胀气的消化水，襁褓裹得更紧些，奶瓶里的米糊……谈来谈去就这么些东西。

“亲爱的，他们会在很多事上为你搭把手，这对我俩都好。”你希望你的完美母亲在这里。

“我还在排恶露，闻着就像块腐肉。我的乳头肿痛得要命，连穿衬衣都受不了。为我想想吧，福克斯。”

“我今晚给他们打电话。”

“你能照顾她吗？”

“留她在这儿吧。你去睡一会儿。”

“她讨厌我。”

“嘘。”

我早有心理准备，产后最初的日子非常难熬，乳房会像水泥块一样垂坠在胸前，接连不断地喂奶，还得用冲洗瓶清洗下体。我看遍了相关的书，做尽了相关的调查，可没人提过这样的滋味：每睡四十分钟就要起来，坐在血迹斑斑的床单上，为即将发生的事感到恐惧。我觉得我是世界上唯一熬不过来的母亲：会阴处缝合的伤口无法恢复，新生儿的牙龈如刀片般割过乳头的痛感无法承受，在失眠的魔爪中无法佯装出大脑功能正常运转的样子，这世上的母亲中，应该只有我会看着自己的女儿心想：求你走开吧。

维奥莱特只会在和我共处时哭闹，那感觉像是背叛。

我们不应该彼此渴望吗？

11

夜间护士有着我捏过的最柔软的手，不过她只能勉强坐进婴儿房的椅子。她散发着柑橘和发胶的气味，是个沉着冷静、处变不惊的人。

我好累。

布莱丝，这是每一位新手妈妈都会经历的，我理解你的痛苦。我也经历过。

但你的妈妈一定很担忧，因为她问都没问就自掏腰包为我们雇来了这位夜间护士。宝宝出生已经三周了，但每次睡的时长从未超过一个半小时。她只喜欢要奶喝，只喜欢哭，弄得我的乳头就像皮开肉绽的碎牛肉。

你很少见到夜间护士，每晚她来之前你就睡着了。每三个小时，她会把宝宝抱到我身边，一分钟不早，一分钟不晚。听到她沉重的脚步声离房门越来越近时，我便会从酣睡中惊醒，半睁着眼将睡衣中的乳房掏出来。喂完奶后，我会把宝宝交还给她，她会把宝宝带回婴儿房，为她拍嗝，换尿布，抱着她摇啊摇，哄睡后再放入婴儿床。我和她很少聊天，但我很喜爱她。

我需要她。她一共来了四周，直到你母亲给我打来电话，用坚定但温和的语气说："亲爱的，已经一个月了，你应当自己接手了。"

在我们家工作的最后一天，夜间护士把宝宝抱到我们房间喂清早的第一顿奶，那之后她就要回家了。但她没有像往常一样直接离开房间。你当时正在我身边呼呼大睡。

"她是个可爱的宝贝，是吧？"我轻声问。我挪了挪身子，减轻顽固的痔疮带来的不适感，然后摆弄着把乳头塞进女儿的嘴巴。我真的不知道她到底可不可爱，但我感觉刚做母亲的人都会这么描述自己使劲送到这个世上的温热粉糯的小生命。

护士站在我们身边，俯视着维奥莱特和我硕大的棕色乳头，乳头刚从维奥莱特口中脱出，她正尝试重新咬住。我们仍未达成默契，母乳喷射到她的脸上。护士没有回答。

"你觉得她是个好宝贝吗？"也许她刚才没有听到。我突然皱起眉头倒吸了口气。宝宝咬上来了。护士后退一步，看着我们，仿佛在思索些什么。

"有时她会把眼睛睁得老大，直勾勾地看着我，就像……"她的声音逐渐变弱，接着摇了摇头，从齿间轻轻吸了口气。

"她很好奇，很机敏。"我不由自主为孩子说好话，我听过别的母亲用这些词来形容宝宝。我不知道护士的言下之意是什么。

在我喂奶时，护士沉默地站在一旁，隔了许久，她点了点头。我以为她还有什么话想说。维奥莱特喝完奶后，护士静静地抱起她，拍了拍我的肩膀，又放下维奥莱特。我再也没有见过她。

她的发胶味过了好几周才从婴儿房散去，这惹恼了你，但我常常去婴儿房，仅为感受她的一丝味道。

12

来了一个月的夜间护士着实有效。穿过迷雾，维奥莱特和我磨合出了规律的作息和相处方式。我们对此十分看重。每天分为三个时段，以你上班和下班为分界线，我的任务就是保证维奥莱特在中间时段活下去。一天做好一件事——这一直是我的目标：采购一些食品杂货，带维奥莱特去看预约的医生，换掉一套买来后从未穿过而现在已经穿不下的小儿睡衣裤，或是享用咖啡和一块英格兰松饼。大冷天，我会坐在公园长椅上，挑出麦麸中的硬粒，不时凝视裹着儿童羽绒服的女儿，等她再次入眠。

我在产前训练班认识了一些预产期和我接近的母亲，我对她们了解不多，但也因某些契机加入了她们的交际圈。她们总邀请我一同出去走走，或一起找个能容纳下婴儿车大军的地方吃午饭。你特别喜欢我和她们有约的时候。每当我表现得和其他妈妈一样，你就高兴得有点过头。我尽力迎合你，展现给你看我很正常。

就像我们每天过的日子一样稀松平常的还有我们之间无趣

的谈话。小宝宝何时何地睡觉，睡得如何，什么时候吃饭，吃多少，准备辅食，安排日托或保姆，还有一用就离不开、大伙儿都得入手的新奇玩意儿。随后某个宝宝的睡眠时间到了，母亲要带孩子回家里的婴儿床上睡觉，免得扰乱来之不易的规律作息，我们便收拾东西各回各家。有时在我们结账时，我会鼓起勇气说出我的真实想法，像扔鱼饵一样扔出话头：

“有的时候会非常难熬，是吧？当妈妈什么的。”

“有时候吧，不过，难道还有比这回报更高的事吗？每天早晨看着宝贝们的小脸蛋，就会觉得受这么点苦算什么呢。”我仔细端详着她们，想找出说谎的迹象，可她们毫无破绽。

“当然啦。”我总是表现出一些赞同之意，但在回家的路上，我会一直凝视维奥莱特的脸蛋，想不通她为何一点都没让我感觉她是上天赐予我的珍宝。

在退出那群宝妈聚会几周后的一天，我经过一家咖啡店的橱窗，里面高高的柜台可以俯瞰街道，有一位母亲坐在柜台旁，正盯着她的孩子。大概三四个月大，只比维奥莱特小一点点。孩子的脸倚靠在母亲修长有力的指间，同样直视着母亲的眼睛。女人的嘴没有动，苍白的薄唇间也没有流出安抚的话语：你是妈妈的宝贝，你是我的小甜心，你真的好乖哦，对不对呀宝贝？反之，她翻来覆去地看着孩子，像是在检视一件陶瓷工艺品有没有瑕疵。

我在窗外停下脚步，看着母子俩，探寻有没有爱意或悔意。

我想象她在没有孩子前的生活景象。孩子局限了她的生活，她只剩两种选择，要么待在闻起来和自己乳汁一样发酸的沉闷而杂乱的公寓里，要么坐在咖啡店孤寂的窗户边。

我走进店里，点了一杯拿铁，来到她身边的凳子上坐下。维奥莱特躺在婴儿车里睡着了，我推着车来回轻摇，这样她就不会醒来。挂在把手上的尿布包滑了下来，奶瓶滚落，骨碌碌滚过地板。我捡起奶瓶，暗自决定不把奶嘴擦干净。每当我偷偷摸摸做出别的母亲因不该做而不会做的决定，比如过了好久才为孩子换掉湿尿布，或因不想被打扰索性给孩子少洗一次澡时，我就会感到一股掌权的快感。女人转向我，我们交换了眼神。没有微笑，而是确认我们都变成了另一版的自己，而这个新的版本完全不像广而告之的那样美好。凝结的乳块从她孩子的嘴角漏了出来，她用粗糙的餐巾纸随手一擦。

“日子不好过吧？”我用下巴朝她那一动不动、面无表情地看着她的孩子点了点。

“他们说一天天很漫长，但一年年过得很快。”我点点头，看向维奥莱特，她开始轻轻晃动，下巴画着小小的八字。“我想我们会明白的。”她语气平平，好似同样不相信这段时间的经历会有所改变。

“有些女人说成为母亲是她们最大的成就，但我没有，我没觉得我做成了什么。”我轻笑了一下，因为突然觉得这话太私密了。但我需要这个女人。与我共进午餐的那些宝妈所没有的，她全都具备。

“女孩吗？”

我告诉她孩子的名字。

“哈里。”她说了自己的孩子，“十五周。”

一同坐着沉默了几分钟后，她开口：“感觉他突然就闯入了我的人生，突然之间就来了，闯进我的世界，撞翻了好多家具。”

“是啊。”我一边慢慢地说，一边看着她的孩子，像在看一件武器，“你想要他们，孕育他们，生下他们，可他们闯入了你的人生。”

她从台子上抱起哈里，放进婴儿车，把毯子胡乱塞到孩子身下，弄得婴儿车像张乱七八糟的床。她仍未像其他母亲一样，用歌唱般的嗓音对孩子说话，也许她从没有这样做过。

“后会有期。”听到这句话，我的心一沉，我担心我们再也不会找到彼此。我张口结舌，想说些什么把她留住。

“你住在这附近吗？”

“没有，我们住在城北，我来这儿就是赴个约。”

“我把我的号码给你。”话一出口，我面红耳赤。我向来不擅长交朋友。但在那一刹那，我脑中闪现了夜半的短信交流，互相倾诉发自内心的牢骚，为自己的角色而惋惜。

“哦，好呀，给你，输在我手机里。”她看起来不太自在，我想收回刚才的话。她从没主动联系过我，我也没主动联系过她。

有时我会想到那个女人，不知她最终有没有获得什么成就感，不知她今天会不会看着哈里，觉得自己是个将孩子抚养成才的好妈妈。我想知道那是什么感受。

13

她最先冲你笑。在洗完澡后，你戴着看书时用的眼镜，说她喜欢的一定是眼镜反射的光，但我俩都知道，她从一开始就最渴望你的陪伴。当她哭泣时，我从来没法像你一样安抚她——她会融入你的皮肤，仿佛想作为你的一部分，一直待在那里。我的体温和味道对她来说毫无意义。人们说，孩子知晓母亲的心跳和子宫里熟悉的声音，但我对于她就像异国他乡。

我听见你轻声低语，安抚她睡觉。我学习你，模仿你。你说这本身就铭刻在我的脑海中，我太刻意了，她只是个婴儿，婴儿还不知道什么叫不喜欢一个人。可在我看来，这就像你们两人合伙与我对着干。

我们二十四小时全天候在一起，所以总会有她在我怀里睡着，不再和我作对的时候。你揪住这一点，仿佛这是证明我错误的证据——*看见没，亲爱的？只要和她在一起时放松点，她就会很乖。*我相信你。我不得不相信你。我会嗅遍她细软的头发，吸进她的气息。我喜欢她的气息，这能让我回想起她来自我的身体，一条有力搏动的脐带令我们血脉相连。我会闭上眼睛，在脑中回放她到来的那一夜，观看并感受我们之间的联结。最初的几小时。我知道这曾发生过，在开裂渗血的乳头、全身脱力的疲倦、挥之不去的疑心和无法言说的麻木之前。

你做得很好。我为你骄傲。当我在黑暗中喂奶时，你有时会轻声对我这么说。你会抚摩我俩的头，你的两个女孩，你的世界。你离开房间时我会哭泣，我不想成为你俩围着转的轴心，我什么都不剩了，没有东西可以分给你俩，可我们的生活才刚刚开始。我做了什么？我为什么要生出她？我为什么会觉得我会和自己的母亲不一样，和母亲的母亲不一样？

我思索着逃出困局的办法。在这里，黑暗之中，乳汁在流淌，椅子在摇晃。深更半夜，我想把她放进婴儿床，就此离开。我回想着自己的护照在哪里，思索着机场起飞时刻表上的数百个航班，想着一次能从自动取款机里取出多少现金，考虑要不要把自己的手机留在床头柜上。我的奶水要多久才会消失，让我的胸部放弃这一证明女儿出生的证据。

我的手臂因这种可能性而颤抖。

这些话我从未说出口，这些想法大多数母亲都不会有。

14

那年我八岁，睡觉时间早过了，我穿着睡衣站在走廊里，听父母在客厅吵架。

玻璃打破的声音，想必是那个穿着蓬蓬裙、撑着阳伞的小型女性雕像。这雕像从何而来我说不准，也许是个结婚礼物吧。他们吵得不可开交，争吵的由头包括父亲在母亲大衣口袋里找到的东西、我母亲屡次进城这一行为、一个叫伦尼的人，还有我。父亲觉得我变得太过沉默寡言，应当得到母亲更多的关注。

“她不需要我，塞贝。”

“塞西莉亚，你毕竟是她的母亲。”

“她没有我才过得更好。”

母亲开始抽泣，真真切切地哭了起来，我几乎从没听她哭过，尽管他俩近乎每一夜都恶语相向。我转身回到自己的房间，脸颊灼热，母亲紧绷而尖锐的嗓音让我的胃部揪成一团。随后我听到父亲提到我外祖母的名字。他说：“你会落得和埃塔一样的下场。”

父亲的脚步声逐渐靠近厨房。我听见两个大玻璃杯重重落到厨台上，还有倒威士忌的声音。酒精令人冷静。他们吵完了。我早已对这种模式习以为常。每当母亲耗尽精力，父亲借酒消愁，昏沉入眠，那便意味着结束了。

但今晚，母亲想和父亲谈一谈。

我背靠墙壁缓缓滑下，蜷缩在地板上，聆听母亲对父亲说的话，一坐就是一小时。生平第一次，母亲过往的碎片在我脑海中灼烧。

那一夜，父亲与母亲同床共枕，这很少见。第二天清早我醒来时，他们房间的门紧闭着。我自己做了早餐，吃完后去上学。那天晚上他们没有吵架，双方都很平静，有礼而客气。我写完作业，看到母亲一边把烧过头的鸡肉放到父亲面前，一边抚摩他的背。父亲说了声谢谢，并叫她甜心。母亲在尝试，父亲在谅解。

这一夜之后的数年，我这么偷听了好几回。我躺在楼上的床上，一听到埃塔的名字，就知道母亲又不知被什么刺激到了，这时我的心就会跳得飞快。我屏住呼吸，以免错过母亲对父亲讲的任何一个词。这样罕见的夜晚于我而言是天赐之礼，尽管我母亲永远不会知晓这点。我非常好奇她在成为我母亲前是个怎样的人。

那夜偷听到的话语一直在我的脑海中回放，在经历了无数个不眠之夜后，我逐渐开始明白，我们最终结出的果，都来自前人种下的因。我们就这样代代生长，而我就是来自母亲的花园。

1964

塞西莉亚已经七岁大了，可依然没有洋娃娃贝丝安妮的陪伴就睡不着觉。这个洋娃娃是塞西莉亚的最爱，她的气味，还有当塞西莉亚睡觉时将她的丝滑长发缠绕指尖的触感，都让塞西莉亚无比眷恋。一天晚上，贝丝安妮不见了，塞西莉亚疯了般找遍了所有可能的地方。埃塔的怒吼从通往地下室的楼梯底部传来，塞西莉亚知道她是被自己在本该上床睡觉的时间满屋乱找东西的行为给激怒了。

"她在下面这儿，塞西莉亚！"

地下室有个放泡菜的地窖，大概有狗窝那么大。埃塔几年前起就不再腌泡菜了，以前腌的也差不多吃光了。埃塔蹲在地窖门口，屁股冲着女儿。

"在最里头，肯定是你自己放进去的。"

"我没有！我讨厌这个地窖！"

"我进不去，你自己进去拿出来。"

塞西莉亚哭嚷着说她的睡衣会脏，她不喜欢这儿，不过，她能看到贝丝安妮就躺在那角落里。

别那么胆小，塞西莉亚，你想要她，就自己进去拿。”

塞西莉亚匍匐在地，埃塔把她往里推，塞西莉亚往前一扑，前臂趴在了地上，开始呜咽起来。但她太想拿回贝丝安妮了，便只能慢吞吞地一寸寸挪进狭小而黑暗的洞里。泡菜罐子在墙边一字排开，看上去就像沼泽的水，塞西莉亚的呼吸越来越困难。

咔嗒咔嗒的响声从她身后传来，但地窖的过道窄到她根本无法转身，随即身旁的玻璃缸上反射的最后一缕银光也消失殆尽。塞西莉亚喘不上气来，她更大声地呼唤埃塔，可随着身体的每一下抽搐，膝盖下的碎石都更深入地嵌进皮肤。她慢慢退到地窖入口，想用脚后跟踢开那扇木门，但门被卡住了。

她听到客厅的电话响了，埃塔沉重的脚步声在台阶上咚咚作响。“你好！”她听见埃塔接起电话，然后是片刻的寂静。直到电视被打开了，传来晚间新闻播报员熟悉的声音。塞西莉亚再次听到埃塔含糊的讲电话声。时值1964年9月，沃伦委员会即将发布调查结果，埃塔同其他人一样，密切关注着肯尼迪总统遇刺的事。

埃塔一直没有回来。亨利值完夜班回家后，破开地窖的门，拉着脚踝把塞西莉亚拖了出来。塞西莉亚的拳头刮伤了，亨利和埃塔就要不要带她去医院检查争论了一番因为亨利觉得她呼吸不正常，眼神也不对劲，但埃塔占了上风。他们留在了家里。

塞西莉亚睡觉时，亨利一直守在床边，用保暖衣物盖住她的脑袋。第二天一早，亨利没去上班。一连好几天，一家人彼此间都没说过话。亨利卸下了地窖的门，把余下几个泡菜罐移到了厨房的食品储藏室里。

“那扇门一直有问题。”他摇着头说。

一周后，埃塔在清洗晚餐碗碟时对塞西莉亚低声说了几句话。亨利在上班，她俩正在听厨房收音机的新闻播报，塞西莉亚没太听清。她感觉埃塔说的是：“我本来想回去找你的，塞西莉亚。”埃塔亲上她的面颊，停留了一会儿。塞西莉亚没让她再说第二遍。

15

时间流逝得太快，要享受每分每秒。

母亲们说起时间的口气，好似这是我们所知的唯一度量方式。

你能相信吗？你能相信她已经六个月大了吗？其他母亲这么对我说，接近眉飞色舞，手里有一下没一下地推着行人道上的婴儿车，孩子正躺在薄纱似的昂贵白毯下安眠，安抚奶嘴冒着泡。我会低头看看维奥莱特，她正躺在婴儿车里盯着我，小拳头挥来挥去，双腿直挺挺的，索求，索求，还是索求。我真是想不明白这日子是怎么熬过来的，整整六个月，感觉就像整整六年。

做母亲，这难道不是世上最棒的工作吗？有一次我按预约时间带维奥莱特去打针时，医生对我这么说。她是三个孩子的母亲。我和她说了我不断复发、尺寸有葡萄那么大的痔疮，还说了距我们上次性生活已经过去了多久，因为我顺便也想到了你的阴茎。她的眉毛和唇角一同扬起。嗯，我能理解，真的。她这么说，仿佛我已经加入了那一群体，可以获悉这份世上最棒的工作背后不可言说的秘密。我没有告诉她，自从生下维奥莱特，我感觉自己老了一个世纪，与维奥莱特共处的每分每秒，她就没有一刻消停。每个月都极其漫长，白天我得时常用冷水泼脸，确认自己是不是在做梦——或许这才是我对时间麻木的根源所在。

那感觉就像一眨眼，她们就长成大姑娘了，在你眼前变成了可爱的小大人。可维奥莱特看起来成长得实在太慢。我从未留意到她的一丁点变化，直到你当着我的面指出来。你会告诉我，她的衣服太小了，她衬衫下的小肚子瘪了，她的过膝袜都快缩到膝盖以下了。你会收好她的婴儿玩具，在下班路上为她买一些会闪光或发出响声的小玩意儿——专为正在不断发展、学习和思考的小生命设计。而我只在尽力让她活下去，关注她的饮食、睡眠和老是忘记的益生菌滴剂。我所关注的是怎么度过如巨岩般一块撞上另一块的一天又一天。

16

我们。没有哪对情侣能想象出孩子出生后第一年彼此的关系变化，但必定会心怀共度这段时光的期望——作为一个团队，在必要时互相协作，携手并进。我们这么做了，也奏效了。孩子的喂养、洗浴、出门、搂抱、穿衣和成长按部就班，步步到位，你把你该做的全都做了。白天我和女儿在一起，可每当你下班推门而入，她就成了你的全世界。耐心，爱意，亲密，我无比感激你能给予女儿她拒绝从我这儿得到的一切。看着你们两人，我很嫉妒，我渴望得到你所拥有的东西。

但这种不平衡的代价是我俩的关系。我们不再拥有独属于我俩的放松空间，不再拥有过去十年无比珍惜的舒适关系。反之，我的存在让你克制，让你回避。你冷静的判断让我焦虑。维奥莱特从你身上获得的越多，你所给予我的就越少。

依然不变的早安吻，依然在餐馆共进晚餐时谈天说地，当我们走回公寓，离我们共同筑起的爱巢越来越近时，你的手依然习惯性地搭在我的后腰上。我们过去的亲昵习惯保留了一些，但仍有一些在不知不觉间消失了。我们不再一同玩填字游戏，你淋浴时不再敞开浴室门。我们彼此间多了一片过去不曾有的空间，内含怨恨。

我想做得更好。成为父亲让你变得那么美好，你的脸变了，温暖而柔和，每当女儿靠近你，你的眉毛会扬得更高，嘴巴根本就合不拢，傻里傻气的。你向我呈现了男人更明亮的一面。我多么希望同样的变化也出现在我身上。可我却变得冷酷无情，曾经活力四射的面颊和熠熠生辉的蓝眼睛，如今总是满含愤怒与倦意，实在是太像我的母亲离开我之前的样子。

17

共处七个月后，维奥莱特终于能在白天持续睡二十分钟以上了，我得以再次提笔开始写作。我没向你提这事，你总是要求我在白天趁女儿睡觉时也睡一会儿，并在回家后问我有没有睡过觉。这是你唯一关心的事。你希望我既保持警觉又充满耐心。你希望我休息，以便履行职责。你曾经把我当作一个人来关心，关注我的快乐，关注让我眼里有光的东西，而现在，我就是个服务提供方，你不再把我当一个女人看。我只是你孩子的母亲。

因此大多数日子我都对你撒了谎，这比较省事。没错，我睡过了。对，我休息了。但其实我一直忙着创作一个短篇小说，词句从我脑海中泉涌而出，如此顺畅的感觉前所未有。我已做好了与之截然相反的心理准备——其他有了孩子的女性作家曾说：透支的体力和精力让她们无法再像从前那样创作，至少第一年如此。但我不一样，屏幕亮起的那一刻，我仿佛重获新生。

维奥莱特每隔两小时醒来，和钟表一样精准，可每一次，我都正沉浸在创作最投入的时段，无论是身体感知还是情绪感受，都宛若处于别处。我养成了让她继续哭的习惯，我总会暗自承诺：再写一页就好。有时我会干脆戴上耳机，有时一页会变成两页，甚至更多。有时，我甚至会再写上整整一小时，直到她的哭叫变得歇斯底里。那时我会飞快合上笔记本电脑，冲到她身边，好似我第一次听到哭声就立刻赶了过去。哦，小宝贝！你醒了啊！妈咪来咯！我不知道我这是在演给谁看。每当女儿在我试图安抚她时把我推开，我都感到深深的羞愧。我有何资格指责她排斥我呢？

那天你提早到家了。

在女儿的尖叫和耳机的音乐声中，我没听到你进门的声音。你猛地拉动我的椅子转了一百八十度，我惊得心脏骤停，差点被你弄翻在地。你冲向婴儿房，仿佛孩子身陷火海。我听着你安抚她，大气也不敢出一口。她哭得撕心裂肺。

“我太抱歉了，我太抱歉了。”你这么对她说。

你对她的抱歉是因为她摊上了我这样的母亲。你那时就是这个意思。

你没把她抱出婴儿房。我坐在走廊的地板上，心知我们的关系再也回不去了。我破坏了你对我的信任，我已经证实了你暗自对我持有的每一个怀疑。

当我终于走进婴儿房时，你正坐在椅子上轻轻摇着她，双目紧闭，脑袋后仰。她含着安抚奶嘴打了个嗝。

我走过去想接过她，可你抬起手臂制止了我。

“你他妈干什么呢？”

我知道最好不要找借口为自己开脱。我从没见过你气到双手发抖的样子。

我去冲了个澡，一直号啕大哭到水变得冰凉。

洗完澡出来后，我看见你正在炒蛋，女儿靠坐在你身上。

“她每天三点钟睡醒，我走进去时是四点四十五分。”

我看着锅铲在煎锅里翻动。

“你让她尖叫了一个半小时都不止。”

我无法直视你俩任何一人。

“每天都是这样，对吗？”

“不。”我断然否认，好似这样能挽回我的尊严。

我们依然没有直视彼此的眼睛。维奥莱特开始闹腾。

“她饿了，喂她。”你把她递给我，我依你所言照做。

那天晚上，你在床上翻身背对我，对着敞开的窗户说：

“你到底怎么了？”

“我不知道。”我说，“我很抱歉。”

“你得找人谈一谈，找个医生。”

“我会的。”

“我很担心她。”

“求你了，福克斯，别这样。”

我永远不会伤害她，永远不会让她陷入危险。

此后的好几年，女儿早就能睡整觉了，可我依然会在她的哭叫声中惊醒，紧紧抓住胸口，回想起自己曾经的所作所为，回想起如痉挛般抽痛的罪恶感，和忽视她所带来的压倒性的满足感。我还记得在音乐与哭声交汇的声音中写作的心情是多么激动，书写的页面被填充得多么迅速，我当时的心跳是多么快，以及，被抓住时的感觉是多么羞耻。

18

我的母亲不能待在狭小的空间里。家里的食品储藏室就是个摆设，架子上积满灰尘，到处都是从不新鲜的花生堆和糖袋里钻出的老鼠所拉的屎。后院的棚屋上了锁，天花板很低的地下室也封上了木条，那是她用车库里的生锈铁钉亲自钉上去的。

在我八岁那年的八月，天热得要死，家里闷热无比。我坐在屋外，看着院子里的母亲。她坐在塑料桌边抽烟，脚下是杂乱的黄草，遍布篱笆围起的整个院子。寂静飘荡在空气中，仿佛连邻居家的动静也无法穿透窒闷的烟雾。那天早些时候，我去了埃林顿家，埃林顿太太让我们进入凉快而潮湿的地下室，乘乘凉消消暑。我们把地下室当作野餐地。埃林顿太太为我们送来毛毯、煮鸡蛋还有苹果汁，苹果汁装在印着气球的纸杯里，是丹尼尔的生日宴上剩下来的。我问母亲我们能不能也到地下室去？能不能卸掉板条？能不能像爸爸上周修理前廊时一样，用羊角锤的另一边拔出钉子？

“不行。”她厉声否决，“别问了。”

“可是妈妈，求你了，天太热了，也就地下室凉快点。”

“我警告你，布莱丝，别再问了。”

“那我要热死了都拜你所赐！”

她扇了我一巴掌，却因我脸颊上的汗水滑脱了。所以，她重新绷紧蓄力，再次向我袭来，只不过这次是一个紧握的拳头，正对着我的嘴，结结实实的一拳。我感觉一颗牙差点被我咽下去，我咳了一声，斑斑血迹溅到了我的 T 恤衫上。

“乳牙而已，迟早会掉的。”见我盯着掌心的牙，母亲说道。她在纤弱的草丛上揿灭烟蒂，但我能从她扭曲的红唇唇角看出她对自己的厌恶。此前她从未打过我，我从未有过那种羞耻、自恋与痛心相互交织的感受。我回到房间，用杂货店寄来的传单折了一把折扇，穿着睡衣裤仰躺在地面上。一小时后，母亲进来夺走我手中的折扇，抚平褶皱，告诉我她需要折扣券去买鸡大腿。

她坐在我的床上，这是前所未有的事，她无法忍受在我房间待太长时间。她清了清沙哑的嗓子。

“我在你这么大时，我母亲在地下室对我做了很过分的事，所以我去不了地下室。”

我躺在地上没有动，想起了夜半偷听到的她对我父亲的哭诉，脸颊因知晓她的秘密而发红。我看着她光裸的脚相互摩擦，脚趾刚涂上鲜红的指甲油。

“她为什么对你做了过分的事？”透过我沾血的衬衫，她能感觉到我的心跳。

“她有些不正常。”她的口气好似答案对我来说显而易见。撕下传单底部的鸡大腿折扣券后，她把余下的传单重新叠成折扇。我伸出手触摸她的趾甲，感受光滑的指甲油，感受她。我从没触摸过她。她瑟缩了一下，但没有收回脚。我俩一同凝视着我搭在她趾甲上的手指。

“你的牙我很抱歉。”她说完站起身。我缓缓收回手。

“反正已经松动了。”

这是她第一次向我提起埃塔。我想她事后可能后悔了，因为此后几周她都特别冷漠。但我记得自己想触摸她，想靠近她。我记得自己曾在清晨来到她的床边，轻柔地抚过她的颧骨，在她有些微小动静时便踮起脚离开。

19

随后的几个月，我决定不再写作，全心全意照顾维奥莱特。

我的医生认为我没有得产后抑郁，我也同样这么想。我在她的候诊室里垫着写字夹板填了一份量表。

你是否曾感到毫无缘由的焦虑或担忧？否

你是否曾反感过去喜爱的事物？否

你是否曾因失眠感到不快？否

你是否怀有伤害自己的想法？否

你是否怀有伤害宝宝的想法？否

医生建议我多给自己留一点时间，回归拥有孩子前的一些爱好，比如写作。但写作嘛，我知道你肯定不会愿意。我便告诉你，她建议我多锻炼，多去户外走走，然后在六周内回访一次。在这之后，每天早晨你一出门，我就会带着维奥莱特出门散步，走上几小时，一路走到你在闹市区的公司，你会和我们一起喝个咖啡。你特别喜欢维奥莱特见你走出电梯时兴奋的叫喊，也喜欢看到我脸颊红润、乐在其中的样子。维奥莱特那时快满一岁了，周围的世界常令她喜笑颜开，我报了亲子的音乐班和游泳班。你对我也更热络了，你喜欢这个样子的我，这感觉真好。那时我需要证明很多事。我们一刻都没闲下来过，我也一直都默不作声。

那么有愉悦的时刻吗？当然有。一天晚上，我一边打扫厨房一边听音乐，食物糊得到处都是——我的衣服，维奥莱特的脸蛋，还有地板，无一幸免。当我手握打蛋器随着音乐舞动时，维奥莱特向我张开双臂，我抱住她咻一下举过头顶，环绕厨房旋转，她仰起头兴奋得尖叫。那时我意识到，我们从未有过这样的体验，从未寻得如埃林顿太太和她的木偶那般的舒适、傻气与愉悦，也许这样的感受我们也可以拥有，而我却总在探寻自己与维奥莱特的关系哪里出了错。我猛亲了她好几口，她偏头躲开，张大嘴巴盯着我看——她早已习惯你对她的这种爱意，却不习惯我。她潮润的小嘴巴贴近我的脸颊，发出咿呀声。

“就是这样，我们在尝试，对不对？”我对她轻声耳语。

你清了清嗓子。原来你一直在门口看着我们。你面带微笑，释然地放松肩膀。一家三口在厨房，真是完美的一幕。你去换掉西装，回到厨房，倒了两杯葡萄酒，接着亲了亲我的额头，说：

“我在想，你差不多可以重新开始写作了。”

我通过了你为我设下的种种考验，我们迫切地渴望幸福愉悦的生活，对此我们都心怀希望。我用鼻子蹭了下维奥莱特黏糊糊的脖子，从你手中接过一杯葡萄酒。

20

“她说了，我发誓。来，再说一遍。”你蹲下身，拍了拍她的屁股，“说呀，妈妈。”

“亲爱的，她才十一个月大，太早了吧？”我拿着我俩的咖啡回到公园，周围全是父母带着的小孩，乍看其乐融融，细看却见一幕幕寒凉与疲倦。一位站在附近的母亲正拿着一张糊满鼻涕的纸，我对她笑了笑。“我是说，我成天和她在一起，她从没叫过妈妈。”

“妈妈。”你又说了一次，“来，妈妈。”

维奥莱特噘起嘴，蹒跚走向秋千，不爽地哼唧。

“你没听到实在太可惜了，就在你刚才去买咖啡的时候，她指着你的方向叫妈妈，妈妈，事实上，好像是三声。”

“真的吗？那太不可思议了。哇。”我感觉你不会撒这种谎，但这实在太过难以置信。你把女儿抱上婴儿秋千。

“要是刚才录下来，能让你亲耳听到就好了。”你摇了摇头，心怀敬畏地看着她——你的小小天才。你推动秋千，把她越推越高。我递给你咖啡，手插进你牛仔裤后面的口袋，就像以前一样。我们就像普通的一家人，和周围的其他家庭一样，品味着咖啡因，打发周日早晨的时光。

“妈妈！”

“你听到了吗？”你向后跳了一大步。

“我的天哪，我听到了！”

“再说一遍！”

“妈妈！”

我扑向操场沙地中的秋千，手中的咖啡洒了出来。我抓住秋千前侧，将她拉到身前，亲上她湿软的嘴唇。“没错！妈妈！”我对她说，“我是妈妈！”

“妈妈！”

“瞧我说得没错吧。”

我佯装要在女儿荡向我们时挠她的脚心，你从我身后搭上我的肩，和我一同看着她。她笑了起来，一遍又一遍地喊妈妈，观察我们的反应。我为她深深着迷，我们不着痕迹地靠近了些，我抬手触摸你的下巴，感受你在周末没刮的胡楂。你把我的脸转向你自己，亲了我一下，愉悦而轻松。维奥莱特看着我们，又叫了一声妈妈。我们就这么站着，像是度过了几小时。

回家的路上，她在婴儿车里睡着了。我太久没感受到与你们的这般联结，沉浸在超脱的幸福感中无法自拔，我的脚步是那么轻快，我的呼吸是那么绵长。你把她抱上婴儿床，动作很轻，生怕吵醒她，我为熟睡的她脱下小靴子，随后回身走向厨房，去收拾早餐后搁置的碗筷。但你抓住我的胳膊，把我拉进浴室，打开了花洒。我靠在洗手台上，看着你脱衣服。

“来吧，跟我一起。”

“现在？”我想着厨台上剩下的半个牛油果，还有平底锅里的蛋。距离我们上次彼此抚触，已经过去了太久。

“来呀，妈妈。”

我一踏进淋浴间，就听到女儿小小的声音从楼下的客厅里传了上来，她醒了。我伸手去够水龙头，以为你会在她哭起来前赶紧跑过去安慰她。

“留下，很快就好。”你低声耳语，而且你已经硬了，于是我留下了。女儿的声音越来越急，像是在彰显存在感，但你没有停下。比起她，你更渴望我。做爱时你带给我满足，你再一次将我点燃，我放弃抵抗。我在水流的回响中聆听女儿的声音，想听到她哭号，想象你像我时常做的那样把她晾在一边。淋浴喷头的细流下，我们做得痛快淋漓。

一结束，你立刻关掉淋浴喷头。女儿安安静静的，没有我所预料的尖叫，仿佛她只会因为我而叫得歇斯底里。你丢给我一块毛巾，好似我只是更衣室里的另外一个人。以前你会耐心地为我擦干身体，这曾是我们一同做的事之一。维奥莱特的声音柔软而遥远，如毫无意义的音阶，我想象她躺在床上，双腿抬到半空，张开汗津津的脚趾，好像知道你很快会去找她。你围了块浴巾到腰上，亲了亲我光裸的肩膀，转身去找她。

回到厨房，我清理着早餐剩下的布朗尼碎屑，你为我们制作烤乳酪三明治。你哼着歌，每当我近身的时候，都会碰我一下。维奥莱特坐在婴儿高脚椅上，看着你的方向，踢着腿说了一遍又一遍：妈妈，妈妈。

埃塔的言行举止并非一直难以预料，有时她能明白一位符合大众期待的母亲该是个什么样子，该如何表现。塞西莉亚感觉得出来这对埃塔来说绝非易事，她曾见到当别的母亲来敲门问好，或当自己让她帮忙扎个辫子时，她的手会紧张得发颤。那时已没人再对埃塔指指点点，因为大家都放弃了，可埃塔心中总有股尝试改变的冲动。有时奏效，有时不奏效。不过无论如何，塞西莉亚每一次都会支持她。

塞西莉亚六年级时，学校要在假期结束后办一场舞会，塞西莉亚没合适的衣服可穿，因为她家既不去教堂，也从不庆祝节日。塞西莉亚毫无怨言，不甚在意，但埃塔说她要为女儿量身打造一套衣服。塞西莉亚不知该说什么，她从没见过母亲动手制作过什么东西。第二天，埃塔去了趟布料店，回家后，她对着楼上喊：

“塞西莉亚，快来瞧瞧！”

她展开一块用来做直筒裙的压花布料，还有几片深黄色棉布。塞西莉亚一动不动地站着让埃塔量尺寸，她的身子细长瘦削，与埃塔的身材完全不同。当母亲的手环过她的大腿内侧，绕过她的腰，放在她的肩膀上，她感觉触碰自己的是个陌生人。埃塔在一张餐巾纸上记上尺寸，信誓旦旦地说做完的裙子肯定会很漂亮。

客厅壁橱里有台旧缝纫机，是房子上任主人留下来的，埃塔把缝纫机拿到餐桌上。她夜里埋头做裙子，接连五夜，老旧马达的声响吵得塞西莉亚到凌晨还睡不着觉。每天早上，餐桌上都满是大头针和或长或短的线头，埃塔会睁着因熬通宵而模糊的双眼走下楼，拿起半成品给塞西莉亚看，自己也凝视着裙子。制作裙子给了埃塔一个目标，这在塞西莉亚看来前所未有，同时做裙子这事还缩减了埃塔生气与伤心的空间。

舞会那日早晨，埃塔早早醒来，拿着裙子来到塞西莉亚的房间。裙子已经完工，搭在她的手臂上。她把裙子举到塞西莉亚肩膀处，抚过腰线和百褶下摆，裙子的领口和袖口都缝上了漂亮的丝绸结边饰。

“你觉得怎么样？”

“我好喜欢啊。”这是埃塔想听的话，没错，但这也是塞西莉亚的真心话。她从未拥有过那么美的东西，这是唯一别人专门为她做的东西。她想象自己走进教室，其他女孩一起投来羡慕嫉妒且难以置信的目光，塞西莉亚转过身，脱下睡衣。裙子的拉链很不顺，但她还是费了点劲拉了下来，接着套进双腿。她把裙子往上拉，摩擦过皮肤的接缝处十分粗糙，裙子的腰很紧，被她小巧的臀部卡住了，怎么也拉不上去。她扭动屁股提拉裙子，加大了点劲，可还是拉不动。

“先把胳膊套进去。快点。”

她试着蜷起身子，把胳膊套进袖子，可裙子实在太紧。刺啦一声，布料裂开了。

“过来。”埃塔用力拉了她一把，在她身上拉拉扯扯，像是在给洋娃娃穿衣服。她顺着塞西莉亚的双腿向下脱掉裙子，接着试图从她头上往下套。埃塔一言不发，塞西莉亚任她对裙子生拉硬拽。她的前额全是汗水，脸也涨得比平时红得多。塞西莉亚紧紧闭上眼睛，能闭多紧就闭多紧。

埃塔终于松开她，站起身来。

“你要穿这条裙子去，塞西莉亚。”

塞西莉亚心一沉，她不可能穿这条裙子去学校，她连穿都穿不进去。

十五分钟后，塞西莉亚下楼来到厨房，穿着平日穿的米色宽松长裤和蓝色高领套头衫。她没有看埃塔，坐到桌边，拿起自己的勺子。

“回去，把裙子换上。”

“你都看到了，穿不上。”塞西莉亚的心怦怦直跳。

“那就想办法穿上。上楼去，快点。”

不知亨利能不能听到。塞西莉亚放下勺子，思索该怎么做。

“现在立刻。”

塞西莉亚可以听得到身后埃塔粗重的呼吸声，感受到埃塔那令她脊背发凉的怒气。她侧耳听亨利的脚步声，希望他能快点下来。

“就现在！”

平生第一次，塞西莉亚意识到自己有压过埃塔的力量。她能惹埃塔生气，让埃塔失控。她能回到楼上，假装换上裙子，但她想瞧瞧，如果一直对埃塔视而不见，埃塔会变成什么样子。气氛剑拔弩张。

“现在，塞西莉亚。”

埃塔全身发抖，再次尖叫。快点！快点！每一下尖叫，怒火就如鼓点般在她体内迸射。当剧烈的情绪平息，塞西莉亚看得到埃塔脸上的羞愧。

再过数年，塞西莉亚会亲历这种感受。

正当埃塔再次张开嘴，亨利走进厨房。埃塔设法平定心绪，给亨利倒了杯咖啡。塞西莉亚跑出门外，没带上那条裙子。

那天晚上，塞西莉亚直到天黑才回家，她估摸这时亨利应当到家了。回家后埃塔没有看她。她走上楼，看到埃塔把裙子从她房间拿走了。几分钟后，埃塔走进塞西莉亚的房间，拿着折叠好的裙子。她在塞西莉亚床头坐下，提起裙子。腰线被拆开了，添了额外的布料。裙子看上去四四方方，接缝处歪歪扭扭，但她努力尝试了。

“你可以留着下次舞会穿。”

塞西莉亚接过裙子，抚摩丝绸结花边，接着拥抱了埃塔。埃塔在她的怀抱中僵住了。

几个月后，塞西莉亚穿着这条裙子出席了学校的年末舞会。她尴尬地坐在体育馆角落，不想让人看到自己身上的裙子多么不合身。回家后她没换衣服，穿着这条裙子吃了晚饭，埃塔没提这件事，亨利也没提。从那之后，塞西莉亚再也没穿过这条裙子。

21

生日宴与其说是为女儿办的，不如说是为我们自己办的，为这初为父母的整整一年。我订购了一大束气球，气球色彩淡雅，表面用金箔印着醒目的“1”。此外我还订购了缀有花边的精美的一次性纸盘和印有圆点的吸管。你的母亲送了维奥莱特一件漂亮的黄色纯棉针织衫和一条臀部带荷叶边的棱纹紧身裤。维奥莱特像只小鸭子，一扭一扭地绕着客厅转，对着客人咿咿呀呀，湿润的嘴唇一直吐着口水泡。你的父亲跟在她身后，屈着肿痛的膝盖，记录下她的一举一动。

我在一家烘焙店买了蛋糕。我带维奥莱特散步时常去这家店一饱口福。蛋糕放在婴儿高脚椅自带的桌盘上，香草糖霜上撒着彩虹碎屑。当我把维奥莱特放上高脚椅，她立刻尖叫着拍起手，目光紧锁蛋糕上那一束燃烧的火焰。

“开心！”她说。她的确很开心，显而易见。

“我都录下来了！”你无比宠爱后辈的父亲举起数码相机，语气兴奋。你母亲对着维奥莱特的脸蛋亲个不停，而你妹妹把餐巾纸揉成团逗维奥莱特笑。我们很少见到你妹妹，她到这儿坐了五小时的飞机。格雷丝，这位带了一瓶龙舌兰酒出席的客人正在为大家切蛋糕分蛋糕。我们坐在客厅舒适的椅子中看着大家，我坐在你腿上，你的手臂环住我的胸口。

“我们做到了。”你在我耳边低语，缓缓吸入我的气味，鼻子蹭得我后颈发痒。我点点头，喝了一口你的啤酒。高脚椅上的维奥莱特像个天使，糖霜糊满整张脸，观众们全神贯注地看着她。我感觉你的鼻子又在蹭我的后颈。我又喝了一口酒，把你拉起来。

“我们拍一张全家福吧。”

我们站在窗边，借自然的光线，维奥莱特坐在我们中间，我搂着她靠在我身侧。她出奇温顺，我抱起她，在她甜美的脸颊上亲了一口。快门按下，我们露出笑容。你用鸭子叫逗得维奥莱特咯咯笑，我将她高举过头顶，大伙儿兴奋地大喊大叫，合不拢嘴。这正是我们三人本该有的样子。

22

过了一岁生日没几天，维奥莱特又没法睡整觉了。

你从来不会一听到维奥莱特夜半的动静就醒过来，有时甚至连察觉都察觉不到。反观我，仿佛在她的第一声叫喊从婴儿床途经走廊传来的几秒前就会睁开双眼。如此反应每次都在提醒我她仍是我的骨肉，也让我每次都感到不安。每隔两小时，她都会哭着要奶喝。几周后，我在婴儿床边的架子上放了六个装满奶的奶瓶，指望她想喝奶时能自己拿。她从没这么做过。

我受不了，每回她闹醒我时我都会这么想，这回我真的熬不过去了。

我会打开婴儿房的门，把奶瓶放进她手里，转身离开。

“把奶瓶这么放在外头会不会滋生细菌？会不会有危险？”留意到我在做什么后，你这么问我。

“我不知道。”或许其实我知道，我只是不在乎。我就是需要她赶快再睡着。

这样的日子持续了几个月，折磨得我心力交瘁。早晨一醒来，我的眼眶里面就开始隐隐作痛，思维也变得迟缓。我避免与其他父母谈论自己说不清道不明的恐惧。我对你俩的怨恨逐渐累积。每次回到床边，听见你平稳而深沉的呼吸，我都特别恨，有时我甚至想抽掉被单，把你从我无比渴望的梦乡中吵醒。

我冒出了送维奥莱特去日托的想法，一周送去几天，可你在她还没出生前就明确表态，说你不想送孩子去日托。你的母亲在家把孩子抚养到四岁，你希望自己的孩子也同样如此。我同意了你的观点，盲目而不加思考，由衷而劲头十足。我会尽力做好你心目中的完美母亲该做好的事。

但那是以前。

那年秋天，我发现三个街区外新开了一家日托所，我无意中听到大家对它赞不绝口。日托所的房间里还安有摄像头，以便家长可以远程监控。讲真，每当看到婴儿们像纸板箱里的鸡蛋一样躺在成排的婴儿车长龙中，由疲惫不堪、酬不抵劳的护工推着在城里转来转去时，我都会心疼这些送日托的孩子们。不过研究表明，在日托环境中长大的婴儿社会性更好，受到的新鲜刺激更多，发展更快……我时不时会给你发这类文章，好似这是我上网时无意间发现的。晚餐时，我会进一步和你来一场含义微妙的对话，字斟句酌，以突显出迎合你期望的心理斗争：也许维奥莱特需要更多的新鲜刺激？也许是时候了？不过她在家应该会成长得更好吧，睡得更好什么的。你怎么想？我会用担忧而纠结的语气问你，虽然我们都知道我所需的那个答案。

“等她睡眠好一点了再决定。”你会跟我讲道理，“你现在就是太累了。我明白你不好受，但这都会过去的。”你身穿职业装，头发刚剪过，容光焕发，居然好意思对我这么说？那天早上我还听见你洗澡的时候哼歌来着。

我很痛苦。我和她似乎都很痛苦。每当和我在一起时，她就会极其不开心。她不喜欢我抱她，不喜欢我靠近她。每当我俩单独相处，她动不动就发脾气，恼人得要死，怎么安抚都没用。当我抱起她时，她会大声尖叫，我甚至能听到在公寓里走动的邻居骤然间停下脚步。在杂货店、公园等公共场合，其他母亲会压低声音，以同情的口吻问有什么可以帮到我。我无比卑微——没人同情我生了一个维奥莱特这样的孩子，没人同情我这样一个为了照顾孩子脆弱到如此境地的母亲。

在那之后，我们母女俩大多数时间都待在家里，不再外出。不过当你每日下班回家，维奥莱特迫不及待地爬上你的膝头，而你问我今日做了些什么时，我常常会胡编乱造。活动范围限于公寓内，维奥莱特像个蝎子一样爬来爬去，探寻能塞进嘴里的东西: 种植用的泥土，窗帘的边角，甚至还有从枕头里扯出来的填充物。每一天，她都会把自己噎得满脸发青。当我帮她掏空嘴里的异物时，她会像离了水的鱼一样拼命挣扎，接着慢慢变冷变僵，就像死了一样。每一次，我的心脏都会停跳。随即，一声无比排斥的尖叫会冲破她的喉咙，让我热泪盈眶，双目刺痛。

有这么一个女儿，我很失望。

我知道她的一些行为可归为典型。你将自己所见的零散画面当作一个阶段的特征，视之为无伤大雅的任性，将其归为“发展里程碑”的具体表现，就这么一笔带过。你说得对，我努力说服自己。但她不具备同龄孩童所具备的甜美与依恋。她很少表露爱意。她看上去不快乐。我能从她脸上看到她内心深处的锋锐。

我们会像普通父母一样，和其他有孩子的朋友拿这些事开玩笑，寻求一些安慰。我们隔三岔五相约在餐馆中共进早鸟晚餐[1]，互相致以同情，宝宝们坐在高脚椅中。我会轻描淡写地描述那种情况下的女儿多么恼人，心知你喜欢这样。我会认同夹杂在手忙脚乱之间的甜蜜时刻足以将所有痛苦一笔勾销，仿佛我应该这么认同。但是维奥莱特就像龙卷风一样，开始频频吓得我胆战心惊。

我无比渴求拥有更多属于自己的时间，享受一段不受女儿打扰的空闲。看似是合理的诉求，可你让我觉得我需要向你证明更多。你的质疑尽管无声，却绵延不绝，压得我在你身边喘不过气来。

我只能在她睡觉时写作，可她总是醒得很快，我们又再次

1　早鸟晚餐：early-bird dinner，通常指供应时间早于下午六点的晚餐，价钱相对便宜。

陷入那种不为人知的相处模式——我曾向你保证不会再犯。每周我只有个别日子会那么做，而且我常常会给予她补偿——一段特别长的玩耍时光，或在午后散步时为她买一个玩具。

我知道这样的日子为数不多，她很快就能学会说话，告诉你一天发生了什么，那时我便会失去这股夹杂愧疚的力量。也许这是我在为自己辩解。我的行为堪称病态，但我无法停止对她的惩罚。套上耳机，隔绝声响，假装她不存在，这么做实在太方便了。

有一天特别难熬。我一靠近她就发火，又踢又打，还故意用头撞墙看我如何反应，然后再撞一次。她已经一整天没吃东西了，我知道她一定饿极了，可她就是不肯张嘴吃下送到嘴边的食物，因为喂食的人是我。当她午睡时，我从头哭到尾，一边哭一边在网上搜寻行为障碍的早期症状，随后删除浏览器的访问历史。我不想被你发现搜索记录，但也不愿做这样一个孩子的母亲。

她会在你快到家前偃旗息鼓，不再和我对着干，好似听得见你踏出电梯的声响。我搂抱着她打扫客厅。她僵硬而安静，身上的味道有点不好闻，她的睡衣裤摩擦着我的胳膊，棉布因清洗太多次而起了球。

我将她递给你，你仍穿着干净爽利的办公毛衣。我向你解释她额头的红肿是怎么来的，无所谓你相不相信。

“亲爱的。”你在地毯上逗弄维奥莱特，试图笑着平息自己的质疑，“她真的那么不听话吗？我以为情况在好转。”

我瘫倒在沙发上。“我不知道。我就是太累了。”

真相我说不出口：我觉得我们的女儿不正常，可你觉得问题出在我身上。

“喏。”你把女儿递给我，她正在吮吸一片奶酪，“她很平静，很听话。你只需轻轻抱她一会儿，让她感受到你的爱。”

“福克斯，这不是爱啊亲密啊什么的问题，这些我一直在尝试。”

“抱着她就好。”

我便接过她，把她放到大腿上，等待她把我推开，可她坐在我腿上，吮吸着湿软的奶酪，一副心满意足的样子。她靠着我的胸膛，和我一同看着你打开公文包。“爸爸。”她开口说，“爸爸。”

你拿起咖啡桌上的奶瓶递给她，她又窝到我怀里。

“你还是不明白。”我说得很轻，生怕扰到女儿。她压在我身体上的重量实在太过抚慰，让我平静下来。我就像一个迷失的旅者，漂泊数年终于再次与人接触。我用手指拂过她的前额，拢起她额前的碎发。她让我亲了她，把大拇指塞进自己嘴里，呼了口气。互相作对了那么久，我俩都累了。

“你在她睡觉时睡了吗？”你打量着我俩，轻声问。

“我睡不着。”我没好气地说，胸中的平静渐渐枯竭。她扭动身体离开我的怀抱。“要做的事太多了，洗衣服什么的。我还在尝试写作。我的脑袋根本停不下来。”

我把奶瓶丢到咖啡桌上，一道奶喷射而出，洒在我打印出的纸页上。我正考虑把这份稿件给你看，你已经太久没有过问我在忙活什么了。我看着橡胶奶嘴喷出的奶滴落在我的字里行间，盖住了墨迹。

你去换了身衣服，回来后陷入我身旁的沙发，拍了拍我的大腿。过去我会问你这一天过得如何，但这几个月我们渐行渐远，这份距离所带来的伤感我们不愿谈及。我宁愿黯然神伤，任其越来越糟，你似乎也同样如此。

“那是什么？”你指着打湿的纸页问。

“没什么。”

“如果你想的话，就送她去日托所吧，不过一周最多三天，可以吗？我们没那个预算。”你按压自己的前额。

那一周的余下几日，我竭尽全力，但我们又回归到了每日斗争的常态当中。她的日托生活从次周的周一开始，我依然记得带她走上印着“欢迎”字样的脚垫时那自头顶倾注而下的如释重负的感觉。她盯着自己的黄色雨鞋，直到老师牵起她的手。我说再见时她没抬头看我，而我在踏过潮润的草坪走出校门的全程也没回过一次头。

23

你母亲送了维奥莱特第一个玩具娃娃。

"母性本能很小就有了。"她边说边剖开刚从市场上买回来的新鲜活鱼，还示意了一下正坐在地上玩的维奥莱特。维奥莱特正把娃娃塞到胳膊下，自拿到这个玩具娃娃后她就没放下过。贝贝，她说了一遍又一遍，戳弄着娃娃颤动的大眼睛，那眼睛的睫毛比我的还要浓密。娃娃散发着婴儿爽身粉的味道，穿着粉色睡衣。

我饮下杯中的红酒，看着你母亲做晚饭。尽管我提议点外卖，可她坚持亲自下厨，做烤三文鱼配枫糖浆。维奥莱特把洋娃娃拿给我，放在我的大腿上。"妈妈，贝贝。"

"没错，亲爱的。她是个小宝贝。"我在她面前抱着娃娃轻轻摇动，低头亲了娃娃一口，"轮到你了。"

她凑过来，张大嘴在娃娃光裸的额头上亲了一大口。除了对你，我从未见她对谁做出如此亲昵的动作。我不想让你母亲因维奥莱特的母性本能感到满足。

"好姑娘，亲亲。"

烤三文鱼的香气萦绕整个公寓。你的父亲带你去看现场冰球比赛，要在城里住三晚，住宾馆。这是想要一点空间，我是这么想的，毕竟我们已经专门买了个折叠沙发好让你们看比赛。尽管维奥莱特睡得好些了，可我还是觉得疲惫不堪。你母亲一直待在我们家，弄得我一直处在发火的边缘。我对她的感情极其复杂。我急需她的帮助——任何人的帮助，但我怨恨她的能力，怨恨她轻而易举为你的生命打点好了一切。

“小不点的日托怎么样？”

“还不错，她好像挺喜欢那儿的老师，才一周就学会了好多东西。”

你母亲为我满上杯，低头亲了亲维奥莱特。

“你呢？”

“我？”

“你是不是很享受自由自在的时刻？”

她人生将近二十年都在照顾你和你妹妹。一个又一个馅饼，一次又一次家长教师联谊会。她曾亲自缝补每一个枕头，每一块窗帘、餐巾、餐具垫还有浴帘。我看着她烹饪时晃动的金色波波头。在你们家裱在金色相框里的全家福中，她的头发也是一样的长度和质感，照片的背景是你幼时住所的楼梯间，打理得干净整洁，极其讲究。

“我花了更多时间在写作上，试着兼顾好所有事。”

“你一定一直倒数去接孩子回家的时间吧，我的孩子还在上学时我常常这样。你渴望平静和安逸的空间，可接下去一整天你都会满脑子想着他们。”她微微一笑，切开小茴香，“福克斯看起来很喜欢小不点，在他还小的时候，我就知道他会成为一个当之无愧的好爸爸。”

维奥莱特一只手拿着打蛋器叮叮当当敲打炉子，另一只手捏着娃娃的脚。

“他做得很好。他是个……完美的父亲。”这是她想听的话。从某个角度来说，这也确实是事实。

她又笑了笑，拿起一个柠檬，看着维奥莱特玩了一会儿，接着转回头刨柠檬皮。我弯下腰，想抱维奥莱特去洗澡。感受到我的触碰，她立马往后一缩，我当即意识到我又惹恼她了，心一下子揪作一团。她开始大哭大叫，在瓷砖上激烈地扭来扭去。

“来吧甜心，洗澡澡啦。”我不想在你母亲的面前展开一场斗争，便抱起拳打脚踢、尖声大叫的她进了浴室，一边打开水龙头一边关上了门。几分钟后你母亲过来敲门，说话的音量盖过了哭叫声。

“需要我帮忙吗？”

“她就是在闹脾气，海伦，她累了。”但你母亲还是进来了，那时我已浑身湿透，而维奥莱特已愤怒得面色发紫。我掐着她的胳肢窝，帮她冲洗头上的泡沫。当我抱起她时，她已哭叫得发不出声来，气息微弱。你母亲静静地看着，把毛巾递过来。

“能让我抱抱她吗？”

“她一会儿就好了。”我紧紧抱住维奥莱特，不让她乱动，可说时迟那时快，她的牙齿猛地咬上我的脸颊，我根本来不及别开脸。她咬了我，咬得很重。我痛得龇牙咧嘴，压抑不住痛呼，想拉开她的头，可她咬得实在太紧。你母亲倒吸了一口气，来到我俩中间，用瘦弱的手掰开维奥莱特的下颌。她从我怀中抱走维奥莱特，只说了一句:“我的天哪。”

我看着镜子中脸上的伤痕，用凉水冲淋，敷上了一块湿布。

实在是太丢脸了。我能看到身后你母亲的表情，一脸惊骇。

维奥莱特不再尖叫了。她在你母亲怀中呜咽，呼吸渐渐平稳。她看着你的母亲，像是刚从一位酷刑者的魔爪下逃脱，正在寻求缓刑令。

“对不起。”我低语，不知是说给谁听。

“你去把鱼盛出来吧，我去帮她穿上睡衣，好吗？”

“不，没事的。”我从她怀中接过维奥莱特，尴尬而坚决，可维奥莱特又开始尖叫，拼命甩头。你母亲心急火燎，满脸通红。我把维奥莱特送回她怀里，转向水池。你母亲抱着她沿着走廊走向婴儿房，在她耳边轻声安抚，就像你一样，而我在哗哗的流水声中号啕大哭。

“感谢你的晚餐，非常美味。”

“我也就能帮你这点忙了。”

“刚才很抱歉，实在是很夸张。”

“没事的，宝贝。”她拿起红酒，但没喝，“我想她只是太累了，她最近睡足了吗？”

“也许是不太够。”没有的事。我们都在假装事情没有实际那么糟，维奥莱特的行为可以轻而易举地得到解释。这是你们家的行事作风。我摆弄着最后一点食物，说：“我想她正处在亲近爸爸的时期。”

“好吧，我们不能怪她。”你母亲眨了眨眼，收拾起碗碟，“你俩很幸运能拥有福克斯。”

那福克斯呢？拥有我难道不也是他的幸运吗？

在厨房里，你母亲又为我满上了一杯。我默不作声。

“会好起来的。”她轻声说。

我点点头。泪水再次涌上眼眶，我感觉自己脸红了。她沉默片刻，等再次开口时放缓了语气，仿佛一下子接受了超出她接受程度的现实。她的手覆到我的手上，我们一同看着她的手紧紧握住我的手。

“听着，布莱丝，没人说过当母亲是轻松的，尤其是当情况和你的预想不同的时候，或者是——”她在思索时抿了抿粉色的薄唇。她不敢提我母亲。“但办法总能找到的，对每个人来说都是这样，你必须得这么做。”

*　*　*

你走进家门，第一个问题就是维奥莱特怎么样了。我的好姑娘今晚怎么样？你容光焕发，眉开眼笑。你喜欢你母亲来陪伴我们的女儿。

“她大多数时间都特别乖。”你母亲吻了吻你两侧的脸颊，回身去拿自己的包。你抱住我，身上略带醉意，散发着啤酒、腊肉还有寒冷的气息。当我后退时，你问我的脸怎么了。你抚触上维奥莱特留下的红色牙印，我当即一缩。

“没什么，就是维奥莱特给我留下的一个记号。”我抬眼看向你母亲。

“没错，她上床前向我们发起了一次挑战。”你母亲对你说，“她是有那么点儿小脾气，那小家伙。”

你皱起眉头，走到衣架边挂起外套，你母亲对你干笑着，抬起眉毛，似乎期待你说些什么。我扭过头，感谢她的协助，又羞耻于自己如此迫切地需要她的协助。

“坚持住，亲爱的。”她又轻声对我说，说罢转身离开，同等在出租车里的你的父亲会合。

24

我对童年的鲜活记忆起始自八岁，我希望我所依赖的不只有这些记忆，但别无选择。有些人依靠旧照片或爱他们的人讲了上千次的故事来拼凑出自己的过去。但我没有这些东西，我母亲也没有，也许这就是问题之一。我们只有一个真实的版本。

我脑海中会浮现这样一幕：婴儿车的白色内衬，深蓝色的印染绢丝，一条镂空缎带边饰，还有缠着藤条的婴儿车把手的中部。我母亲淡黄色的指关节摁在上方，如同梧桐树的枝干。我看不到母亲往下看的脸，只能感受到她时不时拐弯躲太阳时飘到我上方的阴影。我不太可能记得这么早的事，我知道。但我能闻到酸鸡尾酒、爽身粉还有烟的味道，能听到缓慢的城内巴士将在外工作的男人载回家吃晚饭的声音。

我也时常想象萨姆会想些什么。

他可能会记得什么呢？也许是公园的小山坡上扎人的草坪，也许是躺在橙色被子里，看到上方像雨伞一样晃动的三个脑袋，也许是维奥莱特每周烘烤的南瓜松饼的味道，或是维奥莱特递给他的沾满面糊的红柄大勺子，还有可能是你想扔掉的婴儿沐浴玩具，那玩具发出的光让人目眩，也有可能是婴儿房里的画，画上肉嘟嘟的娃娃总在早晨吸引他的目光。

不过我觉得他会记得这样东西：社区游泳池更衣室墙上的瓷砖。我不知道为什么，但我觉得那些瓷砖会给他留下深刻印象。每周去游泳时，我会将他放在更衣室角落隔间的木质长椅上，一手扶着他一手锁上晃动的门。他总是以探寻的目光仰头望着墙壁，伸手触摸，仿佛墙上的瓷砖是有生命的东西——一个个随机排列的彩色小方块在白墙上构建出奇异的图案。芥末黄，翡翠绿——一种漂亮的深蓝色，像是水手蓝。见到这些瓷砖他就会安静下来。当我为他穿上婴儿游泳裤，再给自己仍然松垮的腰部围上一块浴巾时，他会睁大眼睛，发出轻柔的哼唧声。每次去游泳池更衣室，我都很期待萨姆看到那些瓷砖，那是在他的小小世界里为他歌唱的东西。

后来我常常回到泳池更衣室，在斑斓的瓷砖间寻找萨姆的身影。

25

她的头发浓密而漂亮，我们一家子走在城里时，常常有人驻足，赞叹我的小女孩是多么可爱。女儿会腼腆一笑，道一声谢谢，声音一闪而逝，难以想象这么一个娇小、懂事且亲和的小人儿竟能把我拽到疯狂的边缘。黑暗的时刻越来越少，她人格中的其他部分逐渐显现。她爱极了她的玩具娃娃，走到哪儿都捧在手上，还不到十六个月时，她就能辨认颜色。一年中的大多数月份，她都要在外裤里穿一条印着圣诞树的紧身裤。她几乎每顿饭都要吃炒蛋，还把炒蛋叫作“黄色云朵”。小狗会让她害怕，松鼠会让她受惊，街角花店的女店员特别受她喜爱。每周六，我们都会到那家花店买一枝花，女儿会把花放在自己的小马桶旁边，以便每次尿尿的时候，都可以拿着它。她总是干这种不知所以，但又是全天下最合理的事情。

她所给予我的空间，刚刚能让我吊在悬崖边，说服自己加把劲就能翻上边沿，但时不时，她便会给我来一记重击，让我明白自己在她那虽小却条理分明的世界中处于何等地位。

在她三岁时，我们周末外出去参加你朋友的婚礼，回家后，我没脱外套就轻手轻脚地走进她的房间。

那时午夜刚过，我很想闻一闻她身上的味道。还在飞机上时，一种陌生的恐慌袭上心头，我生怕出事，生怕她在梦中窒息而你母亲没法像我一样留意到，生怕一氧化碳探测器会失灵，生怕飞机着陆会出故障，把我俩炸上半空。我需要她。我很少这么迫切地渴望她，特别是在应当渴望的时候，但当这种感觉真的到来时，我已无法回忆起不想她是什么感受。那个母亲是谁？那个给我带来如此耻辱感的母亲是谁？

沉睡孩子的脸颊。她的睫毛扑闪着，睁开眼看到上方的我，小嘴一瘪，满脸失望。这太让我沮丧了。我轻声对她说:“宝贝，我回来了。”她转过身，把印着长春花圆点的被单拉到下巴，看着漆黑的窗外。我俯下身亲吻她，掌心感觉到她紧绷的肌肉。

我离开房间，看到你在走廊，和你说她要睡了。你悄悄走进去，她一把搂住你的脖子，在你脸上吧唧吧唧亲了好几口。她和你说你母亲让她看了一部和美人鱼有关的电影。她让你躺下陪她。她一直在等你。

我感受到，你与她所拥有的，我永远得不到。

“这都是你臆想的。”我一提这事你就会这么说，“你编了个你俩之间的故事，走不出来了。”

“她应该亲近我的，我是她妈妈，她应该需要我。”

“她一点问题也没有。”

她。你说她一点问题也没有。

第二天吃早餐时，你母亲念叨着她与维奥莱特共度的周末是多么愉快。你因与女儿重聚而眉开眼笑，抱着她在你膝头弹跳。

“所以，一切都好？”那之后我跟你母亲一起往洗碗机塞碗碟的时候，我悄悄问她。

“她简直是天使宝宝，真的。”她揉搓了一会儿我的后背，好像她了解并想试图缓解我所背负的痛苦那样，“我认为你们两个她都很想念。”

26

三年级时，我们在学校花了一周时间为母亲做花束，将纽扣黏在或粉或黄的松饼杯内侧，用绒毛软条制作花茎，全部固定到厚图纸上，最后努力用最漂亮的连笔草书抄下黑板上的诗歌：玫瑰红艳艳，紫罗兰紫莹莹，你是最好的妈妈，我爱你！我是最后一个完成的，记忆中我从未给母亲做过这类手工作品，何况还如此精美。老师拿起我手中的贺卡，说："太漂亮了，布莱丝，你妈妈一定喜欢。"

老师分发了请孩子们的母亲来参加母亲节茶话会的邀请函，让我们带回家。回家路上，我把那封邀请函扔进垃圾桶——我不想邀请我母亲。更确切地说，我不想让她知道这件事后又决定不去。我只有九岁，但早已学会如何应对失望的情绪。因此在茶话会那天早晨，我孤零零地在厨房吃早饭，母亲和往常一样仍在睡觉，我边吃早饭边为到校后的说辞打腹稿：我母亲生病了，她食物中毒，没法过来参加茶话会。

那天下午在母亲们到来前，大家一同用纸花装点教室。我站在椅子上，手捏大头钉正准备往板子上按，却忽然听到母亲的声音：

“我到早了吗？”

我差点从椅子上跌落。我的老师亲切地和她打招呼，告诉她别担心，她只不过是第一个到而已，还说很高兴见到她身体好转。母亲似乎没有挑破我的谎言——她看上去太紧张了，在门口急切地挥手，穿着一件缀着优雅红色花边的粉色毛呢套裙，耳朵上别着仿真的珍珠耳饰。如此柔美，如此女性化，我从来没见过她打扮成这样，心不由在胸腔里怦怦直跳。她来了，她不知从哪儿得知茶话会的事，然后过来了。

等待茶话会开始时，她让我带着她参观教室。我指给她看天气预报站、积分串珠还有乘法表，她笑着听我简要解释这些东西的作用，尽管她从未接触过乘法——据我所知没有。每位母亲进门时，自己的孩子都会冲过去拉她们的手，我的母亲抬眼，仔细观察每一位母亲的打扮、发型和佩戴的珠宝。我甚至感觉母亲开始因在意他人的看法而感到局促不安，因而吃了一惊，此前她似乎从未在意过其他母亲的想法。事实上她从未在意过任何人的想法。

随后埃林顿太太进门，托马斯大喊：“妈妈，在这里！”他正在小心翼翼地摆放老师从家里带来的茶杯和茶托。埃林顿太太向他招手，却先走向教室另一边我和我母亲所站的地方，向我母亲伸出手指修长、肤色偏黑的手。

“塞西莉亚，见到你真高兴。这颜色特别适合你。”我母亲握住她的手，埃林顿太太靠过来，和她贴了贴面颊。我曾见过其他女性行贴面礼，但从未见我母亲这么做过。不知埃林顿太太从我母亲身上闻到的是什么味道。

“见到你我也很高兴。”我母亲微微一笑，“这件事谢谢你。”她抬起下巴点了点教室，教室里满是铺着花边盘垫、摆着松脆煎饼的小桌子。埃林顿太太摆了摆手，好似在说这点小事不必言谢，好似她俩彼此喜欢。我还从没见过她俩说那么多话。

“你妈妈好漂亮啊，布莱丝。”一个女孩轻声对我说。

“就像个演员。”另一个女孩说。我又看了母亲一眼，想象其他人眼中的她，同时剥离我对她的固有印象。从她上下抬动的脚，我能看出她想要抽根烟。她的这身衣服是从哪儿来的——本就在她的衣柜里，还是特意为今天买的？我的朋友们坐在自己衣着朴素的母亲身边，望着我的母亲。我看着他们，平生第一次为母亲而骄傲。她看上去很特别。她在尝试，为我而尝试。

老师让我们将手工贺卡送给自己的母亲，母亲们为孩子们的付出赞叹不已。我将自己的作品递给母亲，她念了上头的诗，我从未和她说过类似的话。我们都知道她不是最好的母亲，连边都不太搭得上。

“你喜欢吗？”

“喜欢，谢谢。”她看向别处，把贺卡放桌子上，“布莱丝，你能给我倒点水吗？”

但我希望她觉得自己是个更好的母亲，我需要她是一个更好的母亲。我再次拿起贺卡，大声念给她听，颤抖的声音盖过了教室里的杂音。

“玫瑰红艳艳，紫罗兰紫莹莹，你是最好的妈妈……”我顿了下，咽了口唾沫，“我爱你。”

她依然凝视着诗行，接着拿回我手中的贺卡。

“茶话会还有五分钟结束！”

“家里见，好吗？”她摸了摸我的头，拿起包离去，我看到埃林顿太太的目光追随她结束离开教室。

晚餐时母亲烧了肉馅土豆派，仍穿着那身粉色毛呢套裙。父亲抽出自己的椅子，叫着肚子好饿。

“和我讲讲母亲节茶话会怎么样呗。”

土豆泥落到他的餐盘上，发出一声闷响，母亲一言不发。父亲转向我，抬起眉毛。“茶话会怎么样？”

“挺好的。”我抿了口水。母亲把炖锅菜从烤炉里端到桌上，往旁边丢了个勺子。

“天哪，这可是木头桌。”父亲跳起来去抓了块茶巾，端起炖锅菜想把茶巾塞到底下，不慎烫到了手指。他瞪了我母亲一眼，但母亲似乎没注意到。

“我给妈妈做了贺卡。”

“多好啊，贺卡在哪儿？”父亲往嘴里塞满土豆泥，转向我母亲，“拿来给我瞧瞧。”

母亲从水池抬起头。“拿来什么？”

“女儿给你做的母亲节贺卡。”

母亲疑惑地摇摇头，好似我什么都没给她。“我不知道啊，我不知道它放在哪儿了。”

“肯定在，你去翻翻你的包。”

“不，我不知道它在哪儿。”母亲看向我，再次摇头，“我不知道它哪儿去了。”她点燃一根烟，打开水龙头，任水流渐渐没过水池里的碗碟。她从来没和我们一起吃过饭。

我的心一沉。过头了，我的话说过头了。

“算了吧，爸爸。”

“这怎么行？如果你给妈妈制作了一张精美的贺卡，那就得找出来，贴在冰箱上。”

“塞贝。”

“去找找，塞西莉亚。”

母亲抓着洗碗布扔向父亲的脸。砸到的一刹那，我吓了一跳，手中的勺子掉到地上。父亲坐在原地，湿洗碗布挂在脸上，双目紧闭。他放下餐具，拳头攥得死紧，关节都泛出了土豆色。我希望他能对母亲破口大骂，以常在母亲心中酝酿的同样的怒火来回复她。可他一动不动，仿佛呼吸都停止了，我把手伸向他，差一点就能碰到他的胳膊。

“我确实去了，是不是，去了那个该死的茶话会！我坐在小桌子边配合着演了全程。你们还想从我这儿得到什么？”她抓起香烟盒走向门口。父亲拿下头上的洗碗布，摊在桌上叠好，接着拿起叉子，看向我。

“吃。”

27

在维奥莱特四岁那年的春天，她的学前班老师约我们周五放学后去和她谈一谈。

“没什么严重的问题。”她在电话里这么说，把“严重”两字咬得很重，“但我们得谈一谈。”

你一开始还很疑惑，尽管我知道你有些担忧老师会说什么。怎么？是她不愿意分享绒毛软条吗？

我们坐在小板凳上，你的膝盖几乎磕到下巴。学前班老师给我们递水，水倒在粉色塑料杯里，味道像兑了洗洁精。

所有人都知道老师向来先说好话。

“维奥莱特是个特别开朗的孩子，她在很多方面比同龄孩子成熟，她特别的……伶俐。”

但维奥莱特惹了一些事，伤到了同班同学。比如说一个男孩害怕坐在她旁边，因为维奥莱特有时会扭他的手指，不惹哭他不罢休。一个女孩说维奥莱特用铅笔戳她的大腿。前一天下午，在课间休息时，维奥莱特还扯下了一些同学的裤子，往他们的内裤里扔了几把石子。我脸颊烫得厉害，用手捂住起满鸡皮疙瘩的脖子，为生下一个有如此作为的小孩而抬不起头来。我望向窗外的操场，操场上覆盖着落满灰尘的小砾石。我想起了维奥莱特在婴幼儿时期的好斗情绪，以及如今的她鲜少表露的同理心。她的这番作为太容易预见了。

“她在被教导时会道歉，这点没错。”老师在听到你的问题后犹豫地回答，“她很聪明，知道自己的行为会伤人，但这种意识无法像我们所想的那样抑制她的行为。事情到了这一地步，我想我们应当予以重视，及时干预。”

商讨好应对方法后，我们就此次见面向老师表示感谢。

“听着，她是行为不良，但每个孩子都会经历这一阶段，试探边界，她可能在这里太无聊了。你也看到这些到处都是的破塑料椅子了是吧？简直是给宝宝们准备的房间，你简直想不到这花了我们多少钱。”

我看着你杯中的气泡缓缓舞动，沿杯壁上浮。我们去喝了一杯，这是我的提议，我觉得这样能缓解我俩之间的紧张气氛。

“我们要和她谈一谈。”你寻找着自圆其说的理由，“总找得到原因的，显然有外因刺激她这么做。”

我点点头。你的反应对我来说没有意义。你既聪明又专业，在生活的方方面面都理性周密，可一谈及女儿，你的冷静清醒就消失得无影无踪。你盲目地护着她。

“你就没什么要说的吗？”你发火了。

“我，我很难过，很失落。没错，我们是要和她……”

“但是……”

“但是这事并不让我意外。”

你摇摇头——她又开始了。

“和她同龄的孩子是会咬人，打人，或者说‘你不许再来我的生日聚会’，可她所做的听上去……有点过分，像是算计好的。”我把脸埋进双手。

“她才四岁，布莱丝，她连系鞋带都不会。”

“你听我说，我很爱她，我只是说——”

“你真的爱她？”

这感觉真是太痛快了。你第一次大声把这句话说出来，但我知道过去四年你一直这么想。你凝视着圆点状的大理石吧台。

“我爱她，福克斯，我不是问题所在。”不知老师为了说得尽量委婉斟酌了多久。

我独自走回家，给了保姆打车的钱。维奥莱特很快就睡着了，我悄悄爬上她旁边的床，用被子盖住双腿，在她翻身或嘟哝时屏住呼吸。她不喜欢我来这儿，但我常常过来，想从她安安静静的样子中寻到些什么，具体要找什么我也不知道。也许那一夜，我来寻找的是她酣睡时纯粹而甜美的气息，这能让我回想起她从哪儿来。她不完美，不好相处，但她是我的女儿，也许我欠她更多。

至此，躺在黑暗之中，想着今日的会面，我感到一阵因无法澄清事实、证明自己无罪所致的难过之情。我的生活一直伴随着对女儿的质疑，令人恐惧且从未缓和的质疑，我感觉终有一日，会有人理解我的感受。

28

随后几周的某一天，在把维奥莱特送到学校后，我独自一人去了市中心的一家美术馆。前一天的报纸上写着展览预告，我看到你早晨喝咖啡时浏览到这条消息，在翻页前轻轻摇了摇头。

我踏进美术馆，望着墙壁。在亚光白墙上悬挂着一张张媒体照片，主角是涉嫌枪支暴力的儿童，有时甚至是致命的暴力，令人难以想象。都是儿童啊，有些才刚到长青春痘的年纪，有些才刚到能坐过山车的岁数。

我想象着这些男孩的生殖器有多大，想象着他们有多嫩，没有体毛，没有第二性征。其中有两个是女孩，两人都笑得咧开了嘴，嘴唇近乎向外翻卷。一个女孩戴了牙套，她每个月都要在母亲的陪同下去找口腔正畸医生复查调整，挑选想要什么颜色的金属丝，结束后来一个泡泡糖冰激凌，因为别的东西吃起来都痛得要死。

这些孩子盯着我看了几小时。他们会把我认作生养他们的那类人吗？他们会把我认作像他们母亲一样的人吗？一个梳着不对称短发的棕皮肤女人坐在角落的橡木桌边读着画展目录，几乎没抬过头。我触摸着一幅照片的玻璃，那是一个年轻女孩的入学照，两条漂亮的麻花辫垂落双肩。这是从何处开始的？我们是何时知晓的？是什么让我们改变了？谁是该被指责的人？

回家的路上，我自言自语，我居然以为自己能从那些人物像中找到他们和维奥莱特的相像之处，我真是脑子不正常了，去看这个展览是个愚蠢至极的决定。

那天，我早早去学校接维奥莱特，与她一同享用热巧克力和曲奇。坐下时，她把一半曲奇分给我。

"我觉得你是个善良的好姑娘。"我对她说。她边思索边舔着自己那一半曲奇上的巧克力豆。

"诺厄说我很刻薄，我一点都不喜欢他。"

"那是诺厄不了解你。"

维奥莱特点点头，将手指上的巧克力舔干净。

我们没吃晚饭，曲奇败坏了我俩的胃口。洗澡时，维奥莱特闭上眼睛，像雪中的天使般漂浮在层层泡沫之间。

"我明天要让诺厄吃点苦头。"

听到这话，我的心脏霎时停跳。我拧干洗脸巾，挂到水龙头上，提心吊胆地斟酌该如何回应。她想要一个回应。

"那样做可不好，维奥莱特。"我冷静地说，"我们不能伤害他人，你为何不和他说说你特别欣赏他的某个优点呢？他是不是乐于分享？或者在课间休息时和大家玩得很开心？”

“不要。”维奥莱特边说边把头移到水龙头下。

第二天我跟你说我今天有约，让你去接她放学。有约是假的，我在杂货店里转了一圈又一圈，什么也没买。离家越来越近，心跳得越来越快。一整天我都盯着手机，笃定老师一定会来电话。

“她怎么样？”我几乎提不起气。

“老师说她今天特别乖。”你揉了揉维奥莱特的脑袋，她正用叉子卷意大利面。她抬头看了看我，通过前牙的豁口吸进一根面条。

上床睡觉前，我收起她要换洗的衣物打算放进洗衣机，在她今天穿去学校的裙子口袋里发现了一大把金色鬈发。我盯着掌心的这把头发，握着他人的头发让我心里难安。我忽然想到了这是谁的头发，小身板、怕生、脸色苍白、顶着一头蓬乱鬈发的诺厄。我站在走廊上，不知接下去该怎么做。

“福克斯？”

“我有东西要给你。”你的声音从客厅传来，音调比往常要高。我握紧掌心的头发。你坐在沙发上，递给我一个方形小盒子，我这才想起来今天是你们公司的年度审计，你晋升了，幅度很大。

“你为这个家付出了很多。”你用鼻子抵住我的前额。我打开盒子，里头是一条吊坠项链，金色细链，小吊坠上刻着字母

V。我拿起项链戴上脖子。“日子现在不好过，但我爱你。你知道的，对吧？”

你脱下我的衬衫，告诉我你想要我。

我的牛仔裤在地板上，那团头发在牛仔裤口袋里。当我们做完后，我把那团头发扔进抽水马桶冲走了。

第二天上学路上，我问维奥莱特昨天诺厄出了什么事。

“他剪了自己的头发。”

“他自己剪的？”

“对，在厕所。”

“老师怎么说？”

“不知道。”

“你跟这件事无关？”

“对。”

“你没撒谎吧？”

“没，我保证。”

她没说话，走过又一个街区后，她开口说：

“我帮他收拾了，所以他的头发才在我的口袋里。”

那天早上的学校接送点，诺厄一见维奥莱特就扑向自己的母亲，把脸埋进母亲腿间。他的头被理成了寸头，无疑是他又惊又怕的母亲理的。维奥莱特径直从他身边走过，穿过学校前门。诺厄的母亲弯下腰，问他怎么了。没什么，诺厄的声音带着哭腔，他的母亲抽出一张餐巾纸放到他的鼻子下面，叫他把鼻涕擤干净。我投给她一个同情的眼神，颔首一笑。她看上去很疲惫。她勉强地回以微笑，挥了挥手，掌心捏着裹着鼻涕的餐巾纸。我想走过去对她说：我理解你，我能与你感同身受，有些日子特别难熬。但我膝盖发软，我得快点离开这里。

回家路上，我想到了前一天美术馆中展出的照片，想到那些孩子背后的母亲。可她的母亲如此平常，和我们毫无二致。

那天放学后，我洗完衣服走出来，看到维奥莱特站在厨台边的椅子边缘上，细小的手指悠哉地搅弄着腌黄瓜汁。

“你在干什么？”我问。

“钓鲸鱼呢。”她这么回答。我越过她的肩膀，看着她抓弄余下的几条凹凸不平的腌黄瓜，腌黄瓜从罐子里湿软的莳萝草中一跃而起，复又扎入水中。你知道吗？真的就像鲸鱼一样。维奥莱特的小脑袋瓜聪慧而美好，时不时让我想停驻其间。尽管我为可能发现的东西感到恐惧。

29

你可能忘了他的名字叫伊利亚，他的葬礼在十一月上旬的周六，那时已下了整整两天的大雨，暗沉的气息环绕着我们，一如那些公寓里满溢的潮气令我们骨头生寒的时日。我们让维奥莱特在家和保姆待在一起。我们外出时，维奥莱特用蜡笔画了一幅画：两个孩子，一个在笑，一个在哭，哭的孩子胸口有一团红色的涂鸦，我觉得那是血。我把画拿给你看，可你什么也没说，把那幅画放在桌台上，叫了辆出租车送保姆回家。那时维奥莱特差不多五岁。

那天晚上我们上床后，我翻身面向你，问我俩能不能谈一谈。你揉了揉眉心。刚过去的一天漫长而沉郁，可我肚子里有话憋不住。你知道我想说什么。

“真是他妈的够了，今天你坐在教堂里什么都没领会到是吗？”你从牙缝里挤出没好气的话语，“不过是一幅画而已啊。”

可那远远不止一幅画。我翻身仰躺，凝视天花板，触摸脖子上的项链。

“你只要接受她的样子。你是她的母亲，你应该无条件接纳她。”

“我知道。而且我会这么做的。”我会相信那些谎言，“我会的。”

你希望一位完美的母亲来照顾你完美的女儿，再也容不下其他。

第二天一早，维奥莱特的画从桌台上消失了，我翻看了厨房、卫生间和桌子旁的垃圾桶，都没有找到。我从没问过你那幅画的下落。

在伊利亚的葬礼上，牧师说真主对我们每一个人都有所安排，伊利亚的灵魂永远不会老去。可一周前在游乐场上目睹的那一幕仍让我心有余悸，怎么都无法调整心态。

我觉得我亲眼看到了男孩从滑梯顶端跌落前发生的事。

我太累了——维奥莱特晚上又睡不好了，想要喝水，想要开灯。我几周没睡好觉，可能难以清醒思考。

大约十秒，伊利亚从另一边的游乐设施跑向滑梯顶端维奥莱特所站的地方，维奥莱特一直看着他，双手背在身后，目不转睛。伊利亚蹦蹦跳跳地跑过摇晃的连接桥，张开嘴尖声大叫，清爽的秋日空气吹起他的头发。

沉闷的碰撞声无比刺耳。咚。还没完。

当看到砾石地上，穿着条纹衬衫和束带牛仔裤的男孩瘫倒在地，一动不动，维奥莱特居高临下地看向我，眼中没有丝毫懊悔。伊利亚的保姆高声呼救，惊慌的尖叫声在我耳边轰鸣，可维奥莱特依然面无表情。救护车到来，用小型担架将伊利亚抬走，一群母亲和保姆围过来，目光中满是惊恐，她们的孩子受惊的小脑袋埋在她们颈间寻求安全感，可维奥莱特毫无畏惧之情。

我站在原地，盯着滑梯顶部，在脑中回放刚才发生的事。

在伊利亚跑向她前，她站在滑梯台边缘，俯视的样子好似一位专业跳水运动员，正在想象压住水花完美入水的姿态。小心点！我大声对她喊。离开那儿！求你了！那是一位母亲的惊慌。说真心话，我的心全在她身上：危险。死亡。母亲的心向来在孩子身上。维奥莱特向后退，背靠游乐设施的一根黄色柱子。那时我还不知道她为何要站在那里等待。

我看见她抬起腿。看准时机。

我想男孩的头先着了地。

警报声在空中回响，维奥莱特轻声问我们能不能去找点好吃的。她挑起眉毛，期待我的反应。这是个测试。我会怎么对待她？我会说什么？她刚刚害得一个人重伤，甚至可能有性命之忧。这一事实不可思议，荒诞至极，以至于到了转瞬即逝的地步——这不可能真实发生过。不，这不可能。我仰头望着灰暗的天空，大声说："没有的事！"布莱丝，你看见的不是真的。

"妈妈，我们去吃东西吧？"

我垂下目光，摇了摇头，将颤抖的手插进外套口袋，叫维奥莱特跟我走。

跟我走，快，快！

我们走过七个街区回到家，一路无言。

我让她自己看电视，自己则在马桶上坐了一小时，无法动弹，之前所见的一幕幕不断在脑中回放。性质已经彻底变了，不再只是一把头发或校园里的言语欺凌。那平台足足有三点五米高。我拉出你送我的刻有V的项链，感觉自己的脖子红了，很烫。

千奇百怪的东西一股脑儿涌进脑海：粉红色的小型手铐，照顾儿童的肥胖社工，披着风衣敲门的记者，转校涉及的文件，还有离婚的高昂代价，堆叠成山的大学拒信，以及可怜孩子的电动轮椅。我凝视着浴室瓷砖缝里的霉菌，一遍又一遍地回想维奥莱特的反应，接着做出决定：不。不。她没有绊倒那个孩子。她离他的距离不够近。不，我不是个会做出这种事情的孩子的母亲。

我实在是太累了。

我为她做了花生黄油三明治。把碗放到咖啡桌上时，她碰了下我的胳膊，皮肤上的触感吓了我一跳。我凝视着她的手，这双手是那么小，那么无辜，关节依然肉嘟嘟的，带着婴儿肥。

不。不。她没有做任何错事。

那天晚上，我把发生在伊利亚身上的悲惨事故告诉了你。

事故，我将之定性为事故。

维奥莱特在厨房另一端玩拼图。当我桌台上的手机响铃时，她抬头看我，我边盯着她边接起电话。游乐园在场的另一个母亲告诉我伊利亚在医院死了。

“死了！天哪，他死了。”我脱口而出，呼吸急促。你愤怒的目光直直向我射来，身为母亲，把这件事这么大声地说出来就是大错特错。你到维奥莱特身边安抚，可她没什么过激反应，只是耸了耸肩，问你能不能帮她找一片角落的拼图。

她只是需要点时间来消化。

那是自然。

你说之前应该过过脑子，布莱丝。她真的有必要听到伊利亚死了的消息吗？伊利亚失足跌落时她在场，这已经够糟糕了。

那天晚上，我们上床睡觉。你还好吗？靠过来点。你一定看到了触目惊心的事。别难过，布莱丝。你将我拉到怀里，双腿缠上我的腿，沉入梦乡。我盯着黑暗中的天花板，等待维奥莱特再次醒来。

第二天，我在伊利亚家门口留下一个冰袋，装着通心粉和冷藏的法式咸派，还留了一张纸条，以示我们挂念他们。我还送了花到殡仪馆，盛放的白色百合。

致以我们诚挚的爱意，康纳一家敬上。

警方开展了简短的例行调查。警察找了我谈话，我对他们所说的话和对你说的一样：我们什么都没看见。当听到小男孩摔落地面的声音时，维奥莱特已经沿着滑梯滑下来了。滑梯平台上的木板磨损严重，非常滑，我一直觉得这个游乐场存在安全隐患。我一直挂念着伊利亚可怜的母亲。

30

儿童重症监护室在十一楼。我把大衣和皮包留在车上，没化一点妆。在上电梯前我买了份麦当劳欢乐套餐，足以让护士站的护士认定我是来看孩子的。护士们不会向孩子处于生死边缘的父母确认身份。

走廊尽头的窗子下有一条金属长椅，窗外下方是员工停车场。我在这条长椅上坐下，上方的排气孔发出的声音如饥肠辘辘的肚子。我把欢乐套餐放在身边。

我居然来到了这里，来到伊利亚去世的地方，我厌恶我自己。

这两周的每一天每一刻，我都会想着那起事故。每次闭上双眼，我就会重回游乐场事故发生前的那一刻，那时我正大声叮嘱滑梯平台上的女儿小心点。我看到两个孩子细细的腿，伊利亚在跑，维奥莱特靠着柱子站立，在伊利亚经过时抬起脚。

但我不知道，我不确定。

我侧耳倾听。一个被抽血的小孩发出无精打采的痛呼，母亲温柔地安慰他要勇敢。大厅的另一边，一个一脸疲倦的男人背着一个小女孩走出门，女孩抱着一只泰迪熊挥手告别，破旧的冬靴晃来晃去，不时撞到男人的臀部。一位护士跟在后面，轻轻关上门。屋里传来一个女人的抽泣声，我能从哭声中听出她有多气。

隔两间屋，有一家人在唱歌，我听出这是维奥莱特在学前班学过的一首歌。旋律模糊不清，夹杂着美妙的童声高音，此外还响起了玩桌游时的铃声，如同一场嘉年华的白噪声。有那么一刻，我真希望自己能加入其中。

护士们进进出出，掌根不断挤压每扇门外的免洗消毒剂。人们都去喝咖啡了。母亲们联系护士站要毛巾。一个穿着芭蕾舞裙的小丑推着一小车玩具，温柔地敲开一扇又一扇门，询问孩子们开不开心。低语声，欢笑声，鼓掌声。好姑娘。小男孩个子真高。随后又是大段的沉寂。广播系统播放通知，称西侧的电梯将停运二十分钟。地板上铺着桃粉色和灰色的砾石，我凝视着踢脚板上厚厚的尘垢。走廊尽头沉重的双层门“哐”一声打开，又“当”一声关上，开了又关，关了又开。

“你需要什么帮助吗？”我没有注意到一位身着绿色医务服的女士来到了我身边。我咽了口唾沫，一张嘴就皱起了眉头：喉咙感觉像塞满了医用纱布，吸入的空气非常污浊。我摇了摇头，向她道谢，接着在那张长椅上坐了四个多小时。

我最终起身沿走廊离开，手握冷掉的一盒薯条，在下午曾听见女人哭泣的那间病房外停下脚步。透过网格玻璃，我看到她侧躺在床上，一个小团子蜷缩在她怀里，几根输液管从输液袋连接到毯子下方，如同笼罩在上方的雷雨云，雨点一滴一滴往下流。窗边的墙上有块白板，上面印着：我的名字，我最喜欢做的事，空格里填的是：奥利弗，和朋友踢足球。

母亲们不该有承受痛苦的孩子。我们不该有命悬一线的孩子。

我们同样不该养育出心地不善的人，灵魂中暗藏黑暗的人。

在那扇门外，我竟想让维奥莱特成为从滑梯顶端跌落的那个人。

我坐在医院停车场的汽车里，构想了和刚才不同的回忆。我不能任由自己像刚才那么想，我必须相信自己的女儿没有绊倒那个男孩。

那天晚上，当我在平底锅里炸虾时，你用单手环住我的肩膀，鼻子蹭着我的脸颊。我推开你，你问我怎么了。我想告诉你今天经历的事。我想说，我是个总在思维反刍的怪物。可我没说出口，仅盯着滋滋冒油的平底锅，含糊其词地说自己头疼。你摇摇头，走出厨房。

31

“今天恐怕不是个好日子。”埃林顿先生站在门口，手里拿着一块湿布。我足足敲门敲了十分钟，他才过来应门，和我说托马斯和丹尼尔去了阿姨家，而埃林顿太太身体不舒服。他一定看见了我脸上的失落，因为当我转身打算回家时，他伸出手搭上我的肩膀。

“稍等一会儿，我去问问她，也许她愿意有个人来陪陪呢。”我没脱鞋，站在埃林顿家进门的地方，直到埃林顿先生回来，“进来吧，她在床上休息。”

此前我从未进过他们的卧室，但我知道是哪一间——走廊尽头的那一间。我拖着虚软无力的步子走上台阶。此前我从未受邀踏进一个如此私人的空间，这让我感到自己长大了，很特别。门半开着，我悄悄侧身进去，看到埃林顿太太靠在床上。

“进来吧，亲爱的，见到你今天来可真是个惊喜。”埃林顿太太没有化妆，头发用一块红雏菊长巾包着，我曾见过这块长巾在屋里随意地放着。她的眼睛看起来比之前小，没有眉毛，可还是和以前一样美。她拍了拍床，示意我坐到她身边，我该不该坐那么近呢？这样是不是有些不得体？可她又拍了拍，我便到她身边坐下，双手礼貌地搁在大腿上。

“我今天看起来气色不好，是吧？”

我不知该如何回答。我看了一圈她的卧室，金色窗帘拢到一侧，用红绳扎起，点缀着叶子的织纹墙纸和我母亲选的几乎一样，不过埃林顿太太房间的墙纸是明快的黄色，而我家的是我一直欣赏不来的鳄梨绿。我摩挲着和窗帘相配的床单。这个房间里的一切都是那么舒适温暖。我想起了自己母亲的床，从来没铺整齐过，亚麻布床单被套难得才洗一次。

“你会好起来吗？”

“当然啦，我会好起来的，我这确切来说不算生病。”

“那你为什么不舒服？”我知道这么问有些冒昧，但我需要知道答案。奇怪、刺鼻又夹杂着甜意的气味进入我的鼻腔，就像其他孩子在学校吃午饭时喝的酸奶的味道。床头柜上有个药瓶，里头的药片和我母亲曾经吃过的很像。

“我不确定该不该由我来和你讲‘小鸟与蜜蜂’[1]这方面的事，但你已经是个十岁的大姑娘了。”我的双颊一定红了，我母亲从没和我谈过性啊宝宝从哪儿来啊之类的事，但我从同学间的聊天中略有耳闻。埃林顿太太掀开腰上的棉被，将白色的睡衣往

---

1 小鸟与蜜蜂：the birds and the bees，父母与孩子谈性时使用的委婉表达方式。蜜蜂采集花蜜给花朵授粉的过程可含蓄指代性交，而鸟儿下蛋的过程则暗示女性分娩。

下拉，盖过鼓起的肚子。我都没注意到她胖了那么多，她总是穿着漂亮有型的裙子或外套，就像我母亲一样。

“你有孩子了？”

“对，我怀上了，可宝宝没了。”

我不懂，我不知道这句话中的“没了”是什么意思，也不知道她肚子里的宝宝怎么了。宝宝去哪儿了？到底发生了什么？埃林顿太太一定感受到了我的疑惑，她缓缓拉起棉被，好像牵拉到肚子会很痛，但她脸上一直挂着笑容，无论体内有多大的痛楚。我看到她手臂上有个医院手环，几年前母亲染上严重的流感出院回家时手臂上就戴着类似的手环。我不知道该说什么，指了指床头柜上的药片。

“这药你想要多来几片吗？”

埃林顿太太笑了笑。“当然啦，不过我只能每隔六小时吃一片。”

“托马斯和丹尼尔会伤心吗？”

“我都没跟他们说他们要当哥哥了。我打算不久后就把发生的事告诉他们。”

“你伤心吗？”

“嗯，我很伤心。不过你知道吗？上帝自有保佑每个人的方式。”我点点头，好似听明白了，好似上帝也是我由衷信任的对象。

“她是个小女孩，我本可以有个女儿。”她的手指触上我的鼻子，泪水夺眶而出，“就像你一样。”

32

旧房子林立两侧的街道给人以难以言喻的奇特感受，一踏出车门，夹带着忍冬花香的芬芳空气便扑面而来。我很快便会知道后院开满了忍冬花。各类申请将在下一周审核通过，不过我们今日就来商定好了价格。晚餐前房产中介打来电话说谈成了，那时我们正在几个街区外的一家餐馆心焦地吃着比萨，我们很快会成为这家餐馆的常客。从新房子到维奥莱特的幼儿园只需十五分钟。大多数事情我们可以自己解决。街区的篮球架在一条死胡同里，同在一条街上的小学是这片区域最好的小学。

三间卧室。迅速拍板。我开始相信生活终于重归正轨，向前行进。我求之不得。

我们需要改变，尽管我俩都没明说这是搬新家的原因，需要改变这事我们压根没说起。那起事故已经过去了三个月，我不会再梦到那个游乐场，也不会在倒麦片或关闭车门时听到那个男孩的身体落地的声音。这是时间赋予我的。时间，以及我想忘记这一切的意愿。我再也没去过那个公园，再也没去过那附近，那个男孩的名字再也没被提起。维奥莱特再次开始睡整觉，蒙在我脑海中的迷雾似乎也消散了。

一天你回到家，打开笔记本电脑，网页上是一长串房源信息。我都不知道你在看房子。

随后几个月，我们每周都在装修，用借来的工具敲敲打打，请工匠来完成我们搞不定的事。我们一致认同彻底翻修得等攒够钱之后，但有些事情没法拖，比如新的地板，新的洗手间。装修列表在你敏锐的建筑师眼光的加持下变得越来越长。搬家那一周，你父母到城里来帮忙照顾维奥莱特，我们则忙着收拾打包。在返还钥匙前，你母亲带着维奥莱特来和旧房子说再见。庆祝是她的事，与我无关。我们的家庭从旧房子开篇，一路走来，不知从何时起，我们失去了对此地的情感联结。当我们离开那栋楼时，你脸上的如释重负我看得分明，还有你把钥匙丢进牛皮纸信封，再把信封丢到门卫桌上的动作，也满是释然。

我们一直忙活到半夜两点，维奥莱特和你父母在一起，住在他们下榻的酒店。我拿着装有她幼时物件的橡胶桶，搬上二楼次卧。

“这些不该放到地下室吗？”你问。

“迟早会派上用场。”

你吸了口气。“今晚就到此为止吧。”

我们躺在新卧室中央的床垫上，忘了开暖气，索性穿着卫衣和运动裤一同窝在毛毯下。

“我们会在这里过得很幸福。”我轻声说，同时用穿着袜子的脚蹭你的脚。

“我觉得我们一直很幸福。”

33

她一定借着月光看到了我赤裸的身形，薄薄的睡衣遮住了身体相接的部分，我的背像猫一样凹陷，胸部像小沙袋一样在你面前摇晃。

我发出绵长的低吟，手撑床头板，遮住了大片空间。衣柜没有门，藏不住我还没洗的衣服、一堆还没拆掉袋子的干洗衣物和一盒还没扔的捐赠衣物。我被埋藏在“还没”之下。生活一团混乱，行动没有规划，房屋翻新的收尾工作进展缓慢。

现在回过头看，那时我们正处于我时而渴望的世俗而平凡的纷乱中。

我没听到门的吱嘎声，也没听到她走过上周刚铺好的硬木。我不知道她在门口，直到你把我一把推开，暗自咒骂，拉起被子盖过头顶。我像婴儿一样蜷缩在墙角，困囿于你的惊慌。回去睡觉，没什么事。我冷静地告诉维奥莱特，她问我们俩在干什么。没什么。我回答。天哪，布莱丝。你这么说，仿佛刚刚被撞见全是我的错。

这么说也有点道理。我正在排卵期，而你很累。我抱着枕头流泪，你抚摩着我的背，开始亲我的脖子，那种包含爱意但没有欲念的吻。你对我说，时间有的是，不急。

你不想再要个孩子。我不满地说。你为什么这么想？我们静静地躺在一起，你的手指绕着我的发丝起舞。我当然想再要个孩子，你轻声耳语。

你在撒谎，但我不在意。

我翻过身抚摩你，直到感觉到你败下阵来。我让你滑进我的身体，假装一切都与现实不同，包括你、房间和我作为母亲的经历。我怀着这样的心态乞求你不要停下。

三周前，我在我俩刷牙时提出了这个想法。你往水池里吐干净口中的泡沫，给自己和我各扯下一段牙线。再说吧，到时候再说。

你的语气中有种一反常态的直率，若是换一天，可能会令我起疑心。可那时没有。这件事与你关系不大，与之关系大的是我。我们这个家要想有所改变，唯一的办法就是再要一个孩子。也许这是救赎，为过去偏离正轨的一切。我回想起当初维奥莱特为什么会降生——你想要一个家庭，我想让你开心，我也想证明我的所有疑惑都是错的，我想证明我的母亲也是错的。

终有一日你会明白，布莱丝。我们家族的女人……注定与常人不同。

我想有第二次做母亲的机会。

我无法承认问题出在我身上。

送维奥莱特步行上学时，我经常指着别的宝宝说：有个小弟弟或小妹妹是不是很棒？她很少回应。她越发沉浸在自己的世界里，那时我俩之间越来越远的距离一定程度上让我们的生活好过了不少。每天早上，我们都会在接送站看到那位母亲，一边抱着新生儿，一边小心翼翼地弯腰与上学的孩子吻别。

“有两个孩子看起来好辛苦啊。”有一次我微笑着对这位母亲说。

“特别辛苦，但是值得。”值得。又是这句话。她颠了颠孩子，拍了拍他的脑袋。“他是个与众不同的小宝贝，养育第二个孩子是一段截然不同的经历。”

截然不同。

维奥莱特站在卧室门口，手垂在两侧，不肯离开，非要我回答我和你刚刚在做什么。我便向她解释，当两个人彼此相爱，就会以特殊的方式依偎结合。没人说话，黑暗中一片沉默。随后维奥莱特回了自己房间。我们该安慰一下她，我对你说，我们得确保她没事。

“那你去。”你说。但我没去。我们相背而眠，陷入了于我而言没有意义的僵局。

第二天早晨我们没有说话。我冲了个澡，没有替你煮咖啡。下楼去厨房时，我在楼梯上停下脚步，听到你和维奥莱特吃着早饭聊天。维奥莱特对你说她恨我，她恨不得我死了，这样她就可以只和你生活在一起。她说她不爱我。这些言语会刺穿任何母亲的心。

你对她说:“维奥莱特，她是你妈妈。”

你有太多话可以回应，可你选择了这一句。

那天晚上，我厚着脸皮求你再来一次，一次就好。你同意了。

34

那位母亲穿着常在接送时穿的瑜伽服，衣衫被衣架撑得微微发皱，未精心打理的头发可见前日的辛劳。她的儿子站在她身边，摘下棒球帽。校园里朝气蓬勃，他的小肚皮里塞满了谷物麦圈，睡饱后的小脸肉鼓鼓的。母亲蹲下身，男孩环住她的脖子。从我所站之处，我看得到男孩脸上不舍的痛苦。母亲的手搂着男孩的头，如同一朵花的花瓣，她的嘴在男孩耳畔翕动。男孩紧紧抱着母亲，他需要母亲。他身后逐渐热闹起来，玩闹声，尖叫声，还有篮球砸在水泥地上的声音。

母亲的双手滑下男孩瘦削的肩膀，男孩推开她，小小的胸膛上下起伏，又被母亲拉了回去。现在是母亲需要他，母亲的脸埋在他的脖颈间，过了三秒，也许是四秒。男孩的嘴唇抿得和拳头一样紧。母亲再次开口。男孩挤了挤眼睛，点点头，戴上帽子，压下帽檐，转身离开，迈着双膝稍向内扣的步子，步速不慢，没有犹豫，而是带着期待与急切。母亲没有看他，这天早晨没有，她转身离开，从口袋里掏出手机，神游于不像儿子一样让她苦痛的事物之中。

我的肚皮动弹了，就像捕蝴蝶的网，这是今天早晨的第一次胎动。肚子里的小宝宝醒了。维奥莱特在接送站时把她那包切片橙子留给了我，我吸吮着橙片中温热的果汁，将吸干的橙子皮扔进公共垃圾桶，一路跟着那位母亲，穿过两个十字路口。她在街角的商店停下脚步进去买盐，我在一座西红柿小山后看着她。我想看到她的脸，看她是否一直记挂着儿子。我想知道与另一个人建立如此联结是什么样子，什么感受。在路边一处拥挤的地方跟丢她时，我仍未得到答案。

这样的事发生在我和维奥莱特身边，以一种我们之间不通的语言。我迫切地想要学习，想要探究，好在面对下一个孩子时做得更好。

回家路上，我在街边看到一个女人摆了个旧货摊，一堆陈旧的画作靠在灯杆上，她正用彩色的标签在画作背面标价。她从一个高雅的金色画框中抽出一幅画，若有所思地看着，斟酌该标个什么价。我站在她身后，渐渐沉浸于这幅画，手不由自主地抓紧胸口。画上坐着一位母亲，孩子坐在她的大腿上，脸色红扑扑的，穿着白衣，轻轻地托着母亲的下巴，对上她下垂的目光。母亲一手从前环住孩子的腰，一手绕过孩子的后背搭在孩子的大腿上，两人的头依偎着，散发着平静、温暖和舒适的气息。卖画的女人垂坠的长裙印着暗红印花，非常漂亮，我几乎无法开口向她询问价格。不过不要紧——这幅画我要定了。

当她把这幅画放回画堆时，我开口说："我要那幅。"

“这幅油画？”她摘下眼镜，抬头看向我。

“没错，就这幅，母亲和孩子。”

“这仿的是玛丽·卡萨特[1]的一幅作品，当然了，不是真品。”她笑了笑，仿佛我该知道拥有玛丽·卡萨特的一件真品是件多么荒唐的事。其实我从没听说过这个名字。

“画里是她自己吗？我说画家。”

“不，她一直没有孩子，也许正因如此，她才那么喜欢画母亲和孩子。”

我把那幅画夹在腋下带回家，挂在婴儿房里。那天晚上你回到家，看到我试图把墙上的画摆正，你在门口停下，轻呵了一声。

“怎么了？你不喜欢？”

“和你向来打造的婴儿房风格不同嘛。你在维奥莱特的房间里挂了很多动物宝宝的图片。”

“嗯，我很喜欢这幅画。”

我想要画中的孩子，想要肉嘟嘟的小手搭在我的脸上，想要那份触之可及的爱。

1 玛丽·卡萨特：1844—1926，美国印象派女画家，极少数活跃在法国艺术界的美国艺术家之一。上文提到的油画为她创作的《埃米和她的孩子》。

35

维奥莱特静静地看着我的肚子渐渐隆起。肚子里的男孩一天到晚都在动，那小得不可思议的脚跟划过来划过去。我喜欢躺在沙发上，拉起衬衫，让一家人意识到他的存在，意识到我们是一家四口。

“他又动了吗？”你在厨房洗完盘子，大声问。

“没错。”维奥莱特会大声回话，我们会一起笑起来。

不知不觉间，肚子里的孩子让我们一家的关系有所改变，我也说不准到底是什么变化。我们对彼此更温和了，尽管我俩之间因为你更多的工作又拉开了一段新的距离。我利用这片多出来的空间与内心相处，与他相处。早在那时，我和他已互为彼此的世界，幸福快乐。这是母亲与儿子的联结。

B 超技师拿着细棒指着 B 超影像图上的一处打转，说，你的儿子在这儿。我闭上眼睛，生来第一次感谢上帝。这一消息我两天都没有说，因为过了两天你才问我预约的 B 超检查结果如何。这实在不像你，我第一次怀孕时你关怀备至，而此时，我们夜里都不再相拥而眠。你有几个大项目要跟进，大客户大生意。我对你几乎没什么需求。我有了他。

维奥莱特想让我帮她整理她婴儿时期的旧衣服。我们一同坐在洗衣间里，折叠刚烘干的婴儿睡衣裤。维奥莱特把每一件睡衣拿到鼻子下闻，像是在回忆过去穿这件睡衣的时间与地点。我让她给自己的玩具娃娃套上一件针织毛衣，她扮演母亲照顾娃娃，那小心翼翼的动作和温和柔美的声音让我惊叹不已。

“你就是这么做的。”她抱着娃娃向右摇了两下，又向左摇了两下，接着又回到右边。

我一时没明白她是什么意思，我不记得自己曾这么抱过她，但当我接过她手中的娃娃，站起身模仿她摇动娃娃的方式时，我的身体立刻回想起了这熟悉的动作。她说得没错。我一边摇动娃娃，一边笑了起来，维奥莱特点点头，咯咯笑个不停。

“我就说嘛。”

“你说得完全没错。”

她会记得我抱她的方式看似是件不可能的事，但这记忆数年来一直与她相随。她把双手放在我隆起的肚子两侧，两只小手轻摇我的肚皮，对我肚子里的宝宝做同样的事。很快我们开始舞动，我们仨人，合着洗衣机旋转的节奏。

36

当他的头穿过通往这个世界的火环，我垂下双手。这是令人狂喜的释放。你看着我引导他从身体里出来，接着轻轻抱起他，小心翼翼地放到他住了十个月、现已瘪下去的温暖家园的上面。你来了。他抬起头看向我，弓起背部，开始在我肚皮上扭动，像只覆着胎脂和血液的尺蠖。他张着嘴，玻璃般的眼珠仍是黑的，抽动的小手满是褶皱，像是覆盖了过多的皮肤，两只小手摸到我的胸口，小下巴开始颤动。他是我的奇迹。我把他引到我的乳头边，用乳头轻触他的下嘴唇，双臂仍因催产素而不断震颤。来吧，甜心宝贝。他是我见过的最美的生命。

“他挺像维奥莱特的。”你的目光越过我的肩膀看向他。

但在我看来，他和维奥莱特并不像。大约七磅重，那么纯净，那么美好，仿佛下一刻就会悬浮到我的上方，如梦一般，这是我自出生以来就一直不敢奢求的东西。我抱着他，皮肤黏着他的胎脂，一连几小时，直到他们扶我起来上厕所。下身流出很多血，落入马桶，我低头看着一团血污，再次想到我们的女儿。接着我缓缓走出卫生间，回到儿子身边，他正躺在门外的玻璃婴儿车里。

他来到这个世界时发生的事，别的我几乎都不记得了。

他离开这个世界时发生的事，我全都记得一清二楚。

1969

塞西莉亚十二岁那年来了例假，在那之前，班里女生之中胸最大的就是她。她走路时总含着胸，掩饰着第二性征。那时埃塔很少和她谈天，更别提引入青春期这一话题了。塞西莉亚从别的女生那儿听说过出血的事，但亲眼看到内裤上湿润的血迹仍让她心惊肉跳。她翻遍母亲的柜子寻找卫生巾，可一片也没找到。她痛得蜷缩在卫生间地板上，看到经血渗透裤子，决定去告诉母亲。

塞西莉亚敲门时埃塔没有应门，但这并不反常。正值下午三点，埃塔有睡午觉的习惯。塞西莉亚走到埃塔床边，轻唤她的名字，直到把她叫醒。听完塞西莉亚的讲述，埃塔叹了口气，塞西莉亚不确定这口气是出于同情还是反感。

“你找我想要什么？”

塞西莉亚没有回答，喉头紧绷，因为她答不上来。埃塔打开床头柜，从一个小型红色化妆包里掏出两颗药片，这个化妆包她一直瞒着亨利。埃塔把药片递给塞西莉亚，一手滑入枕头下，闭上双眼。

塞西莉亚凝视着白色药片，把药片放上床头柜，离开卧室。她在走廊里发现了母亲的皮夹，掏出所有零钱去药店。为卫生巾付款时，她面红耳赤，不敢看收银台的年轻男子。回家后，她泡了个热水澡。当她躺进浴缸时，埃塔走进来上厕所，撒尿时闭上了眼睛。

那日下午四五点，塞西莉亚站在埃塔的卧室门外，一股莫名的恼怒蹿上她的胸膛。她冲进卧室，按开电灯，攥紧拳头站在母亲的床尾。她意识到自己想让埃塔伤害她，就算被她打一巴掌，也意味着至少她还在埃塔狭小而忧伤的世界中有点地位。数月以来，塞西莉亚一直觉得自己在母亲看来就像是个死人。埃塔被扰醒，睁眼看她。

“打我吧，埃塔。”她声音发颤，“来啊，打我。”

她从未对母亲直呼其名。

埃塔神情空洞，她先看了看塞西莉亚颤动的脸，之后看向墙壁上的电灯开关，接着叹了口气。她把头搁回枕头上，闭上双眼。亨利的脚步声穿过楼下的前厅，进入厨房。他在找晚饭，可什么都没找到，至少今晚没有。埃塔给塞西莉亚的两颗药片仍放在床头柜上。塞西莉亚不知母亲为何不愿让父亲看到这些药片。她拿走药片，扔进抽水马桶冲走了。

“她又不舒服了吗？”塞西莉亚走进厨房时，亨利正在灌水壶。

“她头疼。”塞西莉亚说。为他人撒谎，假装现状没实际那么糟的感觉还挺好。亨利点点头，又打开冰箱看看有没有剩菜剩饭。塞西莉亚打开广播，让播音声在厨房回响，这样一来他俩就不用说话了。

37

他身上有我生活的盼头，你可曾注意到？

比如他睡觉时像个青春期少年一样把手臂甩过头顶的样子，比如他晚上洗澡前小脚丫的味道，比如他早晨听到门嘎吱推开时用小胳膊撑起身子，透过婴儿床的板条间隙急切寻找我的模样。因此我从没让你给门的合页上油。

今天怀里的他沉甸甸的。这样的日子时而会有，鲜明、稠密、痛苦，给周围的一切染上酸涩的味道。我只想要他，可现实世界暗藏威胁，要抹去他的声音和味道。

我想深深把他吸入，再也不呼出来。

你也时常有这样的感受吗？

产后最初的日子。微酸的乳汁，恼人的体味，沾在被单上的乳头护理霜，总放在床头柜上的指环茶包。我会放声大哭，不加思考，不知缘由，可泪水是爱意的宣泄。奶水上来了，乳房沉如巨石，我近乎一动不动。喝完奶后，他倚在我光裸的胸脯上，我轻轻晃动哄他入睡，他时不时会惊跳一下，扬起皮包骨头的小手臂，接着蜷缩回我怀里，一次又一次。照顾新生儿没有日夜之分，一想到下回还要给他喂奶，我的乳头就一阵刺痛。

尽管如此，我并不愿结束与他相处的时光。他是我一直以来渴求的一切。我们共享的联结是我唯一能感受到的东西——对除我俩以外的任何能量，我已经麻木了。我渴求他压在我身上的重量。就是这样，就该这样。我像饮水一样从他身上汲取能量。

他会抬起埋在我胸口的头，摇头晃脑，像是在寻找自己的妈妈——他深爱的那个人。我会用脸颊蹭他的脸蛋，他会再度安然入眠，安全、快乐而饱足，由于奶水，也由于我。

最终我起身下床，将注意力转回到生活上，收拾维奥莱特的早餐碗碟，堆起假想的城堡，再一摞接一摞放进洗碗机。可当萨姆不在身边时，我的思绪总留在楼上的婴儿房里，与他同在。

维奥莱特起初对萨姆没有太大兴趣，尽管我每次给萨姆喂奶时她都在一旁仔细观看。当萨姆喝奶时，她总会感受自己平坦的胸脯，仿佛惊叹于女性乳房的功能。等萨姆喝完奶后，她会回自己房间，大多数时间喜欢独处。

随后几个月，萨姆对姐姐的喜爱之情渐渐到了顶点。不久之后，一听到姐姐的声音透过学前班的门传出来，他的脸蛋就会放出光彩。

“姐姐来咯！”一听到我这句话，他就会踢腾双腿，拼了命地凑向姐姐，想要与姐姐面对面。维奥莱特会捏住他的脚轻轻摇动，接着我们动身回家，迎来一日之中我最为恐惧的时段：只有我们三人，处于傍晚危机四伏的雷区，等待你踏入家门。你是平衡家庭气氛的定海神针。

你和我。我们是搭档，是同伴，是家中儿女共同的创造者，但我们过着不同的生活，就同大多数夫妻一样。你睿智又不失创造力，设计建筑的空间、分隔线和全景，日常着眼于建筑的光照、立面图、外层大理石的装饰等话题。你一日用三餐，阅读为成年人所写的文章，围一块非常漂亮的围巾，你还有理由冲澡。

可我是一名士兵，循环往复地执行一系列行动，做这做那再做这：换尿布，泡配方奶粉，温奶瓶，倒麦片，搞卫生，协商，祈求，给儿子换睡衣裤，帮女儿穿好衣服。女儿的午餐盒哪儿去了？包好午餐盒，出门，走快点，要迟到了，拥抱女儿告别。推秋千，找失踪的一只连指手套，抚摩被夹疼的手指，拿个小零食，再拿来一瓶奶，吻，吻，吻，把儿子放进婴儿床。干净，整齐，找东西，做东西，解冻鸡肉，把儿子从婴儿床里抱出来，吻，吻，吻，为他换尿布，把他放上婴儿高脚椅，给他洗脸。洗盘子，逗弄儿子，换尿布，再逗一逗，往小袋子里放一份零食，启动洗衣机，给儿子穿好衣服。买尿布，还有洗洁精，冲去学校接放学的女儿，来了，来了！匆忙，太匆忙。分门别类理好买来的东西，把洗好的衣服放进干衣机，打开电视机给女儿看她喜欢的节目，时间已经过了。“听我说。”“不！”去污剂，尿布，晚餐，盘子，一次又一次回答同样的问题，放洗澡水，脱下俩孩子的衣服，清理浴室地板。“听到我说的话了吗？”帮孩子刷牙，找兔子玩偶本尼，给孩子换上睡衣，书，哺乳，又一本书。继续，继续，再继续。

有一天我依然记忆犹新，那一天我忽然意识到自己的身体对于我们家庭而言有多么重要。重要的不是我的智慧，不是我成就一番写作事业的雄心，不是三十四年来塑造出的这个人，而仅仅是我的身体。我脱下沾满萨姆吐出来的米糊的毛衣，赤身站在镜子前：乳房像厨房里我总是忘记浇水的枯萎植物；肚子上从睡衣收腰处溢出来的肉就像温热拿铁边缘的泡沫；大腿就像插了根细棒的棉花糖。我就是一团糊。唯一重要的只有维持家庭运转的那个生理上的我，我的身体就是这个家的发动机。对于镜子里这个我认不出来的女人，我原谅了她的一切。自那之后，我的身体再未发挥出如此巨大的作用：不可或缺，且被人依赖与怀恋。

那段时间，性生活不再同于往日，我们变得速战速决，机械刻板。当我跨坐在你身上，你的心思却在别处，我也任由思绪发散：要记得订购擦屁屁湿巾，忘了在预约时间看医生，我在哪儿见过咖喱胡萝卜的菜谱来着？夏天的裙子，图书馆的书，还有待洗的床单被套。

38

“福克斯，上午我抽不出空，萨姆有游泳课，之后还有个玩伴聚会，之前我们已经爽约两次了。我上周给维奥莱特预约牙医时就和你说过了。”

“我怎么不记得维奥莱特这么大时有如此丰富的社交生活。”

我在收拾出门要用的包，正在地上系鞋带的维奥莱特抬头看向我，我给你使了个眼色，示意你这种话别现在说。可你的嘴依然没有停，话语里满是嫉妒，为女儿鸣不平，母亲和弟弟竟然如此亲密，这怎能一笔带过。然而出乎大家的意料，维奥莱特适应得很好，和谐相处，平滑过渡。萨姆缓和了我与她之间剑拔弩张的气氛，似乎让我俩都有了喘息的空间。在这个全新的空间中，维奥莱特以微小而拘谨的动作向我表露爱意，比如在读睡前故事时坐得离我更近一些，比如在校门口挥一下手和我告别。

我们的关系有进展。

依然令我挣扎的反倒是你的行为，萨姆进入我们的生活后，我终于找到了内心的母性，你本应该为我感到开心。

上周你母亲来访了几天。最后一晚，你俩一同在厨房喝茶，而我在客厅收拾玩具。你俩都以为我在楼上。你感谢她能来。我随时能来，她这么说。一听到她提及我的名字，我立刻站定，她说我的精神状态似乎比萨姆出生前更好了。

“她喜欢萨姆，但我希望她对维奥莱特也能怀有同样的情感。”

“福克斯。”你母亲的语气尽管轻柔，却暗含指责。片刻之后：“对一些女人来说，带第二个孩子会容易些，更容易适应。”

“妈，我知道，但我担心维奥莱特。她需要——”

我走进厨房，抱着一桶塑料动物玩具，猛地放到你脚边。你跳了起来，盯着玩具。

“晚安，海伦。”我没法直视你。

第二天一早，你母亲在去机场前为我昨日偷听到的你说的话而道歉，仿佛她依然对你怀有某种责任。

“你俩一切都好吗？”

我不想让她担心。

“只是睡得不够罢了，没什么事。”

“抱歉，今天得你送她去看牙，好吗？”我弯下腰帮维奥莱特系鞋带。

“我十点有个客户要来，我来不及从城市的一边赶到另一边再回来。”

“你带她去办公室就来得及啊，给她些纸笔让她自己打发时间，之后再送她去上课。维奥莱特，这也挺好的，对吧？”

“天哪，布莱丝。”你揉了揉眼睛。萨姆昨晚折腾得我们近乎没合眼，他正在长牙。维奥莱特夜里老醒来时你总是睡得很好，可萨姆出生后你倒似乎睡不好了。“那就这样吧，来吧孩子，我们走。”

那天晚饭时，维奥莱特和我讲了这一天遇到的事，比如牙医办公室的宝箱，还有你办公桌上好玩儿的打孔器。

“然后我和爸爸还有他的朋友去吃了午饭。”

“哦，挺好，爸爸的朋友是谁啊？”

“珍妮。”

“杰玛。”你纠正道。

“杰玛。”女儿跟读了一遍。

“那人是你同事吗？”我从没听过这个名字。

“我的新助理，我开会时她和维奥莱特玩得很开心，我就邀请她一起吃了个午饭。”

“那挺好的，我都不知道你有了新助理。你们去哪儿吃的午饭？”

“一家有卖炸鸡柳的店！杰玛吃完饭后还给我买了冰激凌！她还送了我一块独角兽橡皮擦。”

“那你可真幸运。”

"她喜欢我的头发。"

"我也喜欢，你的头发很漂亮。"

"她的头发长长的，卷卷的。她还涂了粉色指甲油。"

高脚椅上的萨姆开始闹腾，小拳头塞在嘴里。维奥莱特敲桌子吸引他的注意力："萨米[1]，够啦！你瞧，这是鼓！咚，咚，咚，咚，咚！"

"你会收拾的吧？"我问。没等你问答，我就带萨姆去洗澡了。

我在床上给维奥莱特讲故事，萨姆在我们之间抱着兔子本尼扭来扭去。

"再来一遍。"我合上书时维奥莱特说。总是再来一遍，我叹了口气，再次让步。萨姆用头碰着近乎喝空的奶瓶。不够，不够。你正在床的另一边换上牛仔裤。

"妈妈，萨米没喝够。"

"要出门？"

"去公司。"你说，"今晚有个提案得完成。"

"爸爸，走之前给我盖被子！"

你倾下身，挨个亲了亲我们仨人，带有目的的吻。萨姆举起空奶瓶。

---

1 萨姆的昵称。——编者注

“甜心，妈妈会帮你的，我得走了，对妈妈好一点，可以吗？”

“好。”

“萨米没喝够！”维奥莱特又说了一遍。

“爱你们。”你对我们说。

我坐在女儿床边，和她说晚安。最近她表现得那么乖，我还没有夸奖过她。我俩之间前所未有的平静日常竟被我视作理所当然，我几乎记不起萨姆到来前的时光，记不起我过去是个怎样的母亲。做母亲就是这样——仅着眼于当下，当下的痛苦，当下的释怀。

维奥莱特的脸渐渐长开，依稀可以看出长成少女后的模样，嘴唇圆润饱满，令我不禁想象她亲吻某个人，爱上某个人的样子。萨姆出生后的几个月来，她变了很多，也许真正改变的人是我，也许是我终于见到了她真实的样子。

“维奥莱特？我想告诉你，你最近表现得特别好。你对小弟弟非常温柔可亲，还乐于帮助他人，在学校也很友善。我为你骄傲。”

她很安静，若有所思。我关掉她的床头灯，弯下腰亲吻她。

“晚安，做个好梦。”

“比起我，你是不是更爱萨姆？”她的问题令我浑身骤然一软。我想到了你，想到她可能听到了我们之间的对话。

“亲爱的，怎么会呢？我对你俩的爱一样多。”

她闭上眼睛装睡，我看到了她扑闪的睫毛。

39

我不知道维奥莱特也在屋里，直到她开口。

独属于萨姆和我的夜晚持续了好几个月，长过了书上所写的正常时间。一有动静从他的婴儿床上传来，我就会立刻惊醒，好似耳朵里发射了火箭。我立在黑暗中，抱着他，身体重心左右移动，以一定节奏摇动着，好似我皮肤和乳汁的味道能让他知道我来了。睡吧，睡吧，我亲爱的宝贝。我会用双唇拂过他头上的软毛，极其轻柔，生怕不小心把他吵醒。特别是某一天晚上，他没怎么喝奶，仅想含住我的乳头，感受那份舒适与安心。房间里的音响发出轻响，哗啦哗啦，像是大海的声音。

“把他放下。”她对我说。我倒吸了口气，吓到了怀里的萨姆。

“维奥莱特！你怎么在这儿？”

“把他放下。”

她的语气冷静而直接，像是威胁。我感觉她在衣柜附近。仅靠紧闭的房门下方漏出的微弱光线，我看不到她的身影。我缓缓转身，试图环视房间，一边等待，一边用目光探寻黑暗的婴儿房中的物品。这回，她的声音从另一个方向传来。

“把他放下。”

“亲爱的，回去睡觉，现在是凌晨三点，我一会儿就来摸你的背哄你睡觉。”

“我不。”她语速缓慢，声音低沉，“除非你把他放下。”

我胸口一紧——那种熟悉的感觉又来了，那种蔓延至四肢百骸的焦虑，顷刻之间又回来了，就像是维奥莱特打了个响指，让我从她的咒语中清醒过来。她那种语气，过去曾如影随形地纠缠着我。我不能再和你回到从前那样。我心里想着，口干舌燥。我不能再回到那种质疑状态中。她为什么会在这儿？她在这儿做什么？

我本想怒叱她现在的做法根本是在冒傻气，可最后还是选择了听从她。

我把萨姆放回婴儿床，在床垫上到处摸找他心爱的兔子玩偶本尼，他喜欢把本尼抱在脸边。可哪儿都找不到。

“维奥莱特，你知道本尼在哪儿吗？”

她将本尼扔向我，走出房间。本尼被她从婴儿床上拿走了，萨姆睡觉时她一直在看。

她曾那么近距离地接触萨姆。

我走出房间带上门，跟着维奥莱特走进她的房间。

我轻轻坐在床沿，手顺着她的草莓睡衣往上摸，触碰到她丝滑细腻的背部皮肤。她喜欢你抚摩她的后背。

"别摸我。离我远点。"

"维奥莱特，"我抽回手，"你之前有在夜里看过弟弟睡觉吗？你经常这么做吗？"

她没有回答。

走回卧室时，我的心一直跳得飞快，经过婴儿房确认萨姆睡得安安稳稳后，我的心跳才慢下来。我为反复冲击脑海的想法感到羞愧，却又不禁想：我要把他带到自己床上，我得确保他的安全，就今晚，就这一次。

我和维奥莱特那样的关系不是已经翻篇了吗？不该已经过去了吗？

我从床头柜里拿出手机，翻看维奥莱特的旧照片，直到你被手机的光扰到，动了下身子。我试图从维奥莱特脸上找到一些东西，但不知道具体是什么。最后我回到萨姆的房间，把他抱到自己的床上。

40

“女儿最近太乖了，你注意到没？不知道是什么原因。”

第二天一早，我们靠在床上，萨姆坐在地上看纸板书。我躺下身，说昨晚萨姆在维奥莱特进过他房间后就睡不好，我就把他抱到我们床上来了。我蜷缩进你怀里，想念你的温暖。你伸手去拿手机，我端详着你，看着你的胸膛，上面有新冒出来的浅色毛发，你边读邮件边用手指缠绕着这些毛发。

“你又在无中生有了。”

可这你就不懂了：没有多少地方是我的思绪到达不了的。我的想象力会踮着脚，缓缓步入超乎想象的疆域，到达后我才能意识到自己到了何处，过程不知不觉，比如在我推秋千或削胡萝卜皮的时候。我脑中的想法很可怕，很揪心，可任由自己想象本身能为我带来一丝满足，想象维奥莱特会做到何种地步：两个之间死一个。那会多么悲痛。这是我最深刻的恐惧。我能做什么，我到底能做什么？

够了。我会厉声驳斥，清空大脑，不去想孩子们、尖叫声和他人眼中的生活。一切都在正常运转。

保姆一周来一次，我无比珍惜这段短暂的休息时间。那天接完女儿回家后，我把两个孩子都交给了保姆，自己和格雷丝一同去做美甲。我选了一种叫“炭灰之梦”的颜色，感觉这颜色适合近来新添的寒意。当美甲师挑起我未曾保养的甲小皮时，我使劲压下深呼吸。美甲师把我的脚搁在她的大腿上，好似要大显身手——我脚后跟的死皮都能用奶酪刨刮了。她建议我晚上用凡士林涂抹，再套上一双厚袜子。我很想告诉她，我不太在意脚后跟，也无意花心思保养，可“脚”毕竟是她生活的轴心，因此我仅向她的建议表示感谢。

格雷丝和我讲了她刚刚结束的旅行，和母亲一同去多米尼加共和国的蓬塔卡纳，庆贺母亲的七十岁生日。池滨酒吧的调酒师为她们调制了仙人果玛格丽特酒。她还提到了美黑乳。我记起她讲话时散发出的椰子油的气味，这让我心烦，因为我讨厌上来就讲海边旅行，去完海边回来后我总是得肠胃病。我不再留心她的所言所语，开始想家里的孩子们，想到保姆说她会清理楼上的浴室，维奥莱特会在保姆打扫时到地下室玩，而萨姆会哭叫，直到他也被放进地下室。他就是想离姐姐近一些，一见姐姐走过就会伸出手，早晨一醒来，他就会在婴儿床上叫姐姐的名字。想到他的牙牙学语，我不禁莞尔。格雷丝接着讲起她遇见的一些弟兄，还有美国艾奥瓦州的一位农场主。艾奥瓦州有大农场吗？我还在想着家里他们俩都在的那个地下室，未收拾好，有些潮，但是个让肢体动作正迅速发展的萨姆四处爬的好地方。我想到家里要买块新地毯，要短绒的，容易清理，还要腾出一块放玩具的地方。我想到你把自己的体育器材也堆在了地下室，所以我们得特意理出一块空间来。你的高尔夫球袋挤在通向地下室的狭窄楼梯上，前些天我们在整理冬天要用的物品，你就把球杆放在那儿。维奥莱特喜欢抽出球杆，假装自己在高尔夫球练习场上击球。我想到保姆喜欢搞卫生，她想让房子一直干干净净，尽管我跟她说没必要。我还想到萨姆沉迷地追随着维奥莱特的一举一动，维奥莱特手中球杆的重量，还有她挥动球杆的样子。像个武器。我想到萨姆头发尚且稀疏的小脑袋。击打。对维奥莱特来说这轻而易举，仅需一眨眼的时间。会出血吗？会有脑损伤吗，还是只有血？

格雷丝讲到她收到了前去参观农场的邀约，她考虑三月去。丙酮的气味让我呼吸不畅，我从美甲师的大手中抽回双脚，仅有一只脚涂完了指甲油。我侧过身，想寻找一片不难闻的空气，可整个房间都像是弥漫着毒气，让我的胸腔渐渐闭合。这个地方待不下去了，我必须离开。我抓起包，留下手里仍捏着美甲笔的美甲师一脸惊骇。格雷丝大声叫我回去穿鞋，问我去哪儿，我拔腿就跑。高尔夫球杆。她做得到。她会这么做。保姆没法每时每刻看着他们，我不应该留下他们没人看管。我一刻不停地跑过两个红灯，伸手示意靠近的车减速，拖着红肿而麻木的脚回到家。

“你不要命啦！”一个骑自行车的男人大吼。

不，我想大喊，她会杀了萨姆，她那么恨我，你们不懂。

“维奥莱特！”我猛推开门，跑向地下室，再次大呼她的名字。没人回应。“萨姆！萨姆在哪里？”

保姆从楼上匆匆跑到门厅，比了个噤声的手势。

萨姆在睡觉，维奥莱特抱着本书在自己房间休息。

我跌坐在地上。什么都没发生。

什么都没发生。

41

“焦虑发作很常见，特别是在新生儿母亲身上。”

我不知在讲述情况时是否该多说些什么。医生吹了吹笔的末端，仿佛那儿很烫，接着写下处方，给我讲解服药时间。我离开诊所，想到母亲床头柜上那个原本用来放橘子的半透明容器，里头满是白色小药片，每个月都可见药片的数量逐渐减少。我把处方揣进包里。

我知道有些事情不对劲。一开始是我在萨姆的房间发现维奥莱特后她眼眸中的空洞，以及她看到我和萨姆在一起时好似要把我穿透的眼神。她对我的轻蔑从令我泪流满面的歇斯底里，转变为蓄谋良久且带有操纵性的冷漠。她对我冷静且一贯的视而不见远超出七岁的年纪，冷冰冰的表情，彻骨的鄙夷。对于我提的要求，比如“你能把晚饭吃完吗？”“你能把玩具收起来吗？”，她向来回以消极的抵抗，没有反应，也不受影响，我根本拿她没办法。惩罚或威胁没有用，后果对她来说也没有意义。过去一年自萨姆出生后她给予我的亲昵全都消失得无影无踪。

她不想让我碰她。我们重返过去的僵持局面，你也重返过去的位置，仿佛你是她在自己的世界中唯一想要的人。

最终，我们各自退让几分，程度刚好够我们共处。维奥莱特对我的需求极少，我近乎感觉她是家里的一位住客，我只需定时在心形餐垫上为她放上食物。我关注着萨姆、日常作息以及维奥莱特不在校时我需要做的事。每当你夜里回家，维奥莱特才会焕发活力。

萨姆就是我的光，我竭尽全力阻止维奥莱特使这道光变得黯淡。有些日子，在送维奥莱特到学校后，萨姆和我会回到家，径直爬上尚未整理的床铺，带上“不可或缺的套装”——奶瓶、茶、书还有本尼。吃完的早餐总是还没收拾，衣服也总是要晚一点再洗。我们凝视彼此，思索着鸭子、恐龙还有肚脐眼。最后我们会在深冬的阳光下打盹儿，即使萨姆已经断了奶，我身上的气味也变了，他仍愿主动睡在我的怀里，仿佛知道我有多么需要他。

焦虑暂且消失，我把未取药的处方单一直放在包里。每回从包里掏东西看到处方单时，我都会想起自己的母亲。我不能去药店。我不信任自己。

42

“塞西莉亚不在家，我不知道她在哪儿。”父亲想厉声回话，但语气中仍荡起一丝波澜。他用颤抖的手把听筒准确挂上。我一直在走廊旁观。他对电话那头的人撒了谎，母亲已经好一阵子没下过床了，我不知具体是从何时开始的，她为什么要卧床，也不知道父亲为什么要向一直给母亲致电的人撒谎。有一次，我先一步拿起听筒，却被父亲一把夺走，仿佛听筒另一边的声音会灼伤我的耳朵。

父亲给母亲端了汤、水和薄脆饼干，我问他妈妈是不是得了病毒性肠胃炎。

“是，差不多。”

我拦在楼梯上，父亲绕过我上楼，弯着背，罩着手中小心翼翼给母亲端去的托盘。其实我好几天没见着母亲了，最近一次见到是一天晚上她精心打扮要进城。那时她这种消失的行为越来越频繁，通常是一晚，有时两晚。我在房间里听着父母对话，但听不清他们在说什么。母亲的声音很虚弱，夹着哭腔，父亲耐心而冷静。我踮着脚，悄悄靠近他们的房门。

"你需要帮助，切实的帮助。"

玻璃破碎声——一个碗。母亲肯定打翻了汤碗。父亲推开房门去找抹布时，我即刻跳开给他让路。我看向屋内，母亲靠在床上，双目紧闭，双臂交叉在胸口，手腕上的医院手环和去年肚子里的宝宝没了时的埃林顿太太手上戴的一样。不过我母亲很瘦，腰围和我差不多，而且她也不可能想再要一个孩子。不，一定出了别的事。我回到自己房间，准备睡觉，半怀希望能听到父母争吵，好让我把七零八落的事拼接起来。我在母亲的哭声中入眠。

第二天一早，我去卫生间小便刷牙。屋子里依旧很安静，父亲还睡在沙发上一动不动。我打开马桶盖，倒吸了一口气。马桶里全是血，在我眼中就像邻居家的猫时而在我家前廊留下的老鼠内脏。马桶边是我母亲的一套内衣裤。我拿起内衣裤，意识到上面的棕色痕迹是干了的血迹。

"妈妈到底怎么了？"

父亲已经起来，正站在一壶咖啡旁，仍穿着昨晚的衣服。他没有回答我，到屋外取来报纸，扔到桌上。

"爸？"

"她动了个手术。"

我给自己倒了些麦片粥，吃得飞快。电话响起，父亲正边喝咖啡边翻报纸。我起身去接电话。

"别接。"

“塞贝！”

父亲叹了口气，后推椅子，给母亲倒了杯咖啡，离开了厨房。电话又响了，我想也没想就接了起来。

“我得和她谈一谈。”

“抱歉什么？”我听见了男人的声音，但不知该说什么。

“对不起，打错了。”他挂断电话。我听见父亲走下楼梯，便赶紧坐回到饭碗前。

“你接了吗？”

“没有。”

他看了我很久，心知我在撒谎。

出门上学前我到母亲的房门口，轻轻敲了敲，想亲眼看看她的情况好不好。

“进来吧。”母亲正喝着咖啡，望着窗外，“你上学要迟到了。”

我站在门框处，想起过去坐在埃林顿太太身边，看她拉起睡衣给我看她鼓起的肚子。母亲身上有和埃林顿太太一样的怪味。床头柜上有两个新药瓶。母亲看起来疲劳且浮肿，昨日还戴着的医院手环已经摘下，手背上瘀青很重。

“你还好吗？”

母亲仍望着窗外。

“还好，布莱丝。”

“卫生间里有血。”

她很讶异，像是之前忘了我也住在这栋房子里。

“你就当没看见。”

“这来自一个宝宝吗？”

她将目光从窗口收回，在天花板上寻得一个点。我看到她咽了口唾沫。

“这种事你是怎么知道的？”

“埃林顿太太，她曾怀了个宝宝，但宝宝没了。”

母亲的目光看向我，随即穿透了我。她从齿缝间吸了口气，再度看向窗外，摇摇头。“你根本不知道自己在说什么。”

我当即后悔将埃林顿太太分享给我的事告诉了母亲，要是这话能收回来就好了——我不想让母亲打扰我与埃林顿太太的关系，这段关系是我人生在世唯一拥有的神圣之物。我离开母亲的房间，出门上学。放学回家时，一切看似都重归正轨。母亲站在厨房的炉子前烧晚饭，父亲在倒酒喝。墙上的电话响起，父亲拿起听筒，敲了一下听筒架，没挂回，任听筒来回晃荡。吃晚饭时，微弱的拨号音一直在我们耳边回响。

43

萨姆死去的前一天，我们一家人去了动物园。

天气就冬日而言热得反常，天气预报说是晴天。

我们在车上放着儿歌。动物园，来不来，来不来，动物园？我们备好午饭放入背包，带了架高档相机，不过忘了拍照。

维奥莱特一整天都拉着你的胳膊，想跑在我和萨姆前面。她一直想冲在前面，和你一同与世界对抗。你们站在一起的轮廓，你向她微微倾身，还有她伸长手臂碰你胳膊肘的样子，都让我无法移开目光。

我在北极熊展馆外给萨姆喂奶，你带维奥莱特去自动贩卖机买苹果汁，因为她说家里带出来的盒装苹果汁有股怪味。一只松鼠偷走了婴儿车下方余下的一块饼干。维奥莱特开始大哭大叫，她不想戴我给她带的帽子。萨姆吐奶了，我用厕所的棕色纸巾给他擦干净，因为湿巾忘带了。我在他的掌心画圈圈，接着指尖沿着他的胳膊往上走，挑了挑他的下巴。他的笑声高得像尖叫，中气十足，极具穿透力，我正是为此而活。附近有一位年纪较大的母亲，牵着一个戴着手套的小男孩，对我说：

“哇，你的孩子实在太可爱了，那么有活力！”我向她致谢。谢谢你，他是我的，我生下了他。他是我不可或缺的一部分，以致在他哭叫的前几秒，我的五脏六腑就会绷紧，就像有人在我的胸腔里吹了个气球。

“马上就能看见了！”你对维奥莱特说。我们沿着斜坡往下走，来到凉飕飕的地下，声音会在此处回响。你俩正站在人工水池的玻璃墙边，你的身影映照在闪着电光绿的池水上，细屑、微粒和鱼鳞如蒲公英的绒毛一般环绕。我抱着萨姆后退一步，感觉像在看别人的家庭。在那一刻，你们都属于我似乎是件不可能的事。你太美了。最大的北极熊一掌拍向维奥莱特的脸，她抽了口气，立刻转身紧紧抱住你的腰，敬畏、恐惧、惊叹。这样的反应，在孩子的一生中你见不着几次，提醒你他们是这个地球上的新人，尚不知自己何时安全，何时危险。

我们在纪念品店给俩孩子买了一对小狮子玩偶，开车回家的路上，维奥莱特把自己的狮子扔出窗外。我气坏了，扭过头看身后的公路，生怕砸到了哪辆车的挡风玻璃。你大声呵斥她这很危险。

“我不想要母狮子，我恨我妈妈。”

我看向你，深呼吸，转开头。随她去吧。接着萨姆哭了起来，维奥莱特捡起掉在座椅间的兔子本尼，向他扔了过去，接着温柔地示意他要安静。你对她说：“好姑娘，干得不错。”

她的鼻子晒伤了，在二月我没考虑过买防晒霜，便从厨房窗台上的芦荟上挤了点汁液，用手指抹到她的鼻子上。我开始大声数她脸上的雀斑，想延续这得以靠近她、触摸她的难得时刻。她盯着我，好似从没听过别人这样数。我想象她会不会拥抱我，绷紧肌肉，准备好应对她的反应——实在是过了太久。可是她把头扭开了。

她看着我在就寝前给萨姆洗澡，接着和我一同坐在地上，抚摩着萨姆的肚皮，说："他是个好宝贝，对吧？"她把本尼递给萨姆，静静地看着他咬住一边的兔耳朵。我让她帮萨姆穿上睡衣，这对我俩而言都是耐心的考验，她实在很少显露出对弟弟的这般兴趣。正当快穿好时，维奥莱特说："我一点也不喜欢他了。"我咬到了舌头，揉着萨姆的肚子。萨姆冲她笑，踢了踢肉嘟嘟的腿。维奥莱特还是亲了他一口，接着坐到放下盖板的马桶上，看着我用纸巾擦拭萨姆的牙床。

"他又长牙了。"我告诉维奥莱特，"你的牙要是继续掉，不知不觉间，他的牙就要比你多了。"

维奥莱特耸了耸肩，随即一蹦一跳地去找你。

那天晚上你特别温柔，对我充满爱意。睡觉前，我们悄悄走进孩子们的房间，凝视着他们柔软而灵动的脑袋。

44

我们出门的时间比我预想得早，难得顺畅的日子，没有人在吃早饭时弄脏衣服，维奥莱特只想刷一遍牙，平常她要刷两遍，萨姆会等她等得焦躁不安，我就得用不该对小孩用的语气大吼：快点！你们太慢了！可那天早晨尤其平静。

在工作日，我们三人很少同处，但由于老师要进修一日，学校便给孩子们放了一天假。我们来到公园，在拐角的咖啡店喝饮品，店主叫乔，他同往常一样与维奥莱特聊天，而我则搅拌着加了蜂蜜的茶。离开时，乔总会帮我把婴儿车搬下台阶，因为门外的两大级台阶很难下。我们走到路口，初冬清凉的风拂过我们的脸颊。

近乎每一天，我们都会站在这个熟悉的路口，我知道行人道上的每道裂缝，就算闭上眼，我也能想象出西北边红砖建筑上的涂鸦。

现在是红灯，我们停下等待，坐在婴儿车里的萨姆看着往来的公交车，我和维奥莱特静静地站着。过马路时我通常执意要牵维奥莱特的手，于是做好了常规拉锯战的心理准备，可今天似乎没有争吵的理由。

“过马路时要小心。”我对维奥莱特说，一只手放在婴儿车上。婴儿车里的萨姆向维奥莱特张开双臂，他想出来。我从杯架里拿出茶杯，送到嘴边，烫得沾不了嘴，不过蒸汽熏得我的脸暖乎乎的。维奥莱特抬头看我，像是想向我提问：我们什么时候能过马路？我可以回咖啡店买个甜甜圈吗？我拿起茶杯吹气，维奥莱特一直看着我。我将茶杯放回杯架，摸了摸萨姆的小脑袋，告诉他我在这儿，我知道他想出来。我低头看维奥莱特，再次拿起茶杯打算喝。

维奥莱特突然从兜里抽出戴着粉色连指手套的双手，猛地拉扯我的胳膊肘，那么迅速，那么猛力，滚烫的茶水烫伤了我的脖子和领口敞开处的皮肤。我没拿住茶杯，低头一看，大叫：“维奥莱特！瞧你干了什么好事！”

我一边怒吼，一边用双手触碰烫伤的皮肤，就在这时，萨姆的婴儿车冲到了马路上。

我永远不会忘记她那时的眼神——让我无法移开目光。可一听到声响，我就意识到发生了什么。

婴儿车被碾了个粉碎。

萨姆死去时仍被带子固定在婴儿车里。

他没有时间想我，没有时间思索我在哪里。

我立刻想到早晨为他穿上的海军条纹针织衫，想到本尼还在他身边，我要把本尼带回家，却带不回他。我又想着该怎么把本尼从婴儿车和这片混乱中带出来，因为萨姆晚上还要在它的陪伴下睡觉。

身处混乱中心，我记得自己难以置信地盯着路边的斜坡——有点坡度的水泥斜坡，顶端与柏油路的交界处还有道沟渠。这怎么没能让婴儿车停下呢？昨日的太阳融化了冰，晒干了斜坡上的水，斜坡很干燥，轮子磕到沟渠为什么没有减速？过马路时，我常常得用力把婴儿车推过斜坡，不是吗？我不是常常得用力推吗？

我无法呼吸，盯着维奥莱特。我看到当我松开手时，维奥莱特的粉色连指手套伸向婴儿车把手，我看到婴儿车冲上路前，她的手套就放在把手上。我闭上眼睛。粉色羊毛，黑色橡胶把手。我拼命摇头，想打消这个念头。

我不记得后来发生了什么，不记得我们是怎么到的医院，不记得自己有没有看到或触碰到萨姆。我想到那冰冷的柏油路上，把他从婴儿车的系带里抱出来，亲他一下又一下。

也许我只是一直站在原地，站在那斜坡上，凝视着那沟渠。

一位母亲驾驶着一辆 SUV，后座上坐着两个孩子，与维奥莱特和萨姆年龄相仿。这位母亲驾车径直冲过绿灯——她确实拥有这种权利，这样的行为她已完成过三千多次。其他车道上两辆车的车主一看到婴儿车飞快滑向车道就踩下了刹车，可这位母亲没有时间，甚至没踩刹车。我总是在想，事故发生时到底是什么占据了她的思绪。也许她正在给孩子们唱歌，或回答他们一连串的问题；也许她正通过车内后视镜看着自己的孩子，对他们微笑；也许她正在做白日梦，想着在哪儿都比开着车听孩子们尖叫好受。

* * *

我希望它能带给我更大的伤痛，我希望每日都能感觉到它如同发生在今日。有那么些时刻，当悲痛远去，我就会想：天哪，我的内心已经死了，和萨姆一起死了。我曾从早到晚每时每刻凝望着他的东西，希望悲痛能涌回心间。我会为不够悲痛而抽泣。几天过后，痛苦会再次涌来，周身的世界会以我不情愿的方式多展露出几分生机。香蕉面包的香气从邻居家飘来，令我浑身瘫软——我能闻到香气，我的唾液腺在分泌，一墙之隔的某个人正享有一个能为孩子们烤香蕉面包的早晨。随即我意识到，我只是麻木了——吝于到来的残酷悲痛转化为麻木。但我也会祈祷麻木的感觉归来，因为尽管我能从痛苦中寻得满足感，但依然无法承受它带给我的活在现世的感受。

你到医院来见我们时，做的第一件事是把维奥莱特拉到怀里，让她的头靠上你的胸膛。接着你抬头看我，欲言又止。我们看着对方，接着一起哭了起来。维奥莱特挣开你的胳膊，你来到我面前，我蹲下身蜷成一团，靠着你的双腿。

维奥莱特静静地看着我们，走过来把手放在我的头上。

“萨姆的婴儿车从妈妈手里滑出去，然后被车撞了。”

“我知道，甜心，我知道。”你说。

这时警察回到这里，想和你谈一谈，把和我讲过的事再和你解释一遍：司机不会被罚款，我们得就孩子的器官做些决定，医生认定还有三个器官可以移植给别的婴儿，那些婴儿的母亲在延续孩子生命方面做得比我更好。一位护士给了我一颗平复心情的药片。

我带着维奥莱特到走廊的饮水机接水，她把盛满我呕吐物的杯子丢进垃圾桶，垃圾桶里装满了废弃的乳胶手套和医疗用品包装袋。我听见你在走廊另一头哭泣，穿透了候诊区的厚重玻璃门。维奥莱特看着我，不断倒脚，不敢和我说。我知道她快尿出来了，但我就是想让她尿裤子。她尿湿了裤子，湿意蔓延，粉色的布料由浅变深。我什么也没说，她也一样。

我把发生的事告诉警察，就像在免下车点餐窗口点汉堡一样没费多大力气。我的女儿拽我的胳膊，我被茶水烫伤，松开了婴儿车，她把婴儿车推上马路。

还有别的吗，女士？

没有了，就这些。

我没有非得撒谎来保护女儿的信念。警察让我重复了几遍，也许是想寻得受惊的迹象，或自相矛盾之处。也许他们找到了一些。反正我不知道。我不知道我走之后他们对你说了什么，可当我返回后，警察正蹲在地上，手搭着维奥莱特小小的肩膀，对她说:“维奥莱特，意外躲不过，明白吗？意外时常发生，不是任何人的错，你妈妈没犯任何错。”

“布莱丝，听到他说的话了吗？你没犯任何错。”你向我重复了一遍，接着搂住我。

“我觉得维奥莱特推了他。”我轻声对你说，你正往我胸口烫伤处涂薄荷软膏，我什么也感觉不到。

“我觉得是维奥莱特把他推到路上的，我告诉警察了，他们知道的。”

“嘘。没事了。”你像在安抚小孩，“别再说了，好吗？别再说了。”

“我看到她的手套抓在婴儿车把手上。”

“布莱丝，别这样。这是起意外，悲惨的意外。”

“婴儿车肯定是被推上路的，它自个儿不可能滚过那道沟渠。”

你看向警察，摇了摇头，抹去脸上的泪水，接着清了清嗓子。警察开裂的苍白嘴唇往里动了动。你向他点了点头，像是达成了某种认可。这个不理智的母亲，这个不能自持的女人。瞧——我给她涂上软膏了，我得让她闭嘴。

维奥莱特假装没有听到我说的话，自顾自在一块白板上涂鸦，白板上有一幅我不在时被画上去的人体器官简笔画，也许是为了告知我丈夫他们想要我儿子的哪些器官，画得就像北美洲五大湖的地图。警察说接下来的时间给我们自己。

警察一走，你再次对我说："布莱丝，这只是起意外，悲惨的意外。"你说得很慢，话不成句。

面对此情此景，我孤立无助。

上周从公园回家时，维奥莱特在同一个路口问了我这么个问题：

"汽车只有红灯时才会停吗？"

"你已经七岁啦，你应该知道，车见到红灯会停下，黄灯闪烁时要小心，因为马上会变红灯。所以说过马路很危险，除非汽车看到红灯全都停下来。"听完她点了点头。

那时我曾想，她究竟学到了多少，又对周身的世界探究了多少？我曾想是不是该教她看地图了。我们可以一同走遍街区，探索街道的名字和方向。我们一家人一起探索，那将会多么快乐。

我坐在急诊科的家庭间里，把这个问题想了一遍又一遍。

你带维奥莱特回家了，但我无法离开此地，因为萨姆的尸体仍在这栋楼房里。

盖在一块被单下？放在地下室里？置于像烤炉架一样的东

西上，滑进墙里的滑槽？我的孩子在烤炉架上吗？他冷不冷？我不知道我的孩子被放在哪儿，但他们不允许我们去见他。本尼躺在我大腿上的塑料袋里，白色的尾巴沾上了血迹。

45

十一天来，我吃什么吐什么。我在梦里大哭，惊醒过来，然后在黑暗中继续大哭，身体有时会一连颤抖几小时。

一个周六的早晨，医生穿着便服来访，他是你的一位客户，你帮他设计了房子，他来还个人情。他说我肯定得胃病了，不只是悲痛，这种情况下有时免疫系统也会受牵连。你表示赞同，送他出门时给了他一瓶红酒作为谢礼，我都提不起劲叫你俩都滚蛋。

当你的母亲和妹妹给我送来茶水、纸巾、药品，或是一块冷毛巾来敷额头时，我尽可能表现出最好的状态，好让她俩快点离开。我挺好的，我保证，我只是需要一些属于自己的时间。他们的存在占据了我脑中的空间，使我无法全心全意思念我唯一想使之占据脑海的事物——萨姆。愤怒令我难以呼吸，悲伤令我睁不开眼，无法让光亮照进眼睛。我属于黑暗，黑暗是我应得的。

你母亲把维奥莱特接去宾馆住了几天，想着变一变生活状态也许对我们有所帮助。自那天后，我再没见过维奥莱特。你去接她回家那天，我坐在卧室的窗子下，拿起你留在桌上的模型工具包里的刀片，掀起衬衫，从肋骨到腰部划了一道浅浅的伤口。我大叫萨姆的名字，直到嗓音嘶哑。伤口渗出血点，滴滴血珠连成线，尝起来有腐臭味。自萨姆死去的那一刻起，我的内部已开始腐烂。我把血液蘸上舌尖，无法停止。我把血液抹满整个肚子、胸口，觉得这还是不够。我想体会被人谋杀的感觉，被某个人夺走生命、走向死亡的感觉。

听到维奥莱特的声音从楼下传来，我得紧紧压住双手，才能让手不再颤抖。我锁上卧室门，冲了个澡，用一件衬衫抹去地上的血迹。这件衬衫是上周买的，那天我带着萨姆，迎着夹杂着融雪的冬雨去买衣服，因为我感觉没衣服可穿了。大冷天的这可不行。我忘了带萨姆的零食，排队时他饿得嚷嚷，我不耐烦地让他安静，还推迟了他的午睡时间。

我听见你对维奥莱特说："妈咪在楼上。"你从没这么称呼过我，维奥莱特也没有。

你穿着黑色运动裤和红色法兰绒衬衫。萨姆死后一周来，你没换过衣服，一次都没有，也仅有这一点，让你看起来和以往有所不同，尽管我知道你悲痛得无以复加。我听见你的脚步声在书房、我们的卧室、维奥莱特房间和厨房之间来回移动，可从未进入萨姆的房间。绕着房子转一圈，同样的轨迹，同样的声响：马桶冲水声，走廊的开窗声，还有冰箱的关门声。你在等待，虔诚地等待，等待一个人来告诉你生活能继续，你可以设好闹铃去上班，可以每周二去看篮球选拔赛，可以像从前一样与维奥莱特一同放声大笑。

你知道你只和我说过四次话吗？接近两周，只说了四次话。一看见彼此，痛苦就越发难以承受。

1. 你说你不想办葬礼，我们就没办。

2. 你问我维奥莱特的保温杯放在哪里。

3. 你洗完澡，没穿衣服没擦干。你告诉我你很想萨姆，接着在我身边躺下，哭了将近一小时。我掀开毯子，自萨姆死后唯一一次邀请你，你靠到我怀里。我搂着你埋在我胸口的头，意识到自己心中已经没有了你的位置，至少那天没有，也许再也不会有。（这是你最后一次发自内心地对我说你想他。“我当然想他。”几年后，当我鼓起勇气再次问起你时，你会这么回嘴。）

4. 维奥莱特回来当晚，你问我能不能给她做晚饭，因为你要出门，下午五点走。我跟你说我做不到，你就离开了房间。

我恨你想让一切恢复如常，恨你留下我和维奥莱特单独在一起，面对萨姆房间的四面墙壁。

维奥莱特一直没上楼，我也一直没下楼。

第二天醒来时，我看到你将萨姆婴儿房里的画取来，靠在我们床角边的墙上。一时间，我仿佛飘了起来，深入骨髓的疼痛停止搏动。过去几个月。我总是一边凝视着画中抱着孩子的母亲，一边摇着萨姆，给他喂奶，拍嗝，在他的小耳朵边哼唱摇篮曲。我意识到，当看到画中的女人，我就能活过来，原因我也不知道。我明白，我能爬出这个压得我内心彻底崩溃的状态。我恨你这么做。我不想回归一切如常的感受。

我穿着内衣走向维奥莱特的房间，双腿前所未有的沉重。我打开她的房间门，她正在被子下翻来翻去，睫毛扑闪，因走廊照进的光线眯起眼睛。

“起来。”

我往她碗里倒麦片，环视厨房。有人收拾掉了萨姆的高脚椅、奶瓶、蓝色勺子，还有他喜欢吮吸的全麦酥饼。楼上，我听到维奥莱特蹦跳着进了我们的卫生间，你正在那里刮胡子。

我不知道你为什么要把画放到那儿。我们从没谈起这事。它在我们的卧室里，与我同在。我不再留意画中的细节，就像不再留意家里水龙头的抛光面，或是洗衣间的门方向开反了。不过时不时地，画中的那个女人，那位母亲就会注视着我。晨光打在她身上，照亮她裙子上的缤纷色彩，一连数小时。

46

有些日子我没法在家中待下去，便会从地铁起点站坐到终点站。我喜欢地铁车厢的窗户，我喜欢没有人对话的感觉。地铁的行进令人心平气和。

我看到钉在地铁站公告板上的一张海报，用手机拍了张照。

两天后，我按地址来到一家教堂的地下室。房间很冷，我没脱下大衣，尽管其他人的大衣都挂在墙角的移动衣架上。我还需要一层衣服，来阻隔穿透白色水泥墙继而渗进体内的潮湿寒气，阻隔我和其他人——其他的母亲，总共十一人。桌上放着姜饼、一壶咖啡还有装着奶精的小篮子，篮子里仍垫着圣诞图案的餐巾，尽管此时正值三月。屋里摆着橙色塑料椅，就和我高中的大礼堂办集会时摆的椅子一样。我所坐的椅子上刻着些渎神的图案。人来齐了，我与其他母亲一同聚集此地。

团体的领头人是一位骨瘦如柴的女性，她套着金色手镯，让我们自我介绍。吉娜是位五十岁的单亲妈妈，带着三个儿子，大儿子两个月前在夜总会持枪杀了人，正在等待审理，但他会认罪伏法。吉娜边说边流泪，她的皮肤太干，泪水划过脸颊留下界线分明的暗迹。坐在旁边的莉萨轻揉着她的手，尽管她们彼此并不相识。莉萨已是这个团体的常客，她的女儿因谋杀自己的女朋友未遂被判十五年有期徒刑，现在才进去两年。自女儿出生以来，莉萨就是一位全职妈妈。她嗓音轻柔，眼睛下有暗红的眼袋，在说每句话的最后一个词前都会稍作停顿。

我是下一个。正当我要开口，荧光灯开始闪烁，没准突如其来的停电能拯救我。我告诉她们我叫莫琳，有个因偷窃入狱的女儿。偷窃是我能想到的最轻的罪行，似乎仅是一种恶劣的错误，每个人都曾犯过，但并非每个人都被抓住，就好像我还是一个相对善良且值得被爱的孩子的母亲。

我记不清其他母亲所讲的详细内容，但我记得有个强暴的，有几个因持违禁物品受罚的，还有个人的儿子用雪铲杀了自己的妻子。那位母亲说就是斯特林·霍克谋杀案，好像我们都该在报纸上读到过似的，但我从没听说过。领头人提醒我们不要透露姓氏和细节，这是个匿名交流团体。

我在她们脸上寻找与我的相似之处。

“我感觉犯罪的那个人是我。”一位母亲说，“看守所的守卫以这种态度对待我，律师也用这种态度对待我，所有人看我的眼神就好像我犯了错，但我没有。”她顿了顿，“我们没有错。”

“我们没错吗？”一位母亲思索片刻后发话。一些人耸耸肩，一些人点点头，还有一些一动不动地坐着。领头人似乎默数了十个数，然后提醒我们可以吃点饼干休息一下，也许这是她从组织社会活动的经历中学到的技巧。

“你下周还来吗？”有眼袋的莉萨递给我一张纸巾，让我擦拭往小杯子里倒咖啡时滴到手上的咖啡渍。

“我还没想好。”我的额头上满是汗珠。我没法在那个房间和那些女人继续待下去了。我想看到和我一样的母亲，拥有和我的孩子一样讨厌的孩子的母亲，可地下室的墙壁似乎在渐渐向我挤压。我伸手摸找包里那张从未去取药的处方单，却触碰到一片柔软的尿布。我常常在包里备一片尿布。

“这是我参加的第二个团体。第一个在星期一，但星期一晚上我通常要上班，没人和我换班，我就去不了。”

“哦。”我点点头，喝下微热的咖啡。

“你的女儿，你开车去看她方便吗？”

“还好。”我四处张望，寻找出口标识。

“我也是，这样探视就容易多了。你常去看她吗？”

“抱歉，我想去趟卫生间。”

她为我指路，我向她道谢，急不可待地想离开地下室。

“我们没那么坏。”她忽然开口，我在门口停下，“你会慢慢了解的，如果你决定上完卫生间还回来的话。”

“你早就知道了吗？”这些话像是从下颌齿间硬拽出来的，但我必须问一问。

“知道什么？”

“你是不是经常察觉到你的女儿不正常？在她还小的时候。”

莉萨抬眉看着我，我想她意识到了我刚才对大家撒了谎。

“你的女儿犯了错。你从没犯过错吗，莫琳？还用多说吗？我们都是人。”

47

这个城市令人窒息，我想开车离开。二十二周过去了，上街仍让我痛苦不已，思考也同样。我想和你一同坐在车里，缓慢驶过一段段路，暂且离开这个地方。去海边，去沙漠。哪儿都行，我说，就出去转转。你不愿意出城。你说不带上维奥莱特感觉很怪，而现在正是她需要家人亲密陪伴的时候。

自从萨姆去世，我从未直视过维奥莱特的眼睛。我又回归到在床上度过终日的生活，不在床上时，我会站在厨房里盯着水池里的碗碟，无力清洗，无力做任何事。

处处都有让我联想到萨姆的东西，但主要都存在于维奥莱特身上：她两颗门牙间的豁口，她的被单在早晨的味道，她坚持要穿的和萨姆死去时所穿的针织衫款式类似的条纹睡衣，上学路，洗澡水。

还有两只小手。

我渴望从维奥莱特身上找到萨姆，纵使痛苦。因此我恨维奥莱特。

没有人和我提起过萨姆。朋友，邻居，你的父母和妹妹，格雷丝，一个人也没提过。他们问我们最近过得如何，眼神透着悲痛和怜悯，可从未提起萨姆的名字。这是我唯一希望他们做的事。

“萨姆。”独自一人在家时，有时我会放声大喊，“萨姆。”

卡罗琳，两年前在操场上死去的孩子的母亲，在萨姆去世数月后给我发了封邮件。一看到她的名字，我的心不由怦怦直跳。

我一直在祈祷，你能像我一样，找到一条继续前行的道路。不知为何，我终究从悲痛中探得了一丝平静。

她优美的文字没有打动我。我删了邮件。

“也许你该出去走走，就你一个人。”你在浴室门口说。我躺在浴缸里，身子又往下沉了沉，好让水没过双耳。

那天晚上，我问你那话是什么意思。去哪儿？走。你想让我走。

“有些地方能帮助你走出悲伤，比如配备心理咨询服务的疗养地。”

“就像康复中心？”我怒视他。

“类似治疗中心，我找到一个，就几小时的路程。”你递给我一张单子，是用你办公室的纸打印的。“现在有空床位，我打过电话了。”

“你为什么想让我去？”

你坐在床沿，脸埋在双手中，后背的肋骨抖动着，泪水滴在你的裤子上，缓慢而均匀，如同厨房水龙头滴下的水。有某些真相正在你心中酝酿，我看得出来，某些沉重的话语正在拉扯你的喉咙，一些迄今从未摆上台面谈论的事情。别这么做，我无声地哀求，求你别这么做，我不想知道。

你摸着下巴，凝视着原本放在萨姆房间，现在正靠着墙的那幅画。

“我会去。”

48

这儿有水晶碗冥想课、保健按摩、能量疗愈圈、关于蜜蜂的课程，还有挂在翻修谷仓木梁上的丝绸吊床。在我房间，浴室台面上有各式精油一字排开，床头柜里有本自然疗法的索引。送我来这里花了你太多钱。治疗课程在早上九点和下午三点，先是单人课，再是团体课。我在前台登记时，他们递给我一份弃权声明书，我勾选了这一条：我自愿放弃参与费用包含在周租内的治疗课程。我不想在这个地方大声说出女儿的名字，我来这儿就是为了离她远点。我没兴趣谈论她，谈论你，或谈论我自己的妈妈有多么不称职。我的一个孩子死了，我只想一个人待着。

养生晚餐在五点整供应，餐厅里有单人桌和多人桌。单人桌都被占了，我便在一张田园长桌边缓缓坐下，环视周围的人海。大多是富有的白人，我的运动休闲装显得格格不入。我将毛衣拉链拉到下巴，伸手去舀黑豆。

“刚来的？”听闻此声，我吓得差点没拿住勺子，转向左边——这位女人的声音很像我母亲。她凑过来看我的碗，说她觉得这些食物不适合我的能量场。晚餐后，我俩在火坑边盖着同一块毯子喝姜茶，我听她讲话。艾丽斯是我所见过的最为心直口快的女性，但我立刻喜欢上了她。

每天早晨她都邀请我散步，准时出发，每一天，太阳都会在我们走过田野时冉冉升起。她会穿着合身的黑色运动衫来到我的小木屋门口，手捏一块锆石晶体，她坚称没有这块晶体她就无法开始新的一天。我们走过将主楼和疗养人的小木屋隔开的草地，沿着疗养院北侧的小溪前行，接着走上一条安有路标的小径，绕过薰衣草花田。每一天，我们都会走上一个半小时，我总是比艾丽斯慢一步。她背对着我，微微扭头，说出的话行云流水，轻重缓急恰到好处，好似每句话在说出口前都已打好腹稿。她的鼻子长而尖。发梢比鼻子还尖的黑色波波头几乎不会随她轻快的步伐而飘动，也不会像我的头发一样在潮润的空气中打卷。

大多数时间，她讲着她自己的生活：癌症，她身为医生所见证的奇迹，还有承受的打击。她的丈夫是她的同事，一名外科医生，在手术时因心脏病发作去世。艾丽斯说起整件事时，好似最不幸的是丈夫没能完成那台手术。每当和我讲完那日想分享的内容后（她每天似乎都有个中心思想，就像在写一本教材），她会停下来拉伸小腿，并叫我在余下的路途都走在她前面。

随后身后就会传来一连串关于萨姆的问题。这些问题让我感觉自己就像躺在手术床上，面对无影灯，被她撕开胸腔。一刀又一刀，有如凌迟。

第一次见面时我就和她讲了萨姆，因为她一针见血地问：“你有几个孩子？都还活着吗？”

我回答得还算冷静。我只有一个儿子，他已经死了。艾丽斯没表现出同情之意，语气平平。她对我说我得想办法继续走下去。我对她又爱又恨。

因此，我每天早晨五点起床，换上运动装，刷好牙，打开小木屋的门，与这个不熟识的女人踏上挂着露珠的清爽草地。当我和艾丽斯说起萨姆，我的腿会疼，胸口沉闷得能让我重心前倾摔倒在地。散完步后，我会回到小木屋，鞋子浸湿，裤子也吸满水汽。我会到户外淋浴间冲个热水澡，把今早说过的每一件事和艾丽斯问我的每个问题忘得一干二净。你觉得如果他还活着现在会是什么样？你最喜欢他哪一点？抱着他是什么感觉？他是怎么来到这个世界的？他死的那天天气怎么样？我将这一切擦洗掉，如同抹掉一场外遇，抹掉不能为人所知的非法性行为。

在你送我来这儿两周之后，场地管理员在疗养院冰冷的溪流中找到了我。我全身赤裸，奋力挣扎，像只正在被生吞活剥的动物。

让我摸摸他。我是他的母亲。我需要他。我要把他带回家。

随后几小时，我都发不出声来。

他们拉我时我站不起来。常驻护理人员来了一趟。人们交头接耳，把手轻轻放在锁骨处，看着我站稳身子，套上从礼品店买的运动裤，裤子臀部绣着疗养院的徽标。我任毛毯滑下肩膀，露出干瘪的乳房，盯着围绕四周的一小帮人。那种状态下，我早已不知羞耻为何物。

艾丽斯端着茶，来我的小木屋敲门，但我没开门。她隔着杉木门大声道歉，说她不知道我那么脆弱。脆弱。我用指尖在房门内侧写下这个词。

尽管曾被我有意拒绝，一位擅长诊疗悲伤情绪的治疗师仍提出要对我进行一次正式评估，建议我考虑再住久一些。她觉得我一个人独处可能不安全，并建议通知你这件事。

“不用，谢谢。”我就说了这么两句，没什么可说的。

第二天一早，我带着行李箱，坐在小木屋门口等待你到来。我凝望着院子对面的树木，每一棵都齐刷刷地倒向西侧。

“怎么样？”你目不转睛地看着公路。我把手搭到你握着变速杆的手上，感受你将五挡换为六挡。我知道接下来该说什么。

“维奥莱特，她怎么样？”

49

“会没事的，来吧，一起玩。”我翻弄着右侧堆在地板上的拼图块，强迫自己看向维奥莱特。她眼皮都没抬一下。你有工作上的事要忙，最近这类事似乎比过去更为频繁，你离家时的样子也与以往不同了。衣服层层穿搭，牛仔裤腰系上皮带，看起来特别帅，早晨在卧室里我已经这么夸过你了。

“还是你嫁的那个老男人。”你这么说。

我无法用对等的话形容自己，这点我俩心知肚明，我们的眼神在门背后的全身镜里对上。

太阳系拼图共有一千片，我离开时家里还没这玩意，想必是你父母带来的，在我不在的这段日子里，他们与你和维奥莱特同住。自从萨姆死后，你母亲和我再没说过话，她不知如何与我相处，而我不知如何与身边的任何人相处。在我从疗养院回家之前，他们就离开了，尽管你母亲烘烤的曲奇还在台子上冒着热气。我走进家门，保姆正和维奥莱特在一起，自萨姆死后我从没见过她。她的眼睛又红又肿。我们拥抱在一起。我想起了萨姆，想起每次从她手中接过萨姆时，她留在萨姆身上的香甜气味。

三天，我踏进家门足足三天之后，维奥莱特才对我讲话。那时距萨姆去世已过了将近七个月。维奥莱特开始拼海王星，我拼木星，最后我俩在太阳附近相遇。

“你为什么离开？”

“我要调整一下心情。”

我将她正在找的一片拼图递给她。

“离开的这段日子里我很想你。”

她猛地一拳砸向拼图，抬头看向我。人们总说她看上去比同龄人大，但直到这一刻我才看出来。她的眼神更黑暗了，和过去不再一样。这间房子的任何角落，任何东西都和过去不再一样。一切都改变了。我先移开目光，舌头下腾起憎恨之意，她看着我咽了口唾沫，又咽了一口。我说了句不好意思，起身去洗手间。

当我回来时，拼图已经收了起来。我在她的房间找到她，她正在读一本书。毫无疑问，她听到了我对着马桶干呕。

“要我为你读这本书吗？”

她摇摇头。

“我肠胃不太舒服，可能晚饭吃坏肚子了，你还好吗？”

她点点头。我在床尾坐下。

“你有什么想谈的吗？”

“我想你再次离开。”

“离开你房间？”

“离开我们，离开我和爸爸。”

“维奥莱特。”

她翻了一页。

我的眼眶湿了。我恨她。我无比渴望萨姆能回来。

50

母亲离开我们后，父亲还是一副若无其事的样子。这不难想见——过去几年来，他逐渐淡出我和母亲的生活，漫不经心地关注着我们，像是在看一部也许看不到结尾就会关掉的电影。

唯一的改变是父亲把我的牙刷和梳子移到了洗手间最上层的抽屉，那个抽屉沾满了从母亲的瓶瓶罐罐中漏出来的化妆品和护发产品。我的洗漱用品不再放在水池下，这让我感觉自己担负起新的责任，尽管我不知道这份责任是什么。

我父亲开始在周五晚叫朋友们来打扑克，那时我会去埃林顿太太家和托马斯一起玩，看电影，吃爆米花，直到埃林顿太太关掉电视机，陪我走回家，到家后我会直接上床睡觉。但一天晚上，我在厨房外漆黑的走廊里驻足良久，侧耳倾听。家里弥漫着麝香香水和啤酒的气味。

我并不介意这样的夜晚，家里全是男人，充斥着男人的气味。唯有此时，我父亲看上去才像个真正的人。一轮结束后，我父亲不会喝超过一杯威士忌，但其他人会。他们对着彼此恶语相向，脏话连篇，直到其中一人忍无可忍，用力敲桌。我听到一堆扑克牌筹码哗啦啦落地的声音。

“你这个骗子。”我从没听过父亲用这种语气说话，像是每两个字之间都提不起气。接着有人说：“你老婆才是个骗子。你这坨软弱无能的狗屎，怪不得她把你甩了。”

当我抬起盯着走廊地板的目光，我看见父亲正站在厨房门口，愤怒得浑身发抖，紧紧盯着我。听到他一步步靠近的脚步声，我双腿发麻，无法移动。他冲我大吼，叫我回自己房间去。有人将一瓶酒重重地砸在桌上。另一人说：“对不起，塞贝，刚才事态有些失控，是他喝多了。”

次日清晨，父亲对我说，让我听见那些话他很抱歉。我耸耸肩，问：“听见什么？”

“布莱丝，人们可能对你心怀恶意，给你扣上莫须有的帽子。但唯一重要的，是你要相信自己。”

我喝着橙汁，他喝着咖啡。我心想，他比那些男人要好，但有句话一直在我耳边回响：软弱无能，你这坨软弱无能的狗屎。回想过去，父亲从未坚持己见，从未劝母亲留在家里别进城。我想起了挂在他头上的洗碗布，想起了打电话来的那个男人，想起了马桶里的猩红血块，想起了他从未拿走的药片，想起了常由他清理的一片狼藉的碗碟，还想起了他常常闷声不吭地退到沙发上。我恨母亲离开了他，但又不禁想他是否真的挽留过母亲。

51

我重新开始写作，删掉了萨姆去世之前自己写的每一个词。我的大脑已不同于往日，它以一种不同的频率思考。在受到伤害后，我的句子变得粗硬锐利，仿佛每个章节都能刺伤人心。纸页上承载了太多愤怒，但我不知道还能拿这些愤怒怎么办。我写着自己毫不了解的事物：战争、先驱、机械厂房。我将第一篇完成的短篇小说投稿到一本文学杂志，这本杂志曾发表过我的作品。编辑的回复和我的投稿函一样寡言无礼，这让我心满意足，和萨姆去世一周后流经胃部的浊血带给我的感觉一样。该死的，我这不是为你写的。这些全都没有意义，但填满了我必须熬过的每分每秒。

我开始去离家几步路的一家咖啡馆写作，那家店里没人奏乐，而且马克杯大得和碗一样。我喜欢这里，你不喜欢，我便将此地作为写作基地。我经常在这儿看到一个年轻男人，大概比我小五岁。他对着笔记本电脑工作，从没续过杯。我们都喜欢坐在靠里的地方，躲开从大门吹进来的穿堂风。我喜欢他把外套挂在椅背上的方式，好让兜帽的厚里布贴着背部，舒舒服服地靠着，我也学着以同样的方式挂外套。

有一天，他带来两个年长的人，一人鼻子特别大，一人眼睛特别黑。他邀请两人坐下，为他们从柜台端来咖啡和一个共享的牛角面包，将两张纸巾分别放在两人面前，动作温文尔雅，就像在一家精致的餐厅为老顾客竭诚服务。

他买了自己的第一套房子！这消息令我震惊不已。我听着他一边划过苹果手机上的图片一边解释：厨房入口在这边，这里通向化妆间，还有这儿，这儿会是婴儿房。他马上要有孩子了！就像我的萨姆。我希望他能看向我，我便能回以笑容，以示我在意他的未来，以示我一直担心这位优秀的年轻人能否遇到此生挚爱。

他们谈论了房产税、屋顶翻修还有搬家后的通勤状况。母亲问儿子一个月内婴儿就要出生了，之后他怎么安排。

“那一周我可以来城里帮忙，看你需要什么，洗碗，洗衣服，全都包在我身上，我有时间。我可以把我们家客房里的折叠床带过来。”她的语气满怀期望，在她儿子回复前，我就预知到接下来的话将是她此生听到的最难以接受的话语。他儿子解释说，萨拉的母亲会来帮忙，不用她来，这样对萨拉更好。她可以过段时间再来拜访，等他们一家三口安顿下来，有共处的空闲时间。还有萨拉的母亲，他会通知她什么时候来，也许几周后，视情况而定。

母亲的头缓缓垂下，又抬了起来，勉强挤出几个字：“好的，宝贝。”她把手放在儿子手上，为这转瞬即逝的时刻，接着把手收回到桌子下的大腿之下。

一位母亲一生中会心碎一百万次。

我动身离开——我不想再偷听下去了。我走了很长的路回到家。

52

有时在不知从何处开车回家的路上，前座的我们会扭头相视一笑。这是熟悉的放松时刻，在过去的六年里，每当女儿说了什么有意思的话，我们便会这样其乐融融。唯一重要的在于，我们彼此关系亲密且互相了解。我们一同创造了她，而她正用八岁的尖细嗓音说着一些从我们口中学来的大人才能说的话，真是难以置信。我竟然能寻得与你和她共度的如此愉悦的时光。没有哪一天，十字路口的那一幕不在我脑海中回放。

可生活在继续。我在从你身上移开目光时意识到这一点，无论我想还是不想，现状就是如此。我们一同在车里，跟过去一样看着彼此，三个人，没有萨姆。萨姆已经去世一年多了。

我想他想得不得了。我想在车上说他的名字，好让你们俩听见。他本该与我们在一起。

我弯腰拉开脚边的包，掏出一小包纸巾，回过头，看向坐在你后方的维奥莱特。我拉出一张纸巾，往后一抛，维奥莱特看着纸巾飞扬到半空，继而落到她的大腿上。我又拉出一张纸巾，再一张，又一张。你将目光从马路上移开，看了我一眼，接着又看了我一眼，随即看向后视镜中的维奥莱特，你俩四目相对。随后维奥莱特默不作声地望向窗外，纸巾仍纷纷扬扬地落在后座上。

此前，当萨姆在车里哭起来时，我们曾和他这么玩过，让飘扬的纸巾围着他转，直到绵延不息的哭泣化作渐响的笑声。萨姆喜欢飞扬的纸巾。有时我们会抽掉一大包，一同嗨得哈哈大笑。车里到处是柔软的白色降落伞，伴随着孩子们兴奋的叫声，还有我们疲惫而释然的面庞。我们勾起嘴角，顺其自然地前行。

那天下午我为萨姆做这件事时，你俩都一言不发。抽完一包纸巾后，我扭头不看你，把纸巾包装放上仪表盘，这样你开车时就不得不看到它。窗外是田野，我记得那时我看向窗外，渴望在田野上奔跑，直到被你抓住，如果你一直追在我后面的话。

那天晚上我问你，是不是该带维奥莱特去看看儿童心理学家什么的，帮她应对消极情绪。她太不愿意谈及萨姆了。

“我觉得她调整得很好，没那必要。”

“那我们呢？一起去，接受伴侣治疗。”我们似乎也无法谈起萨姆。你还没提过我今日在车上的所作所为。

“我觉得我们相处得也没问题。”你吻了吻我的额头，“但你得去，一个人去，你得再试一试。”

我漫无目的地走过寂寂无声的房子。

最近你常在自己的工作间建模型，零件和工具在台灯的转臂下摊了一桌，强力胶、切割垫、还有一套刻刀，小型发泡板围在桌侧。维奥莱特很喜欢看你搭建工作所需的模型。

我将小刀上的刀片一片片取下，丢进罐子。小刀不该摊在外头，我早叮嘱过你好几遍。我拿起最后一片刀片，蹭过指尖，被刀片的锋利给惊到了。这太容易划伤了，我也太容易划下这一刀了。我摸索着衬衫下的妊娠纹，肚子上隆起的一道道纹路。流血曾给我那么好的感觉。我闭上眼睛。

“你在干什么？”你的声音吓了我一跳。

“收拾你的东西，你不能把这些东西摊得到处都是，让女儿找到。”

“我来收拾，你去睡觉吧。”

“你也马上来？”

“等一会儿。”你坐上凳子，按亮台灯。我触碰你的肩膀，接着抚摩你的后颈，亲了亲你的耳后。你给刀装上刀片，接着伸手去拿金属尺。工作时你总是凝心静气。我用耳朵贴住你的后背，听着你绵长的吸气声。“抱歉，甜心，今晚不行，我得把这个做完。”

几小时后我被吵醒——刀片一片片落进罐子。当，当，当，停顿，当，当，当，再停顿。我睁开双眼，迫使自己待在房间里，望着玻璃顶灯反射的微弱光亮。当，当。我把头转向一侧，金属刀片碰击罐子的声音转变为冰碴撞击排水管的声响。起风了。当，当，当。我闭上眼睛，梦见我的小男孩在我怀里，梦见他温暖脖颈的味道和含住他手指的感觉，梦见血液像漏水水龙头里的水珠一样缓缓滴到他身上，每落下一滴他就会抽搐一下。我看见血液与他光洁的皮肤接触，汇成曲折的细流，最后汇集在小小身板的两个锁骨窝里。我舔过他的皮肤，仿佛他是个融化的甜筒，尝起来甜丝丝的，味道如同他死前的那个夏天我喂给他吃的温热苹果酱。

那天晚上你一直没回卧室。早晨我在女儿房间的地板上找到了你，盖着客厅沙发上的毛毯。

“冰碴吓到她了。”你吃早餐时说，“她做了噩梦。”

你揉了揉女儿的头，又给她倒了些橙汁，我回身上楼，又回到床上。

53

“布莱丝，外头冷得刺骨，你没让她戴上手套去学校吗？”你母亲弯腰脱下打湿的靴子，眉头紧锁。她过来住上几晚，和维奥莱特共处一阵子，每天放学去接她回家。维奥莱特的屁股上沾满了融雪，她正在掸裤子。

“手套在她书包里，但她不肯戴。”

维奥莱特一摇一摆经过我身旁，走向厨房。

你母亲对着走廊的镜子，理了理稀疏的头发，看她摆弄的手势，我知道她肚子里有话。我靠在墙边，等她开口。

“你知道吗？老师说维奥莱特在学校不开心，她似乎在生气，不愿参加任何课堂活动。”

我感到胸口一紧。“老师之前就提过。我问过维奥莱特，可她满不在乎。福克斯觉得她可能在学校太无聊了。”

“我去接她时，她就一个人孤零零地坐在校园角落，没有人和她一起玩。”你母亲挑起眉毛，看向厨房，确保维奥莱特听不到，“事情发生还不到两年呢。你要记得，维奥莱特也爱着萨姆，就像我们一样，尽管发生了那些事。”

尽管发生了那些事——她的话让我大吃一惊。她从未提过萨姆去世一事。我不知道我所知的她是否知道。我一直想问她。她是我最亲密的同盟。

“海伦。”我压低声音，“福克斯和你讲过萨姆去世的那天吗？他和你讲过我告诉他的那天发生的事吗？”

你母亲移开目光，将挂在门口的大衣拉挺。“没有。说实话，我不知道自己能不能心平气和地谈起这件事。我很抱歉。我知道你在现场，亲身经历，但……我不行。”

“你刚说‘尽管发生了那些事’，我以为……”

“我的意思是，出事后维奥莱特看起来调整得那么好。”她语气尖锐，“就算你没法时刻回应她的需求，她在家里还是表现得那么好。”我望向厨房，你母亲再次压低声音，“我不是在指责你，布莱丝，我向你保证。你曾身临地狱。”

我点点头，缓和由我挑起的紧张气氛。这一刻，你母亲看起来如此虚弱，比六十七岁要老得多，我意识到，失去孙子对她也是很大的打击。你当然没把我所认为的真相告诉她。维奥莱特喊你母亲去做巧克力曲奇，我听到她在橱柜里翻找搅拌碗。今天早晨，你母亲顶着风雪去商店买齐了原材料。我伸手抓住她的手，紧紧握住。

“你很坚强。”她轻声说。这话对我没有意义——这不是真的。你母亲爱我，但她完全不了解我。

那天晚上你回家后，我看见她把你拉进暗沉的客厅。你俩在低语。我听见你拍了拍她的背。聊完后，你身上也散发着和她一样浓烈的玫瑰香水味，一整晚，这包围住我的香氛一直萦绕在我的脑海里。

54

有个关于我和维奥莱特的故事时而会在我脑海中上演。

故事是这样的：

她直到一岁才断奶，紧贴着我热乎乎的皮肤给予我力量。我很开心，也很感激。当我靠近她时我不想哭叫。我不为生下她感到后悔。

我们互相教对方何为耐心，何为爱。纯粹和愉悦的时光向我张开怀抱。我们一同在小睡后搭玩具塔，每晚读同一本书，直到她熟悉了每一页的内容。只有我抱着她轻轻摇晃她才能睡着。当你回家晚了，把她从我身边带走的时间晚了时，我不会恨你。每当她在夜里醒来，她呼唤的人是我。她学会了在我进她房间时说早安，我们会在你起床前一同度过安静的一小时。她不像需要我一样需要你。

我们一同走去幼儿园，她会在铁栏杆后方朝我挥手。一整天我都想着她。她为我做了母亲节贺卡，上面有她自己想出来、老师帮忙打印的话语，我在打开贺卡时热泪盈眶。中午去接她时我不会紧张。生日那天，她希望我做些纸杯蛋糕让她带去学校。

她会对我甜甜地笑，抱住我的腿。我会让她亲吻我。

她照顾萨姆的样子就像在照顾洋娃娃。她会抱着萨姆轻触他的额头，会看着我给萨姆喂奶，依偎在一旁，渴望从我们身上汲取温暖。我并不希望仅有我和萨姆两人独处，而她不在我们身边。她会在萨姆不在时谈起他，也会对陌生人讲起他。每隔一段时间，她就会问能不能和我去一趟公园，就她和我两个人，因为她想念与我独处的时光。我答应了，我们在公园里并排荡秋千，买香草甜筒，回家后萨姆正在等我们，安安全全地和你在一起。我没有暗地里假装萨姆是我唯一的孩子。

我换衣服时她坐在我的床上，和我聊天。我温柔且温暖。她极具好奇心。她喜欢待在我身边。她的目光很柔和。在她身边时，我从未感到过任何不适。我信任她，也信任在她身边的自己。我看着她成长为一位尊敬他人且温和体贴的年轻女子。我感觉她是我的宝贝女儿。我和你拥有一个儿子，女儿拥有一个弟弟，我们是一个彼此相爱的四口之家，一家人在每周日享用同样的晚餐，在每周五争论该看什么电视节目，在春假来一场驾车旅行。

我不会每天想象我们的关系将何去何从。

也不会每天想象如果死的不是萨姆而是维奥莱特，生活会变成什么样。

我不是个怪物，她也不是。

55

你到酒店大堂的商店去买防晒霜了。我很容易晒伤，和海滩度假注定差点缘分，但我们尽己所能，努力表现得和其他家庭一样。你母亲建议我们来，她说换换环境对我们都好，你便预约了酒店。维奥莱特喜欢在沙滩上玩耍，即使她已经九岁了。我在条纹阳伞下读一本小说，时不时掀起松软的帽檐看一眼维奥莱特。她正在挖一个水道迷宫。一个皮包骨头不到三岁的男孩站在维奥莱特和大海之间，咬着自己的大拇指根部。

维奥莱特踮着脚走到男孩跟前，蹲下身，风卷走了她的声音。男孩看起来在咯咯笑。维奥莱特重心不稳倒了下去，露出一个滑稽的表情，逗得男孩朝着太阳的方向笑开了怀。男孩跟在维奥莱特后面，维奥莱特递给他一个水桶，让他帮忙灌水道。

男孩的母亲独具一种优雅的气质，今日早些时候我在泳池边看到她时就为之赞叹。

“你的女儿真像个洋娃娃啊，把我儿子逗成那样。她有照顾过比她小的孩子吗？”

我解释说，她看上去比实际年龄大。我邀请男孩的母亲在两个孩子玩耍时坐上你的休闲躺椅。我们看着各自的孩子，说着你常与其他母亲说的客套话。男孩抬起头叫妈妈，挥动小手，给妈妈看维奥莱特递给他的水桶。

“看到啦，看到啦！太棒了，杰克！”他们来这儿过周末。这位母亲还有两个孩子，今天和父亲坐船去了，她和杰克容易晕船就没去。维奥莱特开始将男孩埋进沙子，先是双腿，逐渐埋到腰际，没过躯干。维奥莱特拍了拍沙子，抚平土丘表面，男孩一直一动不动。

“介意我打个电话吗？”女人拿起手机问。

她要打个工作上的电话，可海滩上风太大了。她跑上我们身后的木板路，我看着她的白色束腰长袍绕着她修长的双腿翻飞。

小男孩已经被深埋到颈部，涨红的圆脑袋像颗落在沙地里的樱桃。维奥莱特跑到海边，灌满最大的桶，拎着水桶缓缓走回男孩身边，双臂颤抖。她怎么带来了这么重的一个桶？我坐起身。维奥莱特把水桶举过男孩头顶，胸部隆起，停顿片刻，抬头确认我是不是在看。我回盯着她，心跳得飞快。男孩闭着双眼。我吃力地站起身，手脚不太灵活。维奥莱特换了一只手到水桶底部，一些水溅了出来。她打算把水倒出来，少说也有四升，能一瞬间堵塞男孩的气管。维奥莱特平静地盯着男孩，手打算施力让水桶倾斜。我双腿一软，想放声尖叫，却发不出声。我敲击自己的胸口，想找回声音，终于发出一声尖叫。我呼唤出了他的名字，不太听得清，高音如同火焰在喉咙中灼烧。

“萨姆！”

“怎么了？”你抓住我的胳膊，我吓了一跳，一巴掌拍开你。维奥莱特正站在原地看着我们，水桶放在脚边。男孩抻长脖子，脖颈边的沙丘像冰面一样四分五裂。

“被你弄坏了！”

“对不起。”男孩开始呜咽。

维奥莱特跪下身，扶男孩起来，掸掉男孩背部和漂亮金发上的沙子。“别哭呀，我们可以重新再来。你还好吧？”她把一只手轻轻搭上男孩小小的肩膀，男孩点点头。她瞄了我一眼，想瞧瞧我是不是还在看她。

“没什么。”我对你说，接着理了理泳衣下部，心跳仍震颤着胸腔。我看着她逗男孩开心，怀疑是自己反应过度。我又想起了她推婴儿车的粉色连指手套，随即赶紧将这幅画面甩出脑海。你递给我一个塑料袋，心绪平和，似乎没受什么影响——你没听到萨姆的名字，或至少装作没听到。

我们又待了两小时。我看完了手中的书，你和孩子们放了个风筝。那天晚上，我们和男孩一家一起吃晚饭，优雅的母亲带着身穿泡泡纱面料衣物的三个儿子。

我看着维奥莱特为孩子们串上棉花软糖，教他们怎么做棉花糖夹心饼。我感觉你在看我，转头对上你的眼神，你微微一笑。你喝完红酒，我起身将另一条巧克力棒掰成小方块，分发给孩子们。我和你坐上同一把扶手椅，躺上在没有孩子时我曾度过大把时光的你的膝头，双手滑入你的衬衫汲取温暖。你亲吻我的双唇。我看到那个女人隔着火光看着我们。事情可以如此简单，只要我能放下。

56

挺容易得出的答案，却拖了那么久，惹人恼火。总是敞开的浴室门关上了。下午带回家的咖啡从两杯变为一杯。在餐厅不问对方想点什么。听到枕边人快醒来时转身面向窗户。走路走在前，拉开那么长的距离。

这些点点滴滴的举动都是蓄意而为，易于察觉，侵蚀了原本的样子。转变缓缓发生，看似不能说明什么。当音乐适时响起，阳光溜进卧室，这些转变甚至毫无意义了。

在你三十七岁生日那天早晨，我下楼到厨房给自己做早餐。你前一晚提出（你还说了两次）想明早和我去街边的法式平价餐馆吃荷包蛋。

可我想让你醒来时闻到我在烤硬面包圈，你很讨厌的食物。然后你就会意识到，我不会在你生日那天陪你一起去法式平价餐馆吃早饭。我想以此伤你的心，让你觉得，也许她不爱我了。我想让你失望透顶，翻个身继续睡觉，心中暗想自己作为丈夫，妻子却不愿在这么重要的一个早晨让他开心。

二十分钟后，你走下楼梯，穿着我讨厌的毛衣，羊毛都起球了，乌糟糟的。我正在冲洗粘在刀上的奶油奶酪。那时已过九点，你说你要出去取个报纸。我们订购了《泰晤士报》，我把报纸甩到你面前的台板上。你说你想看《新闻报》。我不觉得你还喜欢看《新闻报》。过了一个半小时你才回家，一言不发，什么都没吃，直到过了午饭饭点好久我们才热了几碗吃剩的意大利面，所以说你一定一个人去吃了荷包蛋。我们没谈起过这件事。我也从未后悔这么对待你。

三天前，你问我厨房桌上的花叫什么名字，那是我上周末买的。白色的，蓬蓬的那几朵。那是大丽花。我问你为什么想知道，你说纯粹出于好奇心，你说你喜欢这些花，我应该多买买。这很奇怪。以前你从不关心花，也从未问过我花的名字。

一周后，你坐在读书椅上，拿着我的手机。我去洗手间前把手机落在了桌上的茶碗边，回来后就见你正在看你自己的一张照片，那是我上个月拍的。照片里没有我，也没有维奥莱特，只有你一个人，英俊帅气，笑容迷人，留了两天的胡子，一边胳膊肘撑着桌子，在一家餐厅里。那天晚上我躺在床上想，也许他在想象自己在其他女人眼里是什么样子，也许他在想象他会给对他一见倾心的女人留下怎样的第一印象，也许他在照片里试图寻找自己的另一面。

端详一张自己的照片不是有外遇的证据，询问关于花的问题同样不是。可这些事仍会在一个人的脑海中化脓、溃烂，直到她不再感到自己被爱着。这些事即是开端，将我们拉离本可挽回的境地。曾经，即便面对差点要了我命的死亡的无情面庞，也尚有一线生机，可这些事竟还是把我们带到了无法回头的境地。这些事变得太过沉重，太过伤人，在这世上曾最让人有安全感的地方，伤害和损耗却成了惯常。

这就是为何我没在你生日那天与你一同吃早饭。

57

你给自己满上一杯咖啡，将桌上的辞职函推向我。我刚送维奥莱特去上学，到家后没想到你在家。

“可是，为什么？”

你向后一靠，交叠双腿。我注意到你好几天没刮胡子了，也许三天，或者四天。你身上的好些特质我再也看不到了。

“我想设计更有前瞻性、更注重可持续性的东西，可现在的工作没有一点创新的空间，而且什么都由韦斯利说了算。”

我看着你用指尖轻轻敲击木桌，接着看向辞职函和你的签名。说明很简短，就几句话，日期是昨天。

“你不觉得辞职这事，我们应该谈一谈吗？”我不知道家里的经济状况，也不知道我们有多少存款。我拼命回想，回忆最近见过的银行账单。家庭开销由你负担，我没有记录过我们挣了多少钱，花了多少钱。我越想越觉得自己愚蠢。“我是说，我们家经济上还过得去吗？这么重大的决定。”

“没什么事。”你不想让我介入。你又用手指敲了敲桌子，“我不想让你因这事感到困扰。”

“可是，福克斯，这种事我们得一起决定。”

……

“所以说现在什么情况？”

“我已经拿到好些工作机会了。”

你在椅子上伸了个懒腰，晃动脚踝。像是不耐烦，又像是卸下了心上的担子，我辨认不清。

“我出去跑个步。”

“天太冷了。”

“你该干什么干什么，和我不在时一样就成。”你揉了揉我的头发，就像常对维奥莱特做的那样，接着离开厨房去找你的跑鞋。你从不出门跑步。

我的头轻飘飘的，总觉得有点不对劲。我突然想给你母亲打个电话，她接电话时正在遛狗。

我和她说，我想早点谈谈假期的事，仔细确认下他们来访的安排。他们预订了 12 月 23 日的机票，那天我们会带维奥莱特还有你妹妹去滑雪。我问她为你父亲准备什么礼物比较好，还与她商量了那天由谁来做晚饭。

“没了萨姆，你们又得经受一阵苦日子。”你母亲说。

“我很想念他。”

“我也是。”

“海伦。”我犹豫这会儿要不要直接说再见，“今天早上福克斯和我说他辞职了。你知道他有意离职这件事吗？”

“不知道，他没提过。”你母亲顿了顿，“如果是钱的问题，我们随时能帮你们一把。我不想你们为钱担心。”

“不是钱的问题，而是说——我感觉他像变了个人，变得和我越来越……疏远。”我屏住呼吸，转了转眼珠。我不喜欢和她谈起你，但我急需安慰，“我觉得这事另有隐情。”

“哦，亲爱的，我可不这么想。”她的语气告诉我她明白了我的言下之意，“你们夫妻俩还没从悲痛中走出来，布莱丝，这段时间对你俩来说都很难熬，也许福克斯比你所想的更为痛苦。”她等我表示认同，但我没说话，“对他多点耐心。”

“请别告诉他我和你打过电话，好吗？”我揉了揉太阳穴，试图让自己放松下来。

“没问题。”她又把话题切回他们该哪天飞回家。我透过客厅的窗户，看着你离开。

你的笔记本电脑开着，我知道密码。你的桌子和以前一样，散乱的工具，正在进展中的项目，停止于昨晚我们打断你的地方。没有任何东西看上去正在崩溃，没有任何东西看上去有所不同。我打开你的电子邮件收件箱，滚屏查看邮件。你上司发来的邮件并不难找：考虑到事件性质，我很高兴大家一致认同这是最好的处理方式。也许我们在为人处世上都应更为谨言慎行。对于商定好的解雇，劳伦会就细节事项与你保持联系。

出了什么事，你被解雇了。

我打开一份你助理早晨发给你的邮件，邮件仍是未读状态。她只写了一句话：我刚见了人事，联系我。

我走进维奥莱特的房间，拿起你助理送给她的独角兽铅笔和橡皮，闻了闻，看看有没有可能证实自己的猜测。我将铅笔放回她的书架，躺到她没有整理的床铺上。

我用双手抓住胸口，心脏跳得飞快。办公室里加班的夜晚，我触碰你时你的抗拒，你对我撒谎时用手指敲桌子的样子。我闭上眼睛，闻着维奥莱特的枕头上刺鼻的倦意。

“我恨你们。”我低声呢喃，对你们两个人。你们两个人我都恨。我只想要萨姆。如果他还在，那一切都好。我痛哭流涕，直到听到你打开前门，鞋子落到地砖上，脚踩上台阶。我一动不动、一言不发地躺着，听你路过维奥莱特的卧室，走进淋浴间。我没有关掉你笔记本电脑上的邮件页面，二十分钟后你就会发现，然后一个解释都不给我。

58

第二天早晨，我送完维奥莱特回来后在家门外待了一会儿，我想等你出去，可房子里你的气味依然太过浓烈。你又在家里。我没有叫你。我关上浴室门，进入淋浴间，使劲擦洗自己的每一寸皮肤。我站在淋浴喷头下，直到热水变凉。

我听着你在门对侧的动静。抽屉开开关关。干净的内衣裤、领带、汗衫。接着是衣柜，你拿出了西服衬衫——这一天你想给某人留下好印象。衣架上的金属夹咔嚓一响，外套从厚实的木衣架上滑落，套上你的手臂。在我们共度的生活中，我近乎每天早晨都会听到这种声音。

接着浴室的门开了，我赤身裸体。那天早晨，你以别样的眼神盯着我的身体：曾承载过你孩子的松弛皮肤，被孩子吮吸到干裂的乳房，一年来未曾打理的凌乱阴毛……尽落在一个能看到更美好、更年轻、皮肤更紧致的女人的男人眼中。我想象着那个女人，皮肤光洁，身上没有青紫的血管，头发也不毛糙。我看着你看我的样子，思索现在自己这具身体对你还有什么意义。这就是一艘轮船吗？让你当上爸爸，带给你一个漂亮的女儿和一个你了解甚少近乎淡忘的儿子？

我们眼神相对，你看向别处。你知道你在我赤裸的身体上注视了太久。你知道我也意识到了。你伸手取下挂钩上的毛巾，递给我。

那天早晨我们一句话都没说。你直到晚上十点才回来，然后上了我，粗暴得让我出了血。是我求你这么做的。我知道那晚你可能和那个女人也上了床，可我想感受到自己是有用的，以一种机械的方式，带给我身体与本我分离的感觉。我想感受到自己就像海上的一艘驳船，锈迹斑斑，布满凹痕。

有好些诸如此类的日子，凸显出生活中那些改变了我俩关系的时刻。我是被欺骗的女人吗？你是背叛我的男人吗？我们是一对丧子的夫妻，有个我无法爱的女儿。我们会成为分开的伴侣，丈夫离开了，而妻子从未从这段关系中恢复。

后来，大伙儿都知道了埃塔正渐渐脱离日常生活。她不再做饭，不再进食，几乎什么事都不做了。家里空气污浊，气味如同在洗衣机里放了很久的湿抹布。有些日子埃塔会在二楼徘徊，而剩余的日子她就从没离开过卧室。

这段时日对塞西莉亚来说同样难熬，她日渐消瘦，游泳得穿以前的泳衣。她没有胃口，也不再像其他十五岁女孩一样呵护自己。她不想向亨利讨钱买卫生巾，来例假时就往内裤里垫袜子。家里没有洗衣皂，她就让它们这么堆在床下。这堆脏袜子被亨利发现时，她感到无地自容。亨利叫自己的姐姐过来住上一阵子。他姐姐住在海外，在塞西莉亚印象中，亨利从没提过她，看来家里的情况很不妙。亨利姐姐来了后，与大家尽可能保持距离，她明白现在这个家的状态微妙且棘手。她将房子打扫干净，往冰箱里添置了食品。

有一天，塞西莉亚无意间听到亨利姐姐提议让她转去寄宿制学校，因为她觉得继续和母亲同住对塞西莉亚来说不安全。亨利一拳打得银制餐具丁啷作响。

“看在上帝的分儿上，塞西莉亚是埃塔的女儿，埃需要和她待在一起。”

“亨利，她不想这样，她不爱那个女孩。”

塞西莉亚扫了眼角落，又看向父亲。他掩面沉默了分钟，接着摇摇头。“你错了，爱和这事毫无关系。”

几天后，埃塔用亨利的一根皮带，在前院的一棵橡上上吊自杀了。那是周一清晨，太阳刚刚升起。塞西莉的学校和家在同一条街上。

那一年埃塔三十二岁。

59

不可终日想象你在与另一个女人做爱带给我的痛苦是不是意味着我对萨姆的思念会弱上几分。每个人能承受的悲伤无疑存在上限，所以说，如果我仅仅关注你对我做的事，那也许我就不会被有关萨姆的记忆耗得身心俱疲，被无尽的痛苦压得喘不上气。

可事实不如我所料。你的背叛没给我带来痛苦，也没令我心碎。萨姆之死带给我的打击实在太大，我再也感受不到更强烈的痛楚。你想要另一个女人？没事。你不再爱我了？我能理解。

萨姆死后，医院里的医生曾在你离开前对我们说："你们要坚强地在一起。孩子没了，许多婚姻关系撑不过去，你们得了解这一点，努力维系婚姻。"

"太不会说话了。"事后你如此评论，"我们要担心的事已经够多了。"

整整八天，我一直没提起我的怀疑。我们的生活在继续，平平静静，不让维奥莱特感受到压力。你格外温柔，格外体贴。

这些都不是我想要的。我从没过问你白天的去向，因为我不在意。去见她，还是去找新工作？无所谓。我让你和你父母说圣诞节别来了，尽管这像是对我们两人的惩罚。

“你为什么不给我妈打电话？”你说，“你似乎挺喜欢告诉她我的近况的。”

我和她打过电话，她和你说了。

我不知道你用什么借口让她取消了圣诞节之行。在那之后，我再没接过她的电话，尽管每次对她的冷落都会让我难过。

第八天晚上，我看到你在工作间整理桌子。你的所有项目材料都已收拾好，交给了接管你客户的同事。长臂台灯折叠在一起，像是准备打包搬运。也许事实就是如此。我寻找着装刀片的罐子，可哪儿都没见到。

“你的东西都收到哪儿去了？那些建模工具呢？”我屏住呼吸，为想要得知刀片在哪儿感到羞耻。焦虑在胸中扰动，威胁着我。你指了指柜子，自顾自整理一个装零钱的盒子。我滑开柜门，扫视乱糟糟的架子：有几盒旧桌游，堆着一些空相框，还有我大学时留下来的几本字典。罐子在第二层架子上，一边是你的建筑学书籍，另一边是装着尺子和笔的箱子。我关上柜门，转向你。你的肩膀已渐渐隆起，越来越像你父亲。不知道那个女人喜不喜欢抚摩你后颈柔软的细发，不知她有朝一日会不会为你刮掉胡子与细毛，就像我常做的那样。

“她是个怎样的人？”

你抬起头。没了你工作时在墙壁上舞动的台灯阴影，这个房间感觉和过去截然不同。你没有任何反应。我又问了一次："福克斯，她是个怎样的人？"

问完我转身离开，上床休息。我想着明早你会不会出门，可几小时后，也许只过了一小时，我感到你那侧的床垫动了。

"我和她没联系了。"

你哭过了，我听见了你浓重的鼻音。我的内心毫无波动，不觉得释然，也不觉得生气。我只是累了。

"萨姆去世时我们受了太大的打击。"我说。你揉了揉自己的前额，"你从没合理纾解你的悲痛情绪，你从没面对过。"

我等待你开口。

"萨姆的死不是我们的婚姻逐渐破裂的原因，萨姆和这事毫无关系。"

卧室的门开了，维奥莱特走进来，瞪着我俩。你缓缓看向我，睡意蒙眬的眼睛睁得和维奥莱特一样大，接着你看向我们的女儿。

"早上好，亲爱的。"

"吃早饭？"她问。你跟在她后面离开房间。

60

我太蠢了，居然把它丢在床下，是有天下午我听见你回来时随手丢的。你从没在意过我到处扔的书。说实话，我没怎么想过那个女人，我在她的世界里不存在，她在我的世界里也不存在，她处在我们维持的日常生活之外。

我不知道自己为何买了那本书。我知道没用，但感觉应该试一试，好让其他感受压过不可抑制的好奇心。自我向你挑明你外遇的事已经过去了两个月，我能想到的问题仅有：这个女人是谁，长什么样子？你拒绝透露有关她的任何信息，但我知道她是你的助理。你曾带着维奥莱特和她一起吃过午饭。

每次我想让你多讲讲她，你都会摇摇头说："别。"

我在维奥莱特的书包里找到了这本书：《挽回出轨的婚姻：如何应对婚姻中的背叛》。维奥莱特正在厨台上喝酸奶，她放学后的零食。看到我拿在手心的书，她抬起目光。我不知道该怎么和她说——她才十岁。她知道什么是出轨吗？我想到了学校里高年级的孩子，维奥莱特向他们提问时向来毫不犹豫。

"这本书为什么在你这里？"我紧张地问。她扬起眉毛，像是在说我明知故问，接着继续搅弄碗里的酸奶。

“回答我。”

“这本书为什么在你这里？”

我转身离开。

一小时后，我敲响维奥莱特房间的门，问能不能和她谈一谈。她缓缓把写字椅转过来，面无表情地看着我。我拿出那本书，声明自己想澄清一下：这本书是我创作所需的背景资料。我需要和她谈一谈“外遇”这个成年人词汇是什么意思，听听她的看法。我买这本书并不是因为她的爸爸妈妈之间出了问题，我们非常相爱。

“好。”说罢，她低下头继续写练习册。

那时我已知晓，维奥莱特知道那个女人是谁。也许你带她去办公室那天不是她俩第一次相见，你和维奥莱特之间有我所不知的秘密。有一点在我看来很奇怪，维奥莱特从没用过那个女人送给她的独角兽铅笔和橡皮，这两样东西像奖杯一样陈列在她的柜子上，对她而言作为战利品的意义比我所想的更大。

我将那本书扔进屋外的垃圾桶，思索该用什么谎言来向维奥莱特圆刚才的谎。我想走回她的房间，以身为母亲该有的威严告诉她你错了。我不想被她看成一位被丈夫瞒骗的妻子。尽管十年来我对你与维奥莱特的关系一直心怀怨恨，我也不想让你被她看成会做那种事的男人。

我与这个家仅靠一条细线勉强维系，我知道。但我必须这么做，除开这个家，我一无所有。

那天晚上你回家后，我掐准维奥莱特可能会看到的时间，爱意满满地抚摩你，叫你“亲爱的”而非直呼其名。你坐在沙发上看冰球比赛时，我倚着你躺倒，一只手搭上你的大腿，下巴搁在你的肩膀上。我喊维奥莱特来房间，问她有没有上交午餐比萨的钱。她怒视着我，垂眸看到我的手搭在她父亲的大腿上，轻轻摇了摇头。干净利落地左一下右一下，足以告诉我她知道我在做什么。她身怀无比强大的力量让我自我厌弃。

一个月后，自我挑明你出轨这件事已过去三个月，我在一个周日的早晨醒来，心里已明了：我们结束了。我们需要停止伪装，不再假装外遇这事就是河岸边一段恼人的小插曲，能在河上漂着漂着就听不见了。保姆下午带走了维奥莱特，我们去了街上的酒吧。

“你跟她还有见面，对吧？”

你望向窗外，不耐烦地招呼来服务员。我再次请求你，能不能和我讲讲那个女人，告诉我你为什么爱她。你没有回避我的眼神，似乎在决定有多少事可以和我说，有多少秘密可以与我分享。一股紧迫感从我内心涌现，我无法继续这样面对你——我们得结束这种状态，我希望你离开。

我轻快地走回家，大衣紧紧裹住胸口。随后我去地下室拿上来几个行李箱，将你所有的衣物装得整整齐齐，拉上箱子拉链。我给搬家公司打电话，预约了四个大号打包箱和一辆明天上门的小型搬家卡车。我在你桌子的抽屉里找到一沓便利贴，往每一样我们过去共用但我希望你带走的东西上贴了一张：厨房里的可移动岛式厨台，电唱机，你父母带来的一套碗碟，门口由于每次我叫你进门前脱鞋你都不肯而留下鞋印的地毯，客厅里数年来被你的屁股坐出压痕的沙发，绿色玻璃花瓶，粘着红肉血迹的砧板，你钦点的让人久坐背疼的餐桌椅，你工作室的所有家具，以及家里的大多数艺术品。最后我走向你工作间的柜子，找到那一罐刀片，抽出最长最锋利的一片，裹上一块丝绸围巾，放入我自己的柜底。

“你今晚在哪儿过夜我无所谓，明早来把其他东西收拾好就行。”我和你吻别，一个习惯，一位已婚女性的反射性动作。走上楼时我想到了萨姆的东西，我们留存下的关于他的东西都封在地下室的盒子里。也许你会想带走些什么，比如一块毛毯，一个玩具。也许我应该问问你，给你其中一样，让你感受他残留在布料中将近三年的味道。我打开浴室的水龙头，脱下衣服，哗啦啦的水声模糊了你的脚步声，出现在门口的你吓了我一跳。我捂住胸口转过身，像在面对一个闯入者。这么多年了，感觉你像个陌生人。

“那维奥莱特怎么办？”你目不转睛地看着我迈进浴缸，水很烫，但我迫使自己一寸一寸往下滑。

“她怎么办？你做的好事，你自己想怎么和她说。”

你抬眸移开眼，我惹恼你了，每当我说了什么话，让你希望我不要那么固执己见、含糊其词、晦涩不明、优柔寡断，或者油嘴滑舌、冷嘲热讽时，你就会这么做。你不希望我这个样子。你又揉了揉前额，我似乎折腾得你很累，我似乎令你希望我从来没存在过。

“我尽力向她隐瞒了这件事，因为我不想让她对你有不好的看法。我不希望你们俩的关系发生变化。”我说，“但我觉得她已经知道了。”

我等待你的反应。我希望你感激我这么做，承认这件事错在你，可你只对我说：

“我想共享监护权，时间平分。”

“没问题。”

你看着我滑入浴缸，直到全身漾起水光。我躺在浴缸里，折射出更大的身形映在你眼中，这个女人的身体你已进入过二十年。我不由想，你会不会想进来和我一起泡澡，你会不会撇开我犯下的所有错误和带给你的无数次失望，想要最后再感受一次我的皮肤。我抬起头，对你没有任何感觉——没有爱，没有恨，也没有介于爱与恨之间的情感。这就是结束时的感受吗？有的夫妻熬过去了，齐心协力，为了孩子，这是他们自认为所需的生活。但我已没有一点燃料能点亮火光，也没有任何东西可以给予。

共享监护权，你的这句话给了我一记重击——我将和维奥莱特单独相处。这就是你问“那维奥莱特怎么办”时的言下之意。你的意思是：你和维奥莱特怎么办？没有我在，你们共同的生活怎么办？你们沉默以对的日子，还有当她需要人依靠而你不为所动的夜晚怎么办？当她知道你在假意给予母亲该有的关心时怎么办？谁会相信她？谁会维护她？谁会安慰她？谁会在她早上醒来时逗她开心？当她和你单独相处，需要有人告诉她一切都会好起来时，谁会爱她？谁会相信她？

你穿着牛仔裤和灰毛衣，手插在兜里，站在门口看着我，不加掩饰，心存疑虑。我对上你锋锐的眼神。

“我们没事。”我说，“我是她母亲。”

61

我们的大脑一直处于戒备状态，探寻潜在危险。死亡，实话而言，随时可能到来。信息进入大脑，完成两件事：其一，攻击意识，我们能够在意识中观察并记忆信息；其二，攻击潜意识，某个叫杏仁体的器官会检测信息中的危险信号。我们感受到恐惧所需的时间要短于意识到自己看到、听到、闻到所需的时间，仅需千分之十二秒。我们的反应如此之快，甚至能早于意识到究竟出现了何种异常。比如看到一辆驶来的车，比如看到一个人快被撞了。

反射。人们说，这是在你生下孩子后世上最自然的反射——分泌后叶催产素，关乎母性的荷尔蒙，它能促进乳汁生成，流动，填满乳腺管，流入宝宝的嘴里。当母亲想要喂奶，当她闻到、摸到或看到自己的宝宝时，后叶催产素就会分泌。这种激素还能影响母亲的行为，平静心绪，减少焦虑，让母亲喜爱自己的宝宝，让她看着自己的宝宝，想把他平平安安抚养长大。

网上有个疯传的视频，主角是一位女贵族和她不听话的儿子，八卦报纸最爱报道这种英国年轻贵族的奇闻逸事。这位女贵族在三次险境中抓住了自己命悬一线的儿子：当儿子在湿滑的飞机台阶上快滑倒时飞扑过去拉住他，在湿滑的快艇船头抓住儿子的衬衫领口，在紧要关头将儿子从马球的赛道上拽回来，如同一条紧紧咬住猎物的蝰蛇。这是一位母亲的本能，即便是视频里那样一位母亲——别着胸针，蹬着高跟鞋，套着长筒丝袜，身穿粉彩色西装，鬈发上戴着迷人的头饰。

你搬出去不久后，一天上午，维奥莱特用我的手机在YouTube（油管）上看到了这个视频。那是个星期天，那天下午我坐在沙发上看书，沐浴在温暖和煦的阳光中，她来到我身边坐下，拿起手机给我看。

“你看过这个视频吗？”

我看完了视频，而她一直盯着我，看了足足六十秒。

“视频里的母亲每次都会救下她的孩子。”她说。

“没错。”我放下书，伸手去拿茶杯。我想扇她一巴掌，打得她脑袋陷进沙发，嘴角出血。

你个该死的臭丫头。你个杀人犯。

但我没这么做。我离开房间，到厨房水池边打开水龙头，无声地哭泣。我太想念他了。他四岁的生日就快到了。

62

我在我们的卧室，凝视着你搬走后腾出的空间，你带走了那幅画。我坐在地上，想象着那幅画仍放在原处的模样：那位母亲，托住她下巴的那只小手，她搭在孩子腿上的手，相贴的皮肤如此温暖。

“我饿了。”维奥莱特站在门口看着我，仍穿着上学时穿的衣服，“你在看什么？”

“一会儿点外卖。”

“我不想吃外卖。”

“好吧，那我给你做意大利面。”

这话奏效了——她还了我个清净。我不喜欢她待在这里。我无法将双眼从墙上的钉眼处移开。

我在做饭，维奥莱特趴在桌上写作业，她写字时鼻子和纸靠得很近，都快贴上了，这习惯和你一模一样。我看着她弓起的背，不由微微一笑，又骤然想起你已经走了。你已不再是我一想起就该微笑的那个人。

“晚饭后你想来点冰激凌，看看电视节目吗？”

“家里没电视机了。”

“也是。那我们玩游戏？”

维奥莱特没有回答。

“现在几点？也许看个晚场电影还赶得上。”

“明天要上学。”她狂躁地使着橡皮擦，把橡皮屑掸到地上。

“嗯，我想破个例。”

我围上围裙，搅拌酱汁。你搬出去后，我去买了几件新衣服，比如此刻身上正穿着的毛衣和淡黄色克什米尔羊毛披肩，在百货商店的试衣间看中后我直接买回了家。一口气买一大堆价格不菲的新衣服，这样的事我从来没干过，但那一天我想放纵一把，因为我想不出还有什么更合适的事可做。你仍要给信用卡还款。

“她有一件毛衣和你身上这件一样。”

她。我停止搅拌，仿佛静止在原地，余光瞥见维奥莱特的注意力又回到作业上，鼻子离纸页只有几寸。我想听她多说几句。

“那挺好的。”我说。

她抬头看向我——是吧？

“我猜她的品位不错。”我眨了眨眼，把维奥莱特的意大利面放到桌上。她把作业写完，等待面凉下来，而我靠着火炉，想象她还可能告诉我些什么。

“所以说，你明天要去爸爸那儿。要看到他的新居了，你兴奋吗？”

“是他们的新居。”

我不知道她有没有对我撒谎，她似乎知道的比我多。我猜测你是独居，但我从未当面问过你。我不由想，你是不是早就和维奥莱特讲了我俩分居的事，比和我谈论要早得多。我脱下围裙，看着围裙下的毛衣，思索现在退货是不是太晚了。可袖子已经溅上了酱汁。

“嗯，好吧，他们的新居。你兴奋吗？”

“有些关于她的事你得知道。”维奥莱特语气尖锐。我端着自己那盘意大利面，打算坐下和她一起吃。我发觉自己一时提不起气来，也许是害怕她即将说出口的事。

“什么事？”

维奥莱特摇摇头，目光再次下垂，我辨不出她想要告诉我什么。也有可能根本没什么可告诉的。

“我们没必要讨论她。那是你爸爸的事，和我无关。”我微微一笑，卷起面条塞进嘴里。

63

我的母亲在离开我后改头换面，尽管说改头换面可能有点夸张。这是我十二岁时在城外的小餐馆见到她时意识到的。

她站在奶昔吧的两条凳子之间，向服务员要一把干净的叉子，那嗓音我从未听过。可无论身在何处，我都能认出她的背影，比如她肩膀的弧度，她臀部的曲线。拿到叉子后，她道了声谢，声音听起来和曾作为我母亲时完全不同。她的话语饱含高贵凌人的感觉，在她旋转着黑色高跟时从她嘴里吐露出来。她把新拿来的叉子递给同行的男人，那男人说："谢谢你，安妮，我的甜心。"安妮是我母亲的中间名。

不久后，我得知那个大块头男人是理查德。我早就知道有这么个男人，母亲离开前和他通过电话，我怀疑他和厕所里的血迹有关，但我没想到他长这样——帅气但油滑，头发和皮肤油光发亮，戴着一块硕大的金表，黝黑的肤色像是晒出来的，尽管那时仅是三月。他和我的父亲一点都不像，和我所想象的母亲离开我所追求的生活完全不符。我缩进隔间，坐在埃林顿太太身边，她带托马斯和我过来庆祝我们在地区各校的科学联赛中拔得头筹。

比赛当天，她站在体育馆的另一边，望着我们站在亲手制作的硬卡纸海报前，向评委展示自己的研究成果。海报上有托马斯用草书谨而慎之写下的实验简介，还有我为每一部分绘制的精细图片。实验内容和紫外线有关，具体我记不清了，但我记得埃林顿太太一边看我们展示一边点头，像是能从在场数百名学生的嘈杂话语声中听清我们所说的一字一句。我望着站在远处的她，在讲话时立起肩膀，就像她说话时一样。我想让她感到自豪。

我看着母亲和理查德用完餐，像教养良好的人一样叠好餐巾，感觉像是过了好几小时。母亲穿着黑色的轻薄衬衫，领子上绣着大朵玫瑰，我从没见过她穿得那么性感。理查德在没见着账单前就把现金放到桌上。埃林顿也望了眼我的母亲，可她什么也没对我说，我亦然，我们吃着各自的奶昔，托马斯讲着我们能用五十美元奖金做些什么。我焦虑得浑身麻木，想着母亲会不会转头瞥见我。心中一隅希望她那么做。可她没有，我几乎在他们离开时松了口气，我不确定如果她看见我会不会过来问声好。我们离开餐馆，坐埃林顿太太的车回家。

“你还好吗，布莱丝？”埃林顿太太让托马斯跑进家门，她陪着我走到她家的车道入口。我点点头，笑了笑，感谢她载我回家。我不想让她知道看到母亲使我多么伤心。她那么开心，美丽。没有我更好。

那天晚上，我上床前伏跪在地，祈祷我母亲死去。我宁可看到她死去，也不想看到她焕然一新的样子，不想看到这个不再是我母亲的改头换面的女人。

64

我从未回避过，至少对于我记得或知晓的事。但即使是与女王面对面，也比在你离开的那年与你见面来得容易。

你只愿在维奥莱特放学时把她交接给我，你的短信总是简短而生硬。我想见那个女人，令你离开我的那个女人，与你同住一间公寓的那个女人，我的女儿要在那间公寓度过一半时光。我想知道我和她有何异同。我想设想出你俩在一起的样子。应你的要求，我们没有上法庭，没有找法律顾问，所以我在我俩别扭的协商中稍占上风。可这一点上你十分坚决，你会在准备好后再介绍我和她相识，没有商量的余地。

“我还挺想见一见爸爸的新女友。”在听维奥莱特说那个女人早晨送她上学后，我对她这么说。那天是周五，周末我和她一起过。

“也许她不想见你。”

“也许吧。”

维奥莱特系好安全带，看着插进点火装置的车钥匙，恨不得我快点点火启动，好让在我身后坐的时间哪怕短一点也好。

我看了眼车内后视镜，她的脸色变了——怜悯的神色。不知是不是出自真心实意。

“爸爸不想让你见她是有原因的。”她压低声音，像是在告诉我一个秘密，为我尚不知晓自己正在解的谜题提供一点线索。她看着车窗外熟悉的褐砂石步道，我们过去常走这条路回家。这句话过后，那天晚上她几乎没和我说过话。

所以说，我不知道你给了我多少选择，只能做该做的事，照常度日。

维奥莱特告诉我你们要一起去看芭蕾舞剧，就在下周，只有你和她，那个女人不去。她下周三晚有活动要参加，和演出时间撞了。我在网上搜到了这场芭蕾舞剧，开场时间是晚上七点。我知道你会先带维奥莱特去吃比萨。

你们所住的低层公寓位于城市一方古雅的区域，那片区域我很熟。我打了辆的士，跨越几个街区。那时已六点半，路上依然很堵。司机透过车内后视镜盯着我，像是察觉到我在紧张，看到了我的手指在不停拉扯外衣卷边露出的线头。我给了他超额的小费，没等他找钱便拉起外衣兜帽，好让绒毛遮住大半张脸。走路让我的心绪不再紧绷，我平静下来，看着自己的双脚，一步一步往前迈，直到你所住的那栋楼。我靠着红色砖墙，脱下手套，从兜里掏出手机。我没有明确的计划，但眼下似乎应当装出一副忙碌的样子，心思被短信内容吸引，就像街上的其他人一样。

我的余光一直观察着公寓大堂的门。天色暗下来后，公寓内部的情况更容易看清。几个女人进进出出，但我知道里面没有她。要么年纪太大，要么块头太大，要么狗太多。随后一个身着蓬松羽绒夹克的女人走了出来，手机拿在手中，冲门卫笑了笑。她披着一头长鬈发，拢在一侧，一枚钻石耳环在公寓大堂顶灯的照耀下闪闪发亮。她伸长手臂，套上一个斜挎包，戴上一副豹纹手套。夜里霎时降温，狂风大作。我十分确定就是她，便抓住机会，跟在她身后。

继续下去并不难。她的麂皮短靴带着低而厚的后跟，她慢悠悠地走着，不像个在城里长大的人。她几乎按了每一个过街按钮，尽管大多数人知道按了也白按。我以为自己会因害怕被发现跟踪而紧张，但跟踪她让我觉得很轻松。当我站在她身后几步外的一排街灯下时，她打了个简短的电话，接着急急忙忙冲过差点错过的绿灯，心思恍惚。又走过半个街区，她转进了我来这一带时多次到访的一个地方——一家小书店，书店里摆满精雕细刻的书架，挑高六米的天花板上挂着许多硕大的乳白玻璃球，门一开就会左右轻摇。

我再三确认窗上的标识——周三晚六点歇业，这点我依稀记得。可书店的灯亮着。我把手放到玻璃上，挡住街灯所致的眩光，好看得更清楚。店里有四五十个人，全是女性。外衣摊在几张老旧的教堂长椅上，有张桌子上摆着自取的红酒，边上是隔壁面包店赞助的纸杯蛋糕塔。似乎没有人在拿票或者要签名。我还期望见着一个作家出现，桌上堆着一沓等待签名的书之类的景象。每个人看起来都比我年轻，许多穿着和那个女人同款的靴子——你们这个社区租金很高，所有时装店销售的东西都像一个模子里刻出来的。两位母亲站在窗边，怀抱新生的宝宝，宝宝裹在条纹襁褓中。她俩一边闲聊，一边左右摇晃，节奏完全一样。我记得那种感觉，当孩子的重量压在你身上，这种如节拍器般的节奏几乎不会离开你的髋部。

她在书店最内侧，顺着自己厚实的黑发，这时一人把手搭到她肩膀上和她打招呼。两人抱在一起，她红润的脸颊贴上了这位个子高挑的金发朋友。她容光焕发，大大的黑眼睛涂着睫毛膏，嘴角一直挂着微笑。她似乎想起包里放着给这位金发女人带的东西，飞快拉开包，掏出一个灰色的编织品。她的朋友把这东西贴上胸口，以示感谢。另一个女人加入她俩之间，给她们一人递了一杯红酒。

屋里的人越来越多，很快我就没法从屋外看见她了。我的心沉了下来。还不够。走过那扇门时我相当忐忑不安——她一定曾在某处见过我的照片，知道我的长相。但我还是进来了，把自己的外衣加到那一堆外衣之上。我认出一位正在关收银台存钱柜的工作人员，上前轻声问："你知道这个聚会的召集人在哪里吗？"

"这不算是个聚会，就是个妈妈团体，大家都随意过来坐坐。有时会有人发言，或有品牌来发点免费的东西。我们只是把场地租给她们，希望从中赚点钱。”

“所以这儿的每一个人都是宝妈？”

“也不一定，但来这儿也没啥其他原因吧。”她耸耸肩，说了声“抱歉”，端着一个盛着现金的托盘走进内屋。我四处张望，忽然间听到了环绕四周的“妈妈问题交响曲”——睡眠训练，开始添加辅食，带拉链而非扣子的小儿睡衣裤，学前班排队……我往一个小塑料杯里倒了些红酒，迂回漫步到房间的另一侧，到一个仍然能看到她的地方。我看着自己的手机，希望没人来和我搭话，每隔几秒瞄上她一眼。她似乎在讲故事，空着的那只手不时轻微或急促地晃动，如同蝴蝶的翅膀。她身边的两个女人时而点头，时而大笑。其中一人在听她讲话时倾身向前，翻了个白眼，三人又笑了起来。我注意到她经常触摸他人。他人的手臂、手，还有腰。看得出来她很有亲和力。这让我想到床单下你那光裸的脚，总在夜里来找我的脚，或蹭我的小腿，感受我的温暖，还让我想到我总往床的另一边退，越退越远，越退越远。

“第一次来？”

一个扎着超高马尾、涂着鲜艳红唇的女人突然在我面前冒了出来，手拿一张明信片，上头印着“母亲之夜”的字样，还有一连串小公司的商标。

“是这样没错。谢谢关照。”

“太棒了！我可以把你介绍给其他人。你对我们有什么了解吗？”

她用手臂环住我的后背，将我带向房间中央，完全不顾我的答复。

“悉妮，她是新来的。”她说得很大声，指向人群中的我，仿佛我需要在耳朵上钉个标签，以便她们随时追踪。悉妮抬起眼皮，穿过拥挤的人群，走过来向我介绍她自己。

“那你是……”

“塞西莉亚。”这是当时在我脑海中冒出的唯一一个名字。我越过众人的脑袋，看向书店里她曾在的地方，却没看见她，她没再和那两个女人在一起。我环视房间，开始觉得不适。

“好，欢迎你，塞西莉亚！祝贺你今晚从家事中解脱！你的小不点多大了？”

“谢谢。不过我只是路过，进来瞧瞧。下次我会待久一点。”我举起手机示意，好似有人给我发了短信，好似我是个被需要的人，“我得赶紧回去了。”

“当然可以，下次再来。”她抿了一口红酒，四下张望，思索下一个该找谁聊天。

我的外衣仍在那一堆外衣之上，但我还是翻找了一番，争取时间，时而回头在一大群人中寻找她。我必须走了，我待的时间太长了。我拉起兜帽，走到屋外，大街上雪片纷飞。我到书店对面的长椅上坐下，把头埋到膝盖之间。

她是一位母亲。你为我们的女儿找了一位更好的母亲，你一直想要的那种母亲。

65

第二次去时我很紧张。

我曾在一家戏剧用品店买过一顶棕色长假发。

你曾说这顶假发就像耗子毛，可这正是我想要的效果。我将金发塞入丝绸网帽，心跳得飞快。我不确定自己是不是变了个样子，但也想不出别的办法。我对着镜子，练习怎么露出更为开朗的笑容，接着垂下头。你个傻瓜，彻头彻尾的大傻瓜。戴什么假发，想什么自己能抽身而出，还相信当我问你她是否有孩子时你说了真话——任何一件事。所有的事。

到书店后，悉妮，这个团体的非正式领导，正在门口给每个进门的人分发纯天然护臀霜的试用装。我摸了摸假发的发梢。

“你好！你是第一次来吗？欢迎！”她说话时微偏着头，像是在寻找我身后有没有更合适的人。我点了点头，向她致谢，把护臀霜放进包里。有个演讲者正在准备一场题为“自然的家庭，自然的你”的演讲。房间里摆满了椅子。我拿了红酒，观察人群，佯装在扫视书架，实则余光一直关注着门口，看着一群群女人聚到一起，互相恭维衣着，询问彼此的孩子近况如何。

棕色假发的发丝挡住了我的视线，我想像赶恼人的苍蝇一样把假发撩掉——我还不习惯做一个棕色头发的白人女子。房间另一端，上次和我搭话的高马尾女人目光落在我身上。天哪，她认出我了吗？我的脸颊烧得厉害，想赶紧找个人讲话，谁都行，可身旁的每个人都聊得正欢。我加入正在讨论“无停工政策”的三个女人，微微一笑，打算做自我介绍，这时那个高马尾女人拍了拍我的肩膀。

“我是斯隆。这是介绍本活动的明信片。纸杯蛋糕是卢纳带来的，红酒是埃丁带来的。下周我们会请来一名睡眠领域的专家，她很厉害。你关注我们的脸书主页了吗？”我松了口气，从她手中接过明信片，接着继续和那个小团体闲聊，同时留意门口，可她一直没来。斯隆叫所有人坐下，演讲开始。我坐在门边最后一排，准备瞅准时机就开溜。假发很痒，要不是她的话，我压根没兴趣待在这里。

正当我想起身时，身后的门送来一阵凉风。她来了，向演讲者挥了下手以示歉意，一边拉开外衣拉链，一边踮着脚走向座椅。我缓缓将脸转向房间前方，交叠双腿，屏住呼吸。我身边有张空椅子，她轻轻入座，甜美的香水味萦绕到我身上。

“抱歉。”她的包撞到了我的腿，她轻声致歉。我笑了笑，目光仍在演讲者身上，尽管我心跳如擂鼓，完全听不到演讲的女士在说什么。我将目光垂向一侧，看着她的破洞牛仔裤，和其他女人同款的靴子，还有她放在地上的昂贵包包。

“我一直在网上关注她，她很有意思。”她的低语吓了我一跳。我兴味盎然地点点头，看到她拿出一本粉色小笔记本，封皮上镶有金箔的“快乐”字样。她潦草地记下如何制作无毒清洁剂的喷雾瓶，我时而点点头，装作一副津津有味的模样。她的手很纤长。我交叠自己的双手，斑斑点点，满是晒斑和皱纹。我四十岁，她看上去至少比我小十岁。她没有戴任何戒指。我时而还会戴婚戒，但那天晚上提前摘掉了。

这场演讲仿佛没完没了。终于结束后，我转向她。

“讲得很棒，她很厉害。”

“是吧？我有个朋友，她真的什么事都说到做到，我敢说她从来没有过厌倦的情绪。”她把笔记本放回包里，指向桌子，“你想来杯红酒吗？”

我跟着她，看着她一路上和各种各样的人打招呼。搭下肩膀，摸下手臂，亲一口，拥抱一下。她倒了两杯红酒，抬起下巴点了点熙熙攘攘的人群中的一处空地。我跟着她走过去。她长舒了一口气。

“还是这里好，来的人太多了，我不该穿羊毛衫来。”她拉了下暗红色毛衣的领子，抿了一小口红酒，“哦，不好意思，我叫杰玛，抱歉还没自我介绍过。”

“我叫安妮。”

“你的孩子多大了？”

对这个问题我早有计划，我是个单身母亲，带着两个女儿。

一个两岁，一个五岁。一个红发，一个金发。一个踢球，一个跳芭蕾。我曾在内心大声排练过她们的名字。

“我只有一个孩子，四岁，他叫萨姆。”

说出口的话在耳畔回响。我感觉萨姆就在我心中，明亮而快活，我的脑袋变得轻飘飘的，像是吸食了毒品，魂飘了几年。我低下头，害怕她看到我的眼睛。我想象萨姆在家与你和维奥莱特共进晚餐的场景，思索自己在哪里，能不能按时到家帮萨姆掖被子。现在他应当有一肚子的故事和傻乎乎的言行举止吧。妈妈，我对你的爱，有从这里到大大的月亮再回来的万万亿倍那么多。[1]

“我也有个儿子，他明天就满四个月了。”回响在耳中的萨姆的名字戛然而止，我猛地睁大眼睛。她似有若无地抿了一口，只为在唇上沾点红酒味。我这才注意到，她的胸部胀鼓鼓的，蓄满了奶水。

“抱歉，你说他四个月了？”

我手一抖，洒出了杯中的红酒，溅在了她的麂皮短靴上，她惊得一跳。我盯着手中的空塑料杯。

“哦，该死。”她四处寻找清洁用品，“我有纸巾。”她嘟囔着，在自己的包里翻找。我僵立在原地，一言不发。我看着她抽

1　这句话参照了儿童绘本《猜猜我有多爱你》中大兔子对小兔子说的一句话：“我爱你，从这儿一直到月亮，再绕回来。”（I love you right up to the moon — and back.）

出湿纸巾，脑中飞快地回想日历。现在是十一月，往前推几个月，他是一月搬出去的吗？没错，就是那时候，圣诞节刚过去不久。

“所以他是七月出生的？”

“没错，七月十五日……我需要餐巾纸，湿巾不管用。”

“哦，抱歉。”我跑到放着纸杯蛋糕的桌子边，拿来一沓餐巾纸，弯下腰为她擦干短靴。她已脱下靴子，坐在一张椅子里，双脚内扣。我擦拭着深色麂皮，连声道歉。

“我就是……时不时会手抖。”谎言脱口而出，真是不可思议。

“哦，那没关系。”意识到我又添了一重不幸，她的语气变了。她的手搭上我的上臂，就同她对这间屋的其他朋友所做的一样，“不用太在意，会干的。”

我们都站起身。她穿着溅湿的袜子，近乎比我高一个头。我得仰头和她说话。

“我……你……四个月大，那还好小啊！”我惊讶于自己能凝聚心神，开口说话，“你看起来气色很好。”

“谢谢。其实我挺累的。他睡眠很不好，下周的睡眠专家来讲课，我简直等不及了。对了，说不定你能给我提点建议。你训练过孩子的睡眠吗？‘哭声免疫法’[1]之类的？我觉得我下不

1 任哭法（cry it out）：一种训练宝宝自主入睡的方法，主张宝宝睡前哭闹时不予理会，让宝宝哭到睡着。

了手，我受不了孩子难过的样子。”

她所说的男孩是你的，她为你生了个儿子，你又被赋予了一次机会。打击顷刻而至——一个孩子从怀上到分娩得足足十个月，她在你被解雇的前一个月就怀孕了，你在我让你离开前就知道她怀孕了。你一直都知道。你知道。

“呃，怎么说，他睡得还凑合。我不用太操心。”

“真的吗？他大概从多大起可以睡整觉？”

房间很沉闷。我想象她把孩子生出来，想象你看着新生的儿子来到人世。

“四个月左右吧，我记不清了。”

“我在想晚上给他加点配方奶粉，听说这能填饱他们的小肚皮，但我不确定该选哪款——”

“那他父亲呢？”

“抱歉？”她靠向我，以为自己听错了，这个问题太奇怪了。

“我是问，你有伴侣吗？”

“有啊，他很好，是个好爸爸。其实啊，他刚刚给我发了消息。”她笑了笑，拿出手机，翻找一张照片给我看，嘴唇轻微颤动，像是在自言自语。她举起手机屏幕，扬起眉毛，等待我的反应，好似要展示一张尺寸硕大的勃起照。小婴儿裹在襁褓中，睡在婴儿床里，床单上印着月亮和星星。从我所在的角度看不到婴儿的脸，我拿过她手中的手机，凝视裹得严严实实的小人儿，他的一半由你构成，与我们死去的儿子拥有共有的基因。“他总能很快哄孩子睡着。他们非常相爱。”

“好甜蜜啊。”我把手机还给她，摸了摸自己的头发，犹记得这是一顶假发。我要离开这里。刹那间，这里变得太热，太吵。

“你呢？你有伴侣吗？”

“我没有。他从未参与孩子成长。就是这样。单亲妈妈。”我点点头，说服自己相信这句谎言，暗自希望她别再多问了。

“你知道吗，安妮，我觉得你看起来很眼熟。”

“真的？”

“没错，我感觉我们曾经见过。”

“也许吧。”我转向堆叠的外衣。我得走了。

“你之前在哪里上学？”

“在西部的一个小地方——”

“你做瑜伽吗？”

“没错，也许这就是原因所在。我试着参加过好多瑜伽工作坊，也许我们在路上撞见过？”

“没有……我觉得不是。”

我开始给自己开脱。她紧追不舍。

“我经常出门在这片街区转，也许我们——”

“哦，原来如此，我知道了。”她打了个响指。我屏住呼吸，看向大门。

“只是长得像。我的动感单车教练，你长得和她很像。”

我在回家的出租车上给你打电话，打了四次。我知道你不会接，但我渴望与你对话，渴求得痛不欲生。我想问你他和萨姆长得像不像，他噘起嘴的模样和身上的味道是不是与萨姆一样。我忘了问她孩子的名字。我意识到自从你们的宝宝出生后，我们再也没有交流过。也许你觉得一旦听到我的声音，我就会玷污你的生活，从你本应得的人生经历中夺走些什么。她看上去是个很棒的母亲，在她身边就能感受到。我感觉她是一位非常非常好的母亲。

66

不知你是不是曾看着她的阴道灼热肿胀，张开释放出一个新生命，这个新生命的一半来自你。他落入医生之手，医生祝贺你们喜得贵子。一个男孩，第二次。不知当看到他们将滑溜溜的婴儿放上你妻子汗湿的胸脯，婴儿张嘴寻找乳头时，你是不是热泪盈眶。不知当他们用线穿过你妻子会阴的皮肤，一拉一拽，直到伤口缝合完毕时，你是否抓着妻子颤抖的手。不知你有没有挽着她，带她去病房的厕所，她因疼痛而哭泣，颤抖的大腿不听使唤，血液从她体内流出。她下腹沉重，外阴抽痛，身体在分娩这般剧烈的活动后虚弱至极。你有没有像护士此前教你的那样，用喷雾瓶里的温水冲洗她血淋淋的部位？你有没有躺到医院宽大的病床上，与她还有小婴儿在一起，纳闷自己为何曾爱过另一个女人？你有没有在她试着给孩子喂初乳时把手机调成静音，不让她听到我发过去的信息？你有没有要求给小婴儿环切包皮，就像你对萨姆做的那样？你有没有在第二天带她回家躺到床上，为她穿上她为这一日提前买好的松软针织棉睡衣？你带她回的那张床是不是你们造出这个孩子的地方？

你是不是曾以狂喜的心情进入她的身体，压根不在乎会有什么后果？

见到她后，我一连失眠了好几天。

我睡不好，直到走进地下室。

我掸去储藏箱上的一层灰，箱子里是萨姆的东西。婴儿连体衣，毯子，踩脚睡衣，一些他喜欢的小玩意儿，还有兔子玩偶本尼。我带着纸箱上楼，放到床脚边，开始我的仪式。打开夜灯，手心抹上有机薰衣草乳液，是曾经为洗好澡的萨姆涂抹的乳液同款。白噪声机在纸箱底部，海浪声，我把它放到床头柜上。

我闭上眼睛，尝试回忆他身体的每一寸。你母亲送的柔软的薄荷绿浴衣，和维奥莱特同款式的睡衣，印着许多爱心的纯棉纱布包巾，红色的小袜子，从医院带回来的法兰绒毯子。我能一件不落地列出来，现在依然可以，像个记忆游戏。没有一样东西被洗过，这些布料中有太多他留下的痕迹。

萨姆去世后，我仅允许自己放纵过几次。我留着这些东西，以待最需要它们的那一刻。

我缓缓将每一样东西捧到脸边，尽可能深呼吸，直到鼻子刺痛，任脑海吸收一切可寻得的痕迹……他在我泡燕麦片时把罐子打翻到厨房地板上，在洗澡时吸入湿面巾上的肥皂水，光着身子依偎到我怀里要听故事，开心快乐，没垫尿布的屁股有蹭到羽绒被的风险。我渴望这一幕幕关于他的无声电影。这些记忆并不准确，在我脑中上映的场景并非原样复现——我只是需要见到他，依靠手里这些东西感受他。倘若足够专注，萨姆就会在我身边，我就能再度感受到生机活力。抚摩完他的每一样物件后，我选了他最常穿的睡衣，膝盖处因他常年跟在维奥莱特后面爬而磨薄，衣领处沾着蓝莓酱。我还拿出了曾垫在他的婴儿床里的轻质编织毯，还有兔子本尼。我曾经能在本尼的绒毛中闻到萨姆的味道，十分鲜明，我将他的气味深深吸入，就像吸毒一样，可如今萨姆的味道已近乎散尽，本尼有点受潮发霉。我用大拇指揉弄本尼尾巴上的血渍，那血渍看着就像陈年铁锈。

我还留着一块没用过的尿布。我把所有东西摊到床上，按原本的位置排列：尿布在睡衣里，睡毯垫在下面，本尼靠着萨姆的颈窝。接着我把他抱到怀里，闻他的味道，亲他的脸蛋。我关掉夜灯，为他掖好睡毯，将他温暖地包裹其中。我跟随海浪声摇摆，哼着常唱的那首摇篮曲，抱着他前后轻摇。当他沉沉入眠，呼吸变得深而绵长，我便万分小心地睡到床上，生怕吵醒他。我挪动枕头，腾出一片安全的空间，搂着他睡去。

第二天早晨，我小心翼翼地把所有东西放回纸盒，把纸盒重新放回地下室。回到厨房，我把水壶放到炉子上，拉开百叶窗，开始了孤身一人的又一天。

67

父亲告诉我，周日那天他要送我去我母亲家吃午饭。我大吃一惊。母亲离开后这几年，我和父亲没怎么说起过她，自那次和埃林顿太太在小餐馆见到她后，我就再没见过她。父亲告诉我，上周有电话打来邀请我过去。听父亲的语气，我似乎别无选择。尽管在意母亲的背叛，但我记得自己当时挺想去的——我很好奇。也许父亲也一样。当母亲开门后，她看向我身后的车道，透过反光的挡风玻璃寻找我的父亲。她一直望着父亲的车拐过街角，然后才低头看我。我的发型变了，扎着两条辫子，脸颊也因夏日的烈阳多了一些雀斑。

“很高兴见到你。”母亲的语气如同我们在杂货店里撞见了对方。

我跟着她进屋。她家的房子，外表看起来平凡无奇，里头却满是我见所未见的新奇玩意儿，哪怕在埃林顿家也没见过。恰到好处的长条桌布，基座上的玻璃雕塑，还有特制灯具从上而下照亮的一幅幅画。这里的一切都不像是真的，如同一处布景，仿佛随时会有一群演员涌入，掌控舞台。理查德喊我们过去，母亲拉着我走进厨房，理查德递给我一个鸡尾酒杯，盛着深粉色的液体。

“我为你调制了一杯秀兰 · 邓波儿鸡尾酒。”我从他的大手中接过酒杯，他们看着我抿了一口。

“这是理查德。理查德，这是布莱丝。”母亲坐在桌边，环视厨房，我也不由这么做。一切看起来都是原封不动的状态。兴许真的是这样。

“我订了一些三明治。”

理查德凝视着我，又将目光转回我母亲。母亲冲他挑了下眉，像是在说，现在满意了吧？

理查德问了我几个关于开学第一周的问题，和我说他喜欢我的名字，接着致歉说要去打个电话。母亲掀开午餐的保鲜膜，问我过得如何。是问过去三年，还是仅这一周？我想这么问问她，但显然我们需要掩饰——就像她安排的这栋房子，就像她出于某种原因想向我展示的生活。她倾身去够厨台上的小刀，衬衫沾上了一小块蛋黄酱。

“真是的。”她吸了口气，拿起一块洗碗布擦拭污渍，“这衬衫我才穿过一次。”

我吃着火鸡三明治，听他们讨论法国海岸线的某个地方。他们夏天去过那里。真不知道他们的钱是从哪儿来的，他们为什么生活在如此平平无奇的街区内，住在如此虚有其表的房子里，距城里有半小时车程。我总是想象母亲离开我们，去过上一种都市且不羁的生活，周围全是和她一样美丽的人，显然不是和理查德这样的人相伴。理查德和玻璃雕塑与高雅瓷器也完全不搭，他看起来与我所知的母亲格格不入。

母亲的头发、皮肤、嘴唇、衣服，乃至声音都变了。全新的质地、气味和音高。我曾了解的关于她的每一面都变得浮华而虚饰，闻起来像个百货商店。随后，我看见一堆堆纸巾，还有摞在她衣柜里的精美购物袋，来自一些我从没听说过的品牌店。她毫无计划地带我绕这栋房子逛了一圈，随后来到卧室歇息。她的床头柜上不再有药片。我注意到卧室一角有个小行李箱，开着，她的东西铺在上头。她看见我盯着她的行李箱。

“一直没空收拾箱子里的东西。我们经常住在城里，理查德在那儿有生意，不过其实我们在这里住过一阵子。”她脱下沾上蛋黄酱的丝制衬衫，在衣柜里翻找替换的衣物，叹了口气，“我讨厌这里，但是——”

但是什么？我很好奇。她的文胸是黑色的，饰有蕾丝。一种难堪的冲动油然而生，我想把脸埋进她的胸脯，只为闻一闻她皮肤的味道，仿佛那道凹陷能让我回想起童年。

那天午后，我悄悄上完洗手间下楼时，在走廊看到理查德从背后搂住我母亲的腰，把她拉进自己怀里。母亲抬起手，手指穿入他油滑的灰白头发。

“我很想你，别再像之前那样消失了。”

母亲从理查德手中抽回自己的手。

"你要是没给他打电话就好了。"

"可打了你才回家啊，不是吗？"

是理查德邀请的我，不是我母亲，我仅仅是个引她从城里回来的棋子，但她心中一定有一方小小的角落想看到我，仍然在意我和父亲对她的看法。我数到十，走进厨房。父亲很快就会来接我。我谢过他们的午饭，在窗口张望父亲的车。我等待母亲开口说点什么——下次再来。我很高兴你能过来。我一直很想你。

母亲在门外向我挥手告别，好让我父亲有机会好好再看她一回。

父亲从未问及此次见面，没问过这栋房子如何，理查德人怎么样，还有母亲午饭准备了什么。不过在晚餐后，我们默默无言地一同洗完最后的盘子，我对他说："让她不开心的不是你。"我需要让他知道这点。他没有回答，叠好厨台上打湿的洗碗布后便离开了厨房。

这是我最后一次见到母亲。

68

维奥莱特与我同住时，感觉就像屋里多了个幽灵。她很少和我说话，却时刻彰显着她的存在。灯总是不关，水龙头也总是不拧紧。她似乎改变了家里的气氛。那时我已知晓怨恨的感受，这在她周身凝滞的空气中显而易见。

此次分离，她怨谁？若她要怨某个人，显然那个人就是我。我觉得她喜欢我们的家庭一分为二，她似乎将父母离异的孩子这一角色演绎得风生水起，不动声色地享受着我给予她的赦免。她的老师已经很久没来电话了，也不知这是不是暴风雨前的平静。

一天早晨的上学路上，我在前座转过身递给她一块松饼，她正在自己的围巾下摸着什么东西，见状停下手中的动作接过松饼。当我转回身时，她从颈部拉出一条精美的金链子，吊着一粒圆溜溜的小坠子，和你几年前送我的很像，但我从没戴过。透过车内后视镜，我看到她轻柔地抚摩吊坠。

“这是你从哪儿得来的？”

“从杰玛那儿。”

自从在你工作单位吃过第一顿午餐后，维奥莱特从未大声对我提过杰玛的名字。我极其想要维持和杰玛的秘密关系，所以从没和维奥莱特问起她。我不想挑起任何会在你们家被提及的缘由。

和杰玛交好并没有花多长时间。她活泼快乐，精力充沛，很喜欢回答关于她自身的问题，一说起来就刹不住车，直到一愣神，用力挤弄一下双眼，说:“我是不是说太多了？你来说说吧。”接着她会无比轻柔地触碰我的双手手腕，像在拍一只兔子的爪子。她的举止让人如沐春风，我理解了当我们的婚姻摇摇欲坠时，你从她身上获得的抚慰。

随后几周的演讲会，我们都坐在一起，与其他母亲一同交流。我尽可能靠近杰玛，不想错过任何听到新消息的机会。她是一块拼图，我正在慢慢将她的碎片拼起来，一周又一周。在她身边时，我的心脏自始至终跳得飞快，迫切地想多了解她一点。我常常发现自己凝视着她，想象你在她身边的样子，想象你如何抚摩她，想象你如何与她做爱，想象你如何看着她给你们的孩子喂奶，哄孩子睡觉，在早晨逗孩子开心，想象她让你变得多么快乐。

“其实我喜欢这样，当后妈也挺好的。”

我跳出幻想，再次正视她。她从没提过维奥莱特，我一直在等待。

“她十一岁，对一些女孩来说正是叛逆的年纪，但她似乎挺喜欢我的。我很幸运。我是说，你应该也听过关于继子女的一些可怕流言吧……”

有人过来插话，改了话题。随后，当只有我和她两个人时，我延续了上一个话题。

“我都不知道你丈夫带来了一个女儿。”

“哦，我没提过她吗？她叫维奥莱特，是个小甜心。我的丈夫和前妻平分了监护权，所以小女孩常和我们在一起。”

“听起来你们相处得不错？”

“完全没问题，我们的小家庭非常和谐。我的丈夫非常爱我们，他喜欢我们一家四口在一起。”

“那女孩的亲妈呢？”

“在我们的故事里她处于边缘，这事说来话长。她有一些问题，所以我们一直与她保持距离。”

我点点头，没有说话，想听她多说一点。

“过去发生了一些事，我没有介入。从我已知的零碎片段看，她似乎不是那种特别好相处的类型，不过我们哪有什么评论的资格？”她叹了口气，注视着房间。

我想知道更多，我想知道你对她撒的关于我的所有谎言。“那样的话，维奥莱特能拥有你做她的母亲可真幸运。”

“你嘴可真甜，谢谢你。我很爱她，就像爱自己的亲生孩子一样。”

我从她脸上寻找真相，寻找是否有与维奥莱特施加于我的一样的惶恐不安，可杰玛伴随着上空飘来的音乐自在摇摆，将空杯子放到收银台上。“我们是时候走了吧？”我清了清嗓子，跟着她到门口，“那么维奥莱特喜欢小宝宝吗？”

“她很喜欢杰特。她是个好姐姐。”

我与她拥抱告别，感受到她鼓胀的胸部压在我的胸上。

69

我换了部手机，配了个新号码，以便于每周和杰玛互发短信。起初是一连串无聊的客套话——你会去吗？好嘞，我也去！在这之后，见到你太高兴了！周末过得愉快。又过了一段时间，她会发短信向我寻求建议，比如站在药店过道挑选感冒药的时候，比如纠结亲子游泳课要不要给杰特用一次性泳裤的时候。她是个自信的女人，健谈而活泼，但一涉及杰特，她心中有一个角落总是慎之又慎，寻求安心。她想做一名完美的母亲，所做所买所给予的都追求最好，因此她常常来向我寻求建议。我觉得她这种脆弱很可爱。她全身心关注儿子的幸福健康，常常反思自己，思索能给予他什么，这样子也很可爱。

她喜欢做母亲，没错，她也喜欢像母亲一样照顾他人。呵护，照顾，操心，喜爱，拥抱，喂养，这些事让她生机勃勃。当我问她有没有考虑过近段时间给孩子断奶，彼时杰特已经快一岁大了，她把头摇得像拨浪鼓。我早该意料到的——她曾告诉我，每次给儿子喂奶，一股在生孩子前从未体验过的情感狂潮就会涌上她的心头，发自身体深处，无法用言语表达。我跟她说，听上去她在描述高潮。

“你知道吗，安妮，比那还要美妙。”我们笑了起来，但她说得很认真。

“我很想见见萨姆。”一个周三的夜晚，我们正披上外套，她这么对我说，“让孩子们一起玩会不会很有意思？”

“那真是太好了。”

她没有再次提议，尽管我已精心编造了一肚子借口来回绝她。有安排啦，生病啦（她很惧怕细菌），有去外地的临时计划啦。与她延续关系比我预想的容易得多。

一天晚上，她在将近十二点时给我打电话，那天维奥莱特住在你家。她很慌张。杰特得了急性支气管炎，呼吸困难，她不知所措：要带孩子去看急诊吗？要再淋个热水浴吗？

“你的丈夫怎么说？”我知道你们没有结婚，因为我们没离婚，可她称呼你为丈夫。

“他不在。他出差了，还没接电话。”

“哦。”我很讶异，你竟然留维奥莱特和杰玛一起过夜，事先完全没和我报备。我想到我们宽松的协议，想到我在平分监护时间上是多么公平。如果要让维奥莱特和其他人待在一起，我们应当通知对方。你开始利用她对你的喜爱，总是时不时多要求额外的一夜，不告诉我她何时会与你共度一个周末。你知道你此刻占据上风。

“所以说，家里就你一个大人？”

“他的女儿在这里。如果我带孩子去看急诊，就得叫醒她女儿，把她也带上。可她明早上学前要参加第一次篮球训练，我叫上她的话，她明早会很累。兴许——她十一岁了，兴许她可以一个人待在家里？医院离这里只有四个街区，他女儿半夜从不会醒。可是，天哪，万一她真醒了找不到我，我会感到非常过意不去。”她长舒了一口气，思索着，“不，我得带上她。”

我不知涌上心头的是什么。

“留她一人在家吧，放心，不会出事的。打开她房间的监控，通过监控查看她的情况。她是个大姑娘了。我要是你，就会立刻带孩子去看医生。”

“真的？好吧。你真这么想？”

“当然。你就去吧。不会花太长时间，她不会醒来的。你不能冒这个险，你的孩子还只是个婴儿，你不能心存侥幸，不然你永远不会原谅自己。”

我绝对不会留维奥莱特一个人待着，但我想让你因她而发火，暴怒，我想让她做一些你无法接受的事。

“哦，我说不好，安妮。”

“带孩子去吧。”我心急火燎地说，“我能听到他的声音，听起来糟透了。我很担心他。”

挂断电话时，我为自己感到恶心。

第二天一早，杰玛发来短信，在等待了四小时后，医生让他们回家，建议给孩子冲个热水澡，把孩子置于暖气流之中，没多大事。

下一周，我在妈妈团体中见到她，她告诉我你在得知她留维奥莱特一人在家后大发雷霆。我能想象你咬牙切齿，对她恶语相向的模样，你真正大动肝火时就是这个样。我以为我能信任你和我女儿待在一起。我以为你身为母亲能做得更好。

“我心里很乱，安妮，也许我不该那样做。我没考虑清楚。”

“对不起。也许该怪我提了不妥当的建议，但你做了你当时认为的最好的决定。”

“是啊，也许吧。”那一夜她比往常话要少，我知道她对我失望了。在等回家的出租车时，我给她发了短信。

还好吗？你今晚看起来很失落。

也就这一周。和你我的感情无关，我保证！

她在面对冲突时太善良了。一想到背叛了她，我极其难受。她已渐渐成了我唯一需要的那个人。

70

我漏掉了与杰玛的友谊中一个很重要的部分，也许是最重要的部分——和她在一起时，我是萨姆的母亲。萨姆以一种我从未想过的方式在我心中复活。和杰玛在一起就像在玩扮演游戏，我幻想中的伙伴是我的此生挚爱——我可爱的儿子。我那牙齿漏风、伶牙俐齿的小男孩，穿着他最喜欢的那件脏兮兮的棒球衬衫，光着脚在家中的走廊里跑来跑去。他喜欢卷尺，喜欢扔垃圾的日子，还喜欢搜集餐馆的糖纸。每一天，他都会向我提起天气妈妈，想知道她是怎么让天气变化的。每周末我们会去游泳，平时我们会在去学前班的路上吃松饼。

他的脚长得很快，嘴总是噘着。他喜欢听我讲他出生的那一天。

每周三，我会放任自己畅想一整天，思索该去妈妈团体说点什么。比如萨姆前一晚没睡好，折腾得我精疲力竭；比如他在我离家留其他人照顾他时哭得稀里哗啦；再如当天下午我去接他时学前班老师所说的话。精心编造萨姆的生活令我上瘾，我沉迷于循环他每日的故事线不可自拔，终日思索如果他还活着，那现在会是什么样子，我会如何照顾他。

如果维奥莱特没有杀死他的话……尽管那些天我竭力不让维奥莱特闯进我的脑海。那些日子非常神圣，独属于萨姆。当杰玛时不时提到维奥莱特时，我会汗毛直竖地听着，心里不断做斗争——我急切地想窥视你们共同生活的窗口，却又憎恨维奥莱特存在于萨姆的第二次生命中。

我特别喜欢听到杰玛问我关于萨姆的事。她曾告诉我，她一提到萨姆的名字，我就会两眼放光。她无疑看到了我内心的光亮。从来没有人提起过萨姆，可杰玛提了，给予了他时间、空间和价值。杰玛想了解萨姆。萨姆对杰玛来说是重要的，因此杰玛对我来说也极其重要。

我从没想过照片的事。

有一天，杰玛问我能不能给她看一张萨姆的照片。她靠过来盯着我虚握在手中的手机，期待我能轻巧地划过上百张萨姆的照片，如同她手机中杰特的照片一样。

“太不凑巧了，其实我刚清理了照片，手机内存不够。”我试图装出因技术性原因而懊恼的神情，接着把手机丢进包里，不动声色地转移话题。

那天晚上，我倒了一杯红酒，上网搜索和萨姆长相相近的四岁男孩的照片。我飞速翻阅了无数个开放主页的陌生人的社交账户，花了几小时浏览开心快乐、口吐泡泡、骑在手推车上或全身沾满冰激凌的孩子的生活照。一瓶红酒快要喝完时，我找到了完美人选：深色鬈发，豁牙咧嘴笑，还有同样的蓝色大眼睛。那是西沃恩·麦克亚当斯的主页，白天她是詹姆斯的母亲，晚上她是一位面包师。

我在屏幕上勾勒这位母亲的面部轮廓。她看起来非常疲惫，又非常幸福。

我存了十几张詹姆斯的照片，将其中一张设置为手机桌面——小男孩坐在秋千上，双臂高举过头顶，像是正处于过山车的最高点。萨姆喜欢荡秋千。

* * *

我在二手店买了一些婴儿用品，时常会带一些给杰玛，骗她说这是萨姆用过的东西——我永远也不会卖掉或捐掉萨姆穿过的衣服或玩过的玩具，再说，给她的话可能会被你和维奥莱特认出来。无论我给杰玛带了什么，她总是会拥抱我，仿佛她在拥抱萨姆一样。我喜欢看她这么做。我喜欢看她想着萨姆。

有一天，她给我带来一套精美的益智积木，是一款福录贝尔教具，我知道这个品牌很贵。

“其实是我丈夫提议让我送给你的，这是别人送我们的，但我们已经有一套更大的了。”

我意识到，她一定没和你提过我在那次急诊事件中的角色。我将积木盒抱在怀里，心怀感激，感谢她收到我给予的东西后予以回应。长时间共处后，人们就是会这样，不是吗？不自觉地模仿对方不易察觉的小动作，行为举止逐渐出现相像之处。不知杰玛有没有无意间模仿过我，比如我抚摩假发发梢的动作，或是我在思考时发出的啧啧声。不知当杰玛这么做时，我可曾划过你的脑海，转瞬即逝，来得也快，去得也快。

出门时，我让杰玛代我向你道声谢，接着说了句不该说的话。我说有机会的话，我很想见一见你、杰特还有维奥莱特。这当然是不可能的，但我想以某种方式提及你。杰玛点点头，表示她也这么想，她说也许我能带萨姆来吃上一顿比萨，正如她曾经的提议。

“维奥莱特一切都好吗？”

“维奥莱特？她挺好的，每个人都挺好的。”她正在发短信，回答得有些心不在焉。

但我怀疑她在撒谎。不知她是否曾看着我的女儿，察觉到一丝不对劲。不知她是否曾怀疑她的儿子身处险境。

她亲了亲我的脸颊，同我告别，我拍了拍她的手臂，正如她常常拍我手臂一样。

我们走得太近了。我暗自发誓，下周的活动暂且不去。我将积木带回家，放进萨姆的房间。

71

我不去了。我给杰玛发了短信，告诉她我今天精神状态不好，萨姆昨晚一直在闹腾，弄得我也没睡好。杰玛回了我一张哭脸，接着说她很想见到我。我不想让她失落。

我们坐在后方，低声交流过去一周的消息，她说了一系列令她忧心的琐碎问题，而我说的是萨姆说过或做过的可爱事。

我们已在周三晚间聚会上相识了将近一年，认识了大多数常客，不过杰玛和我成了关系尤为紧密的一对伙伴。当位子紧时，其他女性会为我们留两个座位，当我们其中一人先到了，她们会问另一人去哪儿了。我很好奇在所有女性中，杰玛为何独独对我有兴趣。至于答案，那应当是我如此别有企图地硬要和她搭话，她没有别的选择。不过，我仍希望自己身上有吸引到她的地方——她将我想象成一名超棒的母亲，有能力，爱孩子，懂付出。在头一年摸索如何照顾新生儿的这一阶段，与我结交为朋友给了她极大的慰藉。我觉得自己终于成了你所建立的新家庭的一分子，身在暗处，往你的决策势力范围外迈出了一步。

我们互相道别，我围上围巾。

“我的丈夫来了。”杰玛指向门口。你来了，站在门外，盯着我看。我紧紧攥住羊毛衫，吸了口气，缓缓背过身去。你正在看着我们。

“过来吧，我向他介绍你。”杰玛双手搭上我的肩膀，把我往门口推。我不知所措。

“杰玛，我——我得去趟卫生间——”

“哦，那你快去快回。我们一会儿要去看一场晚间电影，不过趁他在这儿，我想让你见他一面。”

我垂下目光，努力思考。我该怎么做？拉高围巾环住下巴，压低帽檐盖过前额，捞出外套下的棕色假发，披散到肩膀上。仿佛这样你就认不出我似的，认不出你爱了二十年的女人，认不出你孩子们的母亲。我站在你面前，如同曾经一般浑身赤裸。她亲了你，不用像我一样踮着脚。你的眼神如同子弹。我咽了口唾沫，泪水夺眶而出，不过在杰玛看来我可能只是太冷了。

“福克斯，这是安妮。安妮，这是福克斯。”

我的思绪如同点了蜡烛的纸灯笼，晃晃悠悠飘上夜空。我不再站在那里，不再被你的目光紧锁，等待被你接下来的言语伤得无地自容。只有这么做，我才能扛得过羞耻、恐惧以及隐瞒之事被你知晓所致的悔意。我放空自己，自空中向下看。

“很高兴认识你。”我向你伸出戴了手套的手。你看向杰玛，接着看向我。你没有从外套的口袋里抽出手，这外套还是我给你买的生日礼物。

她转向你，神情写满真切的担忧，仿佛你只有得了脑部肿瘤才会有如此无礼的举止。你缓缓从外套口袋里抽出手，握住我的手。我们已经一年半没有说过话了，甚至更长的时间没有触碰过彼此了。你脸上的皮肤冻得通红。你看上去变老了，也许是因为要照顾孩子而睡眠不足，也许是因为你寻得的新工作带来的压力，也可能是我的时间感知失去了基准，仅锚定于脑海中最为呼之欲出的记忆——你是数年前与我相爱的男人。

"我也是。"你看了一眼我的脑袋，我知道你在打破难堪，也许是为了替我解围。

杰玛看上去很不自在，她一贯柔和温润的气度不见了，变得浑身紧绷，隔着厚厚的羽绒服都能看出来。我想她察觉出了气氛不对，但天气太冷，在外头站不了太久。一位女士喊她的名字和她道别，我们三人就此分别，摆脱这剑拔弩张的气氛。我悄然穿过路边的人群，走着走着跑了起来，除此之外我不知道还能做什么，我要赶快离开你们，越快越好。

72

我不知道杰玛有没有告诉你之后发生的事。

依我的想象，你会等到电影散场后向她坦白，或等到几天后。也许你想尽可能往后拖，免得她难过，直到继续沉默让你过意不去。也许你不想承认你曾和我这么一个不可理喻且精神失常的女人结婚了那么久，不想承认这令人羞愧的联结。下一周，我没有收到杰玛的短信，也不敢主动试探。这不同寻常的沉默意味着你告诉了她我的身份。我不再前去参加周三的晚间活动。也许她很少和你谈及我俩过去一年间的友谊。

但这段友谊于我而言意义非凡。我从未有过一位像她一样的朋友，我对她的喜爱如此温暖，如此自然。她就像一个气候温和的夏日，带给我你曾带给我的感觉，直到她离开我的生活，我才意识到自己是多么孤独。好奇心侵蚀着我的注意力，直到有一天，我鼓起勇气问维奥莱特："杰玛怎么样？"

"你问这个干吗？"

"就是好奇。"

"她挺好的。"

“那小宝宝呢？”

小宝宝。我们从未谈论过他。维奥莱特盯着盘里的蔬菜，咬着叉子，暗自思索。我看得出来——这个秘密藏不住了，也许她在努力消化这一转变。

“他挺好的。”维奥莱特清嗓子的声音莫名让我不自在。她说她吃完了，随后离开餐桌，那天晚上我们都没再提及杰特。上床睡觉前，维奥莱特问我周末能不能在你家过，因为你的父母要来访。自确定你出轨后，我还没和你母亲说过话，她过去会时不时来电话，但在那之后就没再和我联系。

“没问题，不过这事该由你爸来问我。”

维奥莱特耸耸肩。我俩都心知肚明，在我俩共同造就的这团混乱中没有协商的余地。另一个房间传来我的手机短信音，是杰玛，她发来一条短信：

我们能谈谈吗？

我如释重负。

次日，我们相约在书店旁边喝茶，前夜我一宿没睡，彻夜梳理各个版本的说辞，思索该怎么解释自己的行为。我没戴那顶老鼠毛一样的棕色假发，而是顶着真发去面对她，这令我紧张得要疯了。我将意识之海尽数倾注到一件事物上——我的头发。不是我那扭曲的控制欲，不是我想将儿子带回人世的错乱精神，不是面不改色地撒谎，像在一个琐事不断的早晨和几个陌生人没头没脑地拉家常。隔着门，我看到她给我俩各点了一杯咖啡。我们没像往常一样在问好时拥抱。落座后，我习惯性地抓发梢，随即意识到我是布莱丝，而不是安妮，便顺手拉直衬衫的领口。我身上的衣服是杰玛喜欢的布料——她曾提过一次，边说边用指尖抚摩我的袖口，感受亚麻布的质感。

“我不知道该说些什么。”我没打算先开口，但还是这么做了。

杰玛点点头，接着不太自在地摇了摇头，我一看便明白了。我咬住下唇，看她往自己的杯子里倒了点牛奶，等待片刻，把牛奶和糖推给桌对面的我。我搅拌着奶咖，勺子撞击瓷杯壁，叮当作响，我们默默听着。显然她不想说话，也许她只是想瞧一瞧，如果给我一次机会，我会说些什么。

“我没指望你能原谅我，我所做的事找不到任何借口。”

她看向我身后，望着从咖啡厅边经过的世界，目光追随每一位路人，像一位老师在教室里默数上课铃响后鱼贯而入的学生。不知她有没有后悔叫我过来，不知我是不是该干脆闭嘴。

“我很羞愧，杰玛，深感羞愧。现在回头看，我都不敢相信自己做了什么，我不敢相信我竟然会做这么——神经病的事。我——”

我等待着她把我撕成碎片。她的目光从窗户上移开，落在我的头发上。几年来我都梳着同样的发型，不知她有没有注意到淡褐色头发间如金属丝般的缕缕银丝，她会不会觉得我这样显老。

“你有任何问题想问，我都——”

“我为你的儿子感到遗憾，为你失去他而感到遗憾。”她的话让我大吃一惊。

“我无法想象失去杰特。”她用手碰了碰嘴唇。

我吸了口气，也用手碰了碰自己的嘴唇，纳闷她的同情心从何而来。她不该厌恶我的吗？死了的孩子，还有其他所有的事。

“福克斯从没告诉过我发生了什么。”她低头看着茶，旋动茶杯，“我所知的仅限于福克斯有个儿子，你们的儿子，他在一场事故中遇难。我一直以为那是场车祸，不是吗？”

我撒过太多谎，不能再添一个了。我开口吐露真相，把记忆中的事一五一十告诉了她。维奥莱特抓在把手上的粉色连指手套，汽车撞击婴儿车的声响，萨姆临死之际还被固定在婴儿车里，在那之后我们连他的遗体都不能见。我告诉她，她喜爱且信任的继女，她自己孩子的姐姐，曾将婴儿车推上川流不息的马路，杀死了我的儿子。

她听着我的讲述，全程没有反应，一直看向我的眼睛深处。我感觉她在咽口水，人在压抑什么情绪、产生不想有的想法时就会这么做。如同一道发丝般的裂缝在冰面上蔓延。我靠向她。

“杰玛。你有没有察觉到维奥莱特身上有不对劲的地方？你有没有过哪怕一点点担忧，担心你儿子和她单独在一起时不安全？”

她把椅子往后一推，椅腿刮擦地板的刺耳声响吓得我一缩。她往桌上放了一张二十美元的钞票，抓起衣服就步入了十一月纷纷扬扬的初雪之中，都没有停下来穿上外套。

73

在我们曾共同居住的房子内，门口有一双鞋，水壶总在腾腾冒热气，玻璃杯使用六次后清洗一次，洗碗机使用的洗涤块被摔成两半，所有衣柜里的衣架都间隔五厘米排列，没有人移动过。走廊的地板上溅着点点茶渍，我从来没擦拭过，尽管我每天都打算清洁。我给整齐的抽屉赋予了过分的重要性，给各种植物浇了过量的水。地下室堆了四十二卷厕纸，我总是忘记把这东西从隔周一次的网购杂物列表中移除。

但愿家里来只老鼠，我知道这个想法很奇怪，但我总是渴望一位常客所带来的抚慰，比如橱柜里一个袋子上的褶皱，比如硬木地板上四散的爪印：简单纯粹、无须言语且可预测的陪伴。

有些周末，我会观看 F1 方程式赛车比赛。引擎高亢的轰鸣声和英国腔的评论能带我回到过去周日的清晨，游泳课开始前，我为你准备鸡蛋和咖啡，为维奥莱特烤制不带面包皮的吐司。

* * *

我日渐习惯了孤寂，不过有一个人，他只在维奥莱特去你家时来访。他是一位算不上成功的作家代理人，格雷丝把我引荐给了他。他喜欢与我慢悠悠地做爱，卧室窗户大敞，一边做一边听着水泥步道上的脚步声。我觉得屋外陌生人离得近的感觉让他进入得更快。

最先求欢的人是我，但这不会留下太好的印象。他是个慎重且睿智的人，给了我做一顿晚饭、开一瓶红酒的理由。他用完了所有厕纸，在我时而需要时为我的床铺增添温暖。他从不过问维奥莱特的事，他们俩相对于彼此都不存在，这一点让我很喜欢。在这一意义上，我从未遇到过一个比他相处起来更为自在的男性。他不喜欢考虑我生育喂养过孩子这件事。你将做母亲视作女性身份的最终体现，可他不是。对他而言，阴道不过是一条能给他带来愉悦的通道，从别的角度思考阴道会让他感到生理性不适，如同一些人献血时的感受。有一次我跟他说自己要去预约做个筛查宫颈癌的巴氏涂片时，他告诉了我上面的话。

他阅读了我的作品，和我探讨我该怎么改，什么书好卖。他建议我创作青少年文学，走商业化道路，用焦虑引发共鸣，配上抢眼的封面吸引读者。换句话说，就是能给他打响名气赚来金钱的作品。在这方面，有时我会怀疑他的动机。但女性到了我这个年纪，都会担心自己会隐匿于这个世界，融入平实无奇的发型和外套，除了自己之外不会被任何人所关注。每一天，我看着她们在街道上走来走去，如幽灵一般。我还没有准备好成为这样的隐形人。现在还没有。

1972
|
1974

埃塔去世后，亨利身为父亲的责任感似乎也随之而去。他的心受了太重的伤，没有余力照顾他人。他为埃塔自杀一事自责不已，尽管感到自责的唯有他一人。塞西莉亚知道他爱埃塔，也尽力了。没有任何人和塞西莉亚解释到底发生了什么，没人知道能说什么。在那之后，塞西莉亚很少去学校，但她的小脑袋瓜还是聪明到能帮她卡在退学的缺勤率之下。一时间，她很难面对他人，这种感觉是相互的。察觉到有人在看她时，她怀疑他们看到的都是她母亲悬挂在树上的尸体。

塞西莉亚将大多数时间花在读诗上，她在翘课去镇上的图书馆转悠时发现了存放诗集的书架。这儿收藏的书并不多，她大概两周半就能把所有诗集读一遍，读完后从头再来。她曾梦到发现埃塔死了，头搁在烤箱里，就像西尔维娅·普拉斯[1]。塞西莉亚有时会将这位女诗人的诗作放在

1 西尔维娅·普拉斯：1932—1963，美国自白派诗人的代表，其诗作感情细腻，常取材于生活，31 岁时因情感变故而自杀。

枕头底下。

塞西莉亚开始自己创作诗歌，写满一个又一个笔记本，尽管她觉得没一首称得上好。她一直写到十七岁，毕业前的那一年。那时她已下定决心，既然想离开这个城镇开启新生活，她就得自己挣钱。

她接了一份家庭护理员的工作，帮助照顾史密斯老太太，老太太的家与她家仅几户之隔。史密斯老太太在自家前门上张贴了“需要帮助”的字样，印刷字体就像孩子的笔触。老太太耳朵听不清，眼睛也几乎看不见，但能自理生活中大多数的事。她需要塞西莉亚帮她做一些她无法亲自做成的事，比如用针线缝补衣服，比如捏一把分量恰到好处的香料撒进炖菜。塞西莉亚除了自己以外未曾帮助过他人，她发觉照顾者这个角色竟出乎意料地令她心满意足，就是有时候有点枯燥，不过大白天能待在一栋熟悉的房子中，没有他人恶念的威胁，这种状态她还是非常喜欢的。她感到一种安于家庭事务的平静与秩序，这是她前所未有的体验。

老太太在睡梦中去世后，第一个发现的人就是塞西莉亚，老太太半边身子滑下了床，白色睡衣敞开少许，露出干瘦的胸。塞西莉亚一边思索接下去该怎么做，一边从梳妆台最上层的抽屉里拿出一个罐子。她曾见过史密斯老太太每周从银行回来后往这个罐子里塞钱，里头一共有六百美元，足够买一张去城里的票，还够几个月的住宿和伙食费。也许这钱本就是留给她的——毕竟史密斯老太太从未在她面前对这笔钱藏着掖着，而且她也没有直系亲属。至少这么想让塞西莉亚在拿走罐子里的最后一美元时少了些罪恶感。

第二天上午，亨利开车送塞西莉亚去火车站。亨利一路无言，连句再见也没说，但塞西莉亚知道这只是因为他说不出口。生来第一次，塞西莉亚亲吻了亨利毛茸茸的面颊，自埃塔死后亨利就再没刮过胡子。塞西莉亚只轻声对他说了一句话：谢谢。除此之外，没有别的话可说。

在车外，塞西莉亚拉挺自己最漂亮的套装——从二手店买来的紫红色灯芯绒短裙和衬衫。她其余的行李都收在埃塔的青绿色行李箱里，箱子上印着姓名首字母，这是亨利送给埃塔的结婚礼物，但埃塔从未用过。我的外祖母没有什么地方想去。

塞西莉亚十八岁了，她知道自己姿色不俗，拥有她母亲所不具备的美貌。她觉得这份美貌在大城市比在家乡能带给她更大的利益。没过多久，她在下出租车时看到了塞贝·韦斯特，一位门厅侍者，在一家她住不起的高档宾馆工作。她对这座城市一无所知，除了宾馆，她不知还能报给司机什么地址。塞贝戴着白色手套的手牵起塞西莉亚，在此之后，他们几乎没松开过彼此的手。

公室的其他女员工一起吃午饭，其中一人告诉她有家破产美术馆的楼上有间小公寓在出租，但她依然没法在城里自力更生。塞贝搬来与她同住，平摊租金，还包揽了她生活中除此之外的全部开销。他们正式成了情侣。

城市的自由生活令塞西莉亚无比沉迷。在早晨拥有一个寄身之处，从街上的小贩那儿买咖啡，在空闲时间到公园里读诗，以及与不知道她从哪儿来、从谁身边来的人相会。

塞西莉亚对自身美貌和吸引力的认知并无偏差，无论是大街上还是办公室里，男人们的目光一直追随着她，还总有人摸她，这里摸一下，那里摸一下。这既让她感到力量，又让她感到脆弱。塞贝和塞西莉亚常到外头喝酒，或去参加地下酒吧的诗歌朗诵会。塞贝一背过身，塞西莉亚就会感觉自己像是个被盯上的猎物。尽管塞贝的朋友们知道他俩是情人，但他们依然会在从她身边挤过时把手往下探一点。

一天晚上，趁塞贝去上厕所，塞贝的好兄弟伦尼将塞西莉亚猛推到酒吧的墙壁上，舌头沿着她的脖颈往下舔。塞西莉亚推开了伦尼，希望自己没有沉浸其中。

但以这种方式被他人渴望太过刺激，塞西莉亚平生第一次感受到何为狂放。因此，她常常放任伦尼对自己动手动脚。

不久后，他们开始在工作的歇息时间见面。塞西莉亚爱极了伦尼曾对她说过的甜言蜜语。伦尼告诉她，他能帮她踏入模特领域，她的美貌不该浪费在一份没有前途的办公室工作以及与一个门厅侍者同床共枕上。伦尼喜欢对她说，她身上有种感觉，令他几乎不敢触碰。塞西莉亚告诉伦尼，她喜欢诗歌，想要找一份出版社的工作，兴许还能出版一些自己的作品。这些事她从未对塞贝提过。伦尼说他可以把她引荐给一位人脉广泛的朋友，并劝她离开塞贝，搬去和自己同住。

一周后，塞西莉亚发现自己怀孕了。她才刚刚寻得这座城市，又失去了它。

塞贝没有存款，他力劝塞西莉亚和他搬到他父母位于郊区的房子中，直到他攒下更多的钱。建立家庭令他十分兴奋。他的童年记忆非常快乐，包括感恩节的盛大晚宴还有许多次露营旅行。

塞西莉亚崩溃了。

当她终于鼓起勇气告诉塞贝她想堕胎时，塞贝叫她再也别提这件事。他还说，如果和他有个孩子对她而言如此糟糕，那么她可以一直住在娘家，向她的继父要钱。

母亲在树上吊死的场景在塞西莉亚脑中挥之不去。她感觉自己寸步难行，像个傻瓜。她妥协了。

74

从我失去杰玛到随后发生的事将她拉回我身边，时光缓慢流逝，没发生任何特别的事。平凡无奇的一年。维奥莱特十三岁了，但我很少和她共处——在你巧妙的安排下，她一周只能来一次。

我曾发邮件给一位我朋友离婚时咨询过的律师，约了一次电话咨询。当咨询的那一天那一刻到来时，我任手机在桌子上响铃。我的内心没有挣扎，再说，维奥莱特不和我住似乎让我生活得更开心。

当老师给我打电话，说学校要组织一次农场之旅，问我愿不愿意当孩子们的监护人时，我十分惊讶。那是旅行的前一天，另一位常做集体旅行监护人的母亲生病了，无法前来。一想到维奥莱特在同学面前以一贯的森森寒意面对我，我就恐慌不已，但我还是答应了。我敲响维奥莱特的房间门，告诉她我也要去，她没有任何回应。维奥莱特头也不抬地用手指耐心地穿着串珠项链，她的手和我的手是如此不同。

我坐在巴士中部，身边坐着一个孩子的父亲，巴士一路颠簸驶向城外，孩子们兴奋的话音在车厢内回荡，而这位父亲几乎全程在手机上看邮件。维奥莱特与我隔了几排，坐在巴士另一侧靠窗的座位。她邻座的女孩个子高高的，胸部正在发育。这个女孩倾身越过过道，和两个深褐色头发、梳着同款法式蜈蚣辫的女孩低声说话。维奥莱特的眼神追随着沿途的乡野风景。

她看起来并未留意旁边的低语，但看到她的喉头缓缓滑上滑下，我知道她能一字不落地听见。我记得那种感觉——被排挤的感觉。我觉得维奥莱特不会在乎无法融入学校的酷小孩群体——在我看来，游离在边缘，大多数时间独处反倒让她更为舒适自在。她和同龄的女孩一点也不像，她从来都没像过。

抵达农场后，我跟在孩子们后面下车，望着维奥莱特。她和其他女孩齐步走离开巴士，但其他女孩都没怎么和她说话。他们在苹果园入口停下脚步，维奥莱特四处张望确认我的位置。我在队伍后方朝她轻轻挥了挥手。她把马尾辫甩到肩后，生硬地插入一小群讲话声盖过农夫的女生，农夫正在指导大家如何摘苹果才能不损伤花芽，不影响来年的收成。老师给孩子们分发塑料袋。

我们要在果园里待一小时，随后孩子们要学习如何制作苹果派。我自顾自闲逛，其余父母大多也互相保持距离。我发现了一片红苹果林，几排果树后方，我看到维奥莱特夹克衫的红色与树木的郁郁葱葱相交织。她一个人，一手拿袋子，一手使劲向上够树枝，动作的优雅动人令我吃惊：感受苹果表皮，探查有无瑕疵，摘下后闻一闻，用手指将之翻转一圈。她看上去如此成熟，脸颊的婴儿肥已经褪去，下颌线也更为分明。除了萌芽的女性特征外，她的一举一动和你如出一辙，比如移动重心的动作，还有把双臂交叠在后背的模样。但她的头部动作像我，歪向一边，在思考如何回应、如何遣词时会不自觉地向上看，她的词汇量似乎比她修长的双腿生长得还要快。

时而刮过的微风将缕缕黑发吹上她的脸颊，令她分心。她将塑料袋放到脚边，拉下头绳，再次拢起发辫扎好，从上至下顺了顺头发。她一直低头看着土地，不知在看什么，也许是一只鸟，或是一个烂苹果。可等走近后，我发觉她目无焦点，迷失在思绪中，看上去很沮丧。

一察觉到我靠近，她抓起自己的袋子，走向一群已放弃采摘、开始吃起苹果的学生。我看到她坐下身，交叠双腿，开始咬自己的苹果。

老师用手指吹口哨，开始大呼小叫让学生们集合。我看到维奥莱特跟着同班同学走进仓库。在进仓库途中，我在一群孩子中跟丢了她。我扫视一条条长椅，见其他学生纷纷落座，其中一张桌边正巧坐着巴士上维奥莱特的邻座。

“有人见过维奥莱特吗？”

一个孩子抬头看向我，摇了摇头，其他孩子正用刨下来的打卷的苹果皮拼自己的名字。

“你们是她的朋友，对吗？”

另一个女孩看了桌上众人一圈，寻求开口的许可。“我想，是吧。我是说，应该算是。”

两个孩子咯咯笑了起来，说话的女孩用手肘轻轻推了她们一下，示意她们安静。

我的心怦怦直跳，又环视了仓库一圈，仍然没见到她。

“菲利普斯先生，你知道维奥莱特去了哪里吗？”

“她回巴士躺下歇息了。她头疼，她说有你带着她。”

我一路小跑到停车场，可巴士司机不在，巴士门也上了锁。停车场管理员说他没见到有学生在这一带走动。我在马厩后方跑了一圈，询问每一个遇到的人有没有见到一个深褐色头发的女孩。我查看了马厩另一侧的干草堆，接着看见远处有一座用绳子围住的玉米田迷宫。“有人进去了吗？我在找我女儿。”我几近嘶吼，歇斯底里，努力平复呼吸。一个正在给“由此处进入！”标识牌重新上漆的年轻男子摇了摇头。

那时我知道她离开了，她在惩罚我的到来。我们已经达成了绕远路以共存的共识，心照不宣，但我来参加农场之旅打破了这一协议。我跑回仓库，找到老师，告诉他维奥莱特失踪了，她可能离开了这里。老师说他要确认一下这个农场的布局，并叫另一位家长去通知农场管理员。

老师没安慰我不用担心，也没说维奥莱特一定还在此处的某个地方。

我看到一桌男孩在东张西望，似乎意识到出事了。其中一个男孩走向我，问我出了什么事。“我们找不到维奥莱特，你知道她可能去了哪里吗？”男孩默不作声，摇了摇头，走回自己的朋友身边，他们一同看着我。我想他们知道些什么，便走到他们桌子的末尾，弯下腰，深吸一口气让嗓音不至于颤抖。“有人知道维奥莱特去了哪里吗？”

他们都摇摇头，就像第一个男孩一样，其中一个男孩礼貌地回答：“抱歉，康纳太太，我们不知道。”

我看到他们眼中也有恐惧。

曾在巴士上坐在我邻座的父亲提出陪我再绕农场找一圈。在此之前，我的脑袋天旋地转，双腿麻木，同样的感觉我曾体验过。那是维奥莱特两岁的时候，她在游乐园里蹦蹦跳跳跑出了我的视线，不过几分钟后就在棉花糖小摊被找到了。几分钟，在几分钟内，我知道她可能还是安全的，她可能就在视线外一根发丝之遥的地方。

我又想到了萨姆。我努力不去想他，竭尽全力。“我喘不上气。”听见我这么说，那位父亲扶我在豆砾石地面上坐下。“把你的头埋到双腿之间。”他轻抚我的背部。

“她有带手机吗？”

我摇摇头。

“你有看过自己的手机吗？”

我没回答。他伸手到我包里找出手机。“你有六个未接来电。”

我拿过手机，输入密码。全是杰玛打来的。

“维奥莱特，”一接通，我几乎喊破了嗓子，“她不见了。”

“五分钟前我接到一个电话，一位卡车司机打来的，让我过去接她。”杰玛顿了顿，仿佛在考虑要不要告诉我维奥莱特在哪里，“她在高速公路边的一个休息站，我现在过去接她。”杰玛没说再见就挂断了电话。那位父亲扶我站起身，我们一起去找老师，通知大家不用再找了。我坐在一个小礼品店里，拿着一瓶水，给你打了一个又一个电话，可你没有接。

一小时后，我们坐上巴士，原路返回。巴士里的音量明显小了，清新的空气平复了孩子们此前火山般的能量。

没有人提起维奥莱特，仿佛她根本就没来过。抵达学校停车场后，我蜷缩在椅子上，看着孩子们一个个下车。我查看后方，确认没有东西被落下，正巧在那两个梳法式蜈蚣辫的女孩的座位上发现了一串手链，紫色、黄色、金色的珠子交织，正是维奥莱特昨晚用心编织的那一串。她一定是为其中一个女孩做的。这串珠链散架了，被丢在座位上。我用手指来回抚弄一粒粒珠子。

“嗨。”三个女孩坐在校园的台阶上等待父母来接，我对她们大声喊，“这是你们落下的吗？”

其中两人盯着地面。“我是说，这是你们中的谁落下的吗？”

我摊开掌心，露出珠串，她们全都摇摇头。我合上掌心，凝视着她们，直到一辆车靠边停下。她们都望向前方，一言不发。

回到家后，我把这串手链放到梳妆台的抽屉深处，一个维奥莱特找不到的地方。那一日发生的事改变了我对她的看法。她在同学之间很无力，而这一面她不想被我看见。她不再是那个可以不费吹灰之力恐吓他人、用言行伤害他人的女孩。其他人能够看穿她了，有那么一刻，我为她感到难受。

当天晚上，我给杰玛打了电话，尽管她可能不会接。电话接通时，我坐在椅子上挺直腰背。

“我想去看看她的情况。她还好吗？”

“她很安静，但还挺好的。”我听到她盖住听筒，低语了几句。没有声了。我想象她转向你，转了转眼珠。她没能明白——维奥莱特正在刻意避开她。维奥莱特才是问题所在。我想象你示意杰玛挂断电话，想象你在孩子上床后打开红酒。我环视自己昏暗而安静的厨房，想在杰玛明白所有事之前提醒她，我毕竟曾是她之前的那位母亲。她曾向我寻求母亲如何养育孩子的秘诀。我向她撒了谎，但我仍是那个被她称作知心朋友的女人。我忍不住。

“你怎么样？杰特怎么样？”

“再见，布莱丝。”

75

农场之旅后好长一段时间，我都没有见过维奥莱特。我将全部时间用来写作，在作家代理人询问能否过来时答应他，尽管有时他在这儿反而让我觉得更为孤独。

我会在他冲澡时查看天气预报。下雨，低温。我会说，今天带把伞。他会询问我的安排。写作，打电话叫人来清洁排水沟。他有时间吃早饭吗？他没有——八点有个会，记得吗？今天晚上他想来吗？他来不了——要与一位新合作的作家吃晚饭。他明天会过来，我要做炖羊肉吗？他会踏入淋浴间，身影透过潮湿而扭曲的玻璃显现。那时我会看着他，他会开着浴室门，以免蒸汽熏满整面镜子。我不喜欢他在刮胡子前用毛巾擦镜子时留下的一道道痕迹，也不喜欢他在水池里留下的胡楂。在他洗完前，我会去煮上泡茶的水。到了楼下，他会与我吻别，我很少靠向他。我不确定他有没有注意到。

76

六月的一天，维奥莱特打来电话，问她周末能不能到我这儿住。自本学年起，她从没想过来我这边过周末。我取消了和作家代理人约定的会面，让维奥莱特告诉你一声她要来我这边。我去学校接她，她放到车子后备厢里的短途旅行袋塞满了我从没见过的衣服。她的生活我错过了太多。金闪闪的紧身裤让我很难过，若在商店看到这种款式，本该由我给她买，但我没了给她买东西的念头。

我们先去看了场电影，后去吃了冰激凌，没怎么说话，但她给人感觉不再那么焦躁不安，也不再那么粗硬扎人。不知为何，我仍心存戒备。我给予她空间。我们坐在车里时，广播播放起一则幽默讽刺小品，关于发春的小猫。我不确定维奥莱特是否懂发春的意思，但我们对视一眼，笑了起来。我感到胃一沉，并非因为这共度的时刻，而是为这掩藏不住的陌生感——我们竟错过了那么多。

维奥莱特此时的年纪，和我最后一次见自己母亲时的年纪一样。

我常常站在她卧室的门口对她说晚安。那天晚上，我坐在她的床尾，一只手覆上她毛毯下的双脚，捏了捏。在她还小一点时，在她禁止我碰她之前，我曾这么做过。她的目光从书页上抬起，直视我的眼睛。她没有抽走双脚。

“奶奶很想你，她几天前这么说过。”

“哦。”我轻声说，惊讶于维奥莱特会告诉我这件事。你母亲和我仍未联系过。

“我也想她。”

“那你为什么不给她打电话？”

“我不知道。”我叹了口气，“我觉得和她说话会让我非常难过。我打赌她很爱杰特，对不对？”

维奥莱特不屑地耸了耸肩。一时间，我不禁怀疑她是不是嫉妒杰特在你们家得到的关注，但我突然想到，我最好不要去打探你儿子的事，维奥莱特知道这一点。她闪烁的眼睛环视房间，不知那时萨姆是不是闪过了我俩的脑海。我按捺不住想提及他的冲动，想把他带到卧室里与我们同在。我垂下目光，看着维奥莱特的双脚在我手心下的样子，感到莫名冷静。

“你有什么事想和我聊聊吗？学校里的任何事，或者……反正什么都行。”我不想离开她的房间，不想松开触碰她的手。

她摇摇头。“没事，我挺好的。晚安，妈妈。”她把书翻到手指捏住的那一页，往后一靠，后背陷入靠枕，“谢谢你带我看电影。”

那天晚上我在长沙发上睡着了，衣服也没换，想着她怎么这么可爱。也许有些东西改变了。

楼上的木地板传来轻轻的脚步声，我醒了过来。萨姆去世已过去六年，但我在夜间听到再细微的声响也会醒来的本能仍和他出生时一样强烈。维奥莱特正踮着脚，从她的房间走向我的房间。

门开了。她是在找我吗？也许她会叫我。脚步声更轻了，她靠近了我的梳妆台，我听到黄铜扣环拉手碰到木头的声响，在抽屉合上时又响了一声。她的动作果断而干脆。不知她在翻哪个抽屉，找什么东西。几个月前，我发现的那串被丢在巴士上的手链放在那里面。没错。我应该早点扔掉的，我根本没想到这会被她发现，她上次进我房间是什么时候我已经记不清了。我听到她走回床边。我等待着，给她时间再度入眠，接着悄悄上楼，换上睡衣，看了眼抽屉——手链仍在原处，就算她看见了，也没拿走。

她在早饭时的表现挺令人愉悦的。态度不友好，话也不多，但就是令人愉悦。我开车送她到你家，坐在车里看着她跑上车道，跃入家门。透过客厅的窗户，我看到杰玛冲出去和她打招呼，迎接她回家。

看到这一幕，我头一次冒出这样的想法：迟点再开车回家。等到太阳下山后，看你们一整夜。

77

在遇见你后，我不再继续向父亲寻求我最需要的东西：安慰和建议。我不再那么需要他了。我的态度在他看来一定很明显，每次他打来电话，我都对生活细节含糊其词，总把话头抛回给他。我不再让他介入我的世界，这让我羞愧不已——我知道这是他唯一拥有的东西。

开车送我去大学宿舍那一天，他吻了吻我的额头，和我道别，接着默不作声地离去。几小时后，我张望窗外，他仍站在那里，背靠一棵树，抬头望着我的宿舍楼。我在被他看见前拉上窗帘。我常常想到他站在那里的身影。

毕业那个月，一天早晨我突然意识到，自从上次放假回家后，父亲一次电话也没打来。我打算那周末给他打个电话，可一直没拨出家里的号码，尽管我跟你说我和父亲打了电话，他非常想见我。虽说电话没打，但考完试后有天晚上，我没打招呼就去了他家，告诉他我要丢掉寝室里的一些东西。我和他真心实意地聊了几句，他早早上了床。我决定再多留一夜。第二天晚上，我依他的口味烧了一只鸡，等待他下班回家，可时针转了一圈又一圈。十点刚过，他总算到了家，醉醺醺的，像个酒鬼。他坐在餐桌边，看着冷掉的食物，而我靠着厨房操作台。我想我们都想到了我母亲。我给他和自己各倒了一杯威士忌，然后坐下。我本没打算问这个问题，但我问了：

“她为什么离开我？”

第二天早晨我醒来时，父亲已经走了。昨晚共饮的红酒令我的脑袋咚咚跳。我开车回到校园，收拾余下的东西，次日我和你搬到了一起住。在那一夜后，想念父亲对我来说变得非常困难，我迫切地想把过去抛到脑后，他在我和我母亲的过往中占的比重太大，尽管错的人从不是他。

有一天，警察打来电话，告诉我父亲在家里去世，疑似在睡梦中死于心肌梗死，我把听筒递给你，躺倒在温暖的拼花地板上，沐浴在一道晨光中。那时，我们已经在自己的公寓共度了四个月。

“我很高兴你去看望过他。”你边说，边蹲下身抚摩我的头发。

我背过身，脑中只能想到那晚父亲凝视着自己的杯底，说出的最后一句话。我们一边喝酒一边聊了几小时。

我看着你，接着对塞西莉亚说：“我们是不是很幸运？”可她不明白——

他话说到一半就离开了餐桌，再没开口。他和我讲了我刚出生后的日子，我耐心听他讲每一个词。

现在我意识到，母亲和我伤透了他的心。

* * *

我回到家乡准备葬礼，靠近家里的房子，颇有近乡情怯之感。埃林顿太太有把备用钥匙，她在我去之前已经把房子打扫了一遍。我一下就知道了，因为房子散发着柠檬味，而埃林顿太太喜欢用柠檬油搞卫生。父亲的床单被套换掉了，我认出这干净的寝具来自埃林顿家的那张空床。

埃林顿太太下午来陪伴我，丹尼尔和托马斯在葬礼前一天来帮我清空家具，我把家具都送人了——我想让房子空荡荡的，让所有东西都从中散去。

在下个季度，我以低于市场价的价格挂牌了陪伴我长大的这栋房子。看着它离我而去，我毫无感触。签署合同的那一天，埃林顿太太来看我。

“他十分为你骄傲，你让他很开心。”我摸了摸她的手，感谢她善意的谎言。

78

在维奥莱特那次愉快来访的三日后，杰玛打来电话。听她的音量，我知道她心情很差。

早晨，她在洗衣间发现杰特在玩一片锋利的刀片。走进去时，杰特正打算用刀片切割身上的牛仔裤。

“那是你的吗？”

“什么意思？”我正从家走向泳池，打算去看萨姆最爱的瓷砖，没细想她说的话。我仍震惊于看到她的名字出现在手机上。

“这刀片是从你家来的吗？”

我想起四年前从福克斯的罐子中取走的刀片，它被塞在我的梳妆台抽屉深处，裹在一块围巾里，我从没碰过。维奥莱特，她之前为什么要进我房间？她是不是知道刀片藏在那里？

“我想不出刀片还可能来自什么地方，福克斯不会在家里放刀片。维奥莱特说过你家地下室还放着福克斯用过的模型工具，敞开放着，就在她洗好的衣物旁边。”

“可笑。”我说着，全身开始发热。我想象维奥莱特趁杰玛去楼下时把刀片递给杰特，随即离开。我的脸越来越烫。

“你不该这么疏忽，布莱丝，她可能会伤到自己。”

杰玛怒气冲冲地挂断电话。她变得刻薄了，过去她可怜我，现在她讨厌我。

我低声咒骂，飞速赶回家，脱下靴子，冲向楼上自己的房间，拉开抽屉。围巾还在，刀片不见了。

79

在那之后，我连续几周都没怎么睡，一睡着就会梦到萨姆。他在我怀中扭动尖叫，手指被一节节切掉。我不知道是谁在切。维奥莱特，应该就是她。随后，我会感觉到萨姆的手指末端在我舌头上滚动，被我吮吸咀嚼，像是一嘴夹心软糖。我在往水池里吐嘴里的东西时醒来，以为会看到鲜血。这梦带给我的真实感竟到了如此地步。

下一个月，维奥莱特又来了，这回我们更为沉默寡言，不给彼此好脸色。那份寒意又回来了。维奥莱特知道杰玛给我打了电话。我知道维奥莱特拿走了刀片，但不知该不该向她挑明。我不知道该怎么做。连日的失眠令我筋疲力尽，这种烦心事还是不去想更舒服。

我决定让这事就这么过去，直到有一天，维奥莱特问了我一个问题。我正在楼下的洗衣槽里漂白浴室防滑垫，她指着漂白剂瓶子上的毒性标志，张开口，过了一会儿才问："这意思就是说，人喝了哪怕一点点就会死，对吗？"她又顿了顿："你为什么会在这里放这么危险的东西？"

“你为什么问这个？”

她耸耸肩，离开洗衣间，并非想要一个回答。我听到她给你打电话，让你早点来接她。焦虑绕着我的脊柱缓缓上爬，那熟悉且令人毛骨悚然的恐慌几乎掐住我的喉咙。我曾经历过，差点没活命。

我把漂白剂的瓶子放回橱柜，其他清洁用品也都放在这里。我扫视架子，在脑中为上面的用品编了个列表。那天下午，我给杰玛打了一个又一个电话，胸口咚咚跳个不停。

她在晚上接起电话。

我和她说维奥莱特提到了有毒性的东西，也和她说了我抽屉里丢失的刀片。

我告诉她，我只是在意她和她的家庭，我很担心杰特，我们不能把维奥莱特当常人看待。她有前科。我很害怕悲剧再次发生——我有这样的直觉。等待她开口时，我把头搁在桌子上，思考维奥莱特的事抽空了我全部的力气。我不想让她再次成为我的难题，我的恐惧。

杰玛沉默片刻，冷静地说：

“布莱丝，她没有推萨姆，我知道你觉得她推了，但这纯粹是你的臆想，你看到了根本没发生的事，维奥莱特没有那么做。”她挂断电话。我听到钥匙开门的声音，作家代理人今天要来我家睡。我把他叫进厨房，脱掉自己的衣服。我们在餐桌上做爱，他托起我曾被死命吮吸的松垂乳房，像是在想象其过去的位置。

80

几年来，我时常冒出重回那个路口的念头。如同在一个无所事事的周日午后临时起意去看场电影，这个念头会自然而然地冒出来。好吧，经常这样。今天我想去看看。我常常这么想，接着又力劝自己去打扫卫生间或整理厨房碗橱，压下这个念头。

我正在说的这一天与众不同。我又失眠了，绕着房子转了一圈又一圈，漫无目的，什么都做不了，除了凝视各种物件：需要添加盐的食盐瓶，微波炉上显示的时间快了一小时，可回收垃圾桶不远处的一堆邮寄广告宣传单。几个月来，我三番五次听到杰玛的声音，模糊的回响，像是有人往我头上套了层锡箔纸。杰玛和我说话的语气好似知道一些我不知道的东西，好似萨姆死的那天她在场似的。你怎么知道发生了什么？我想冲着听筒嘶吼。你怎么可能知道？

但我得承认，随着时间的流逝，我越发频繁地质疑自己。我坚持了数年的信念正渐渐失去分量。我越来越难清晰地回想起那一天。有时我早晨醒来，第一件事就是回想那段记忆。它消散了吗？它比前一天离我更遥远了吗？

我可以走过去，那儿离这里不远，但开车能让我感受到的距离有我所需的那么远。我绕街区开了几圈，把车停到事故发生地边的一个街区，闭上眼睛，靠上汽车头枕，待了一会儿。

我走过去，从风帽下抬起目光，看到了乔的咖啡馆招牌，曾经褪色或缺边少角的店名刚刷上黑漆，极具光泽。我用手按住胸口，看能不能隔着外衣感受到自己的心跳。每一下泵出的血液都像在流泪。

我转过身，看向十字路口。

这儿的一切看起来都不同于我的记忆，可一个十字路口又能与另一个有多大区别？布满裂纹、日渐褪色的灰色柏油路上有一道道柔和的沥青纹路，就像血管，黄色的醒目喷漆标出了人行横道，但人们未必会走。红绿灯的杆子随风摇摆，行人指示灯的语音播报响起，车流隆隆前行，川流不息。

我扫视路面，寻找痕迹，血液，或是碎片。随即我记起，时间是真实的，已经过去了2442个漫长而空虚的日子。我等待交通拥堵缓解的片刻，走上马路，在萨姆去世的地点蹲下——右车道中心偏左，离行人道不过几米。我伸出一只手摸了摸沥青，接着把手贴到冰凉的脸颊上。

我看着路边的斜坡，想象婴儿车冲向马路的场景。记忆中尤为清晰的斜坡边的沟渠现在已经不见了。水泥边缘很光滑，末端与马路相连。从我所蹲的地方，我能看到路沿比我印象中高。我走上行人道，从兜里掏出一管唇膏，侧放在我的靴子上，松手任唇膏往下滚，一开始很慢，可逐渐加速，滚到马路中央才停下。绿灯亮起，唇膏管在过路车辆下方被弹飞了。一位身着西装的中年男子放慢脚步，瞄了我一眼。我看向别处，站起身。

我的大脑不断回放那一幕。走出咖啡店，站在行人道上，左手端着茶杯，右手抓着婴儿车的把手，最后一次抚摩萨姆的小脑瓜，热气升腾到脸上的感觉。维奥莱特在我身边，我的手臂被拉扯，皮肤被烫伤，维奥莱特握住黑色把手的粉色连指手套，萨姆的后脑勺离得越来越远。他的速度有多快？是获得了加速度吗？要没被推那一下婴儿车能冲那么远吗？维奥莱特有碰把手吗？

我看着路口，想象各种可能出现的场景，一遍又一遍。有可能，这有可能发生。

我的胳膊肘被一个过路人撞到，又被另一个人撞到，我忽然意识到自己立于人流之中，他们手里提着外卖盒和咖啡。置身于这群人之间，我觉得自己像个隐形人，他们有真正的生活和工作，去重要的地方，需要他们的人正在盼着他们。你们都该死，我想冲他们嘶吼。我的儿子死了！他就死在这里！你们倒好，每天若无其事地从这里走过！我火冒三丈，筋疲力尽，转过身，凝视着咖啡馆。

这是萨姆在世时，我与他对视的最后一个地方。一切都不同于往日。透过窗户，我看到木地板变成了人字形平行花纹瓷砖，墙壁被框上了黑边，边框处本是格纹墙纸。我看着不锈钢桌面，试图回忆此前的桌子是什么样子。正值午饭时间，这里不该那么安静——过去这里是个热闹的地方。

我走进咖啡馆，注意到维奥莱特和萨姆喜欢的门铃声不再响起。乔在店里，背对着我，正在摆弄一台浓缩咖啡机。

我深吸一口气。“乔。”闻言他缓缓抬头，双肩下落，从柜台后绕出来，同我握手。他握得很用力。

“我一直盼着你回来。”

“店里看起来变了很多。”我四下张望。

乔转了转眼珠。“我的儿子要接管这家店了，我的背不好，吃不消天天在这儿站着。”我们相视一笑，“你呢？”

我望着窗外的十字路口。

“你对那件事有什么印象？”我咽了口唾沫。我本没打算走进这里，没打算和他聊天。

“哦，甜心。”他的手再次覆上我的手，与我一起看向窗外，“我只记得那天你非常慌乱，大惊失色，你女儿搂住你的腰想让你抱她，可你没法弯腰，没法动弹。”

维奥莱特从没那样做过，她从不会与我有肢体接触，从不会像其他孩子一样向母亲寻求安慰。不会依附，不会渴望。

我和乔坐在同一张桌边，望着窗外。交通信号灯不断变换，车辆来来往往，天空泛白。

“事故发生时你看到了吗？”

乔皱起眉头，仍望着马路，思索该对我说什么。我扭过头，余光瞥见他摇了摇头。

“你有看到婴儿车是怎么到路中央的吗？”我再次尝试，闭上双眼。

“就是一起意料之外的惨剧。”

我睁开双眼，垂眸看到他交叠在桌面上的手。他捏紧双手，像是在经受一阵刺痛。“这些年我经常在想你，想你怎么在经历了这种事后继续前行。”他的眼睛变得像玻璃一样光亮明净，“我一直在感谢上帝，还有个小女儿是你生活的动力。”

到家进屋后，十一月的狂风吹得家门“砰”一声巨响，差点夹到我的手指。我一屁股坐在地上，把钥匙砸向墙壁。我想起了萨姆，想到他圆嘟嘟的婴儿脸刚显现出未来五官的轮廓，想到我的奶香总是萦绕于他的颈窝，想到他喝完奶后吮吸奶头的最后一下，想到他在黑暗中喝完奶后探寻我的脸颊。

我闭上眼睛，试着想象他压在我大腿上的重量。我能到达此处，置身此处。背景中正在播放的晨间新闻，厨房的水壶飘出的热气，维奥莱特光脚在楼上走动的轻响，你在上班前刮胡子时流入卫生间水池的水流，我没洗过的头发的触感，隔壁房间传来的越来越响的哭叫。那样的生活，平淡乏味，压抑窒闷，但令人心安。它容纳了一切，而我任之悉数离去。

也许我也该任他离去。

81

那晚我喝了半瓶红酒，没错，我已连续好几天都在想要不要给你打电话。我在沙发上蜷成一团，作家代理人在楼上睡觉，睡在你那一侧的床上。

我真希望他晚上别在这里过夜。此时已临近午夜。

我能对你说些什么？对此我已自我排练了多个版本，可没一个感觉合适。我不想因为对维奥莱特应尽的母亲职责而道歉——我不为之感到自责。我不想说我错了——我不知道自己有没有错。我只想告诉你，我心中的一些东西已经变了，我想多见见我们的女儿。

第三次拨号时，杰玛接起电话。“一切都还好吗？”

也许吧，我想这么回答。也许终于好了吧。

可我对她说，我想和你谈谈。你就躺在她边上，我听见你侧身接过电话时被单移动的声音。

“我想多见见她，我想做得更好。”

我问了你那幅画的事，你搬出去时从我们卧室拿走的那幅。我本没打算问你这个，那晚我根本没想过这回事，可刹那间我忽然极度渴望那幅画。我站起身，在房间内踱步，你默不作声，让我一直拿着电话等待。在我的想象中，它就挂在你们漂亮的新家走廊里的纯白墙面上，杰玛会在路过时温柔抚摩金色画框，想着她的小宝贝杰特以及杰特触摸她脸颊的感觉。

“我不知道那幅画在哪儿。”

82

第二周，我去学校接维奥莱特放学。她独自一人坐在冰凉的台阶上，像瀑布下的一块巨石，其他孩子蹦蹦跳跳地从她身边经过。

“今天下午你想干什么都行。”我在她系安全带时说，“你来定，但我们今后的安排要变一变，每周三和周四晚上你要来我家。”

我余光瞥见她怒气冲冲地发着短信。

“我想回家。”她终于开口，眼望窗外。

“可以啊，不过我们先玩点好玩儿的吧，你有兴致玩点什么？”

“不，我是说家，有杰玛和爸爸的那个家。”

“听着，你是我女儿，而我是你妈妈，我们应该相处得更像一对母女。”

我把车停入加油站的停车位，思索该带维奥莱特去哪里。她转向车门，一刻不停地发短信，我这才意识到，她有了自己的手机。

“你在给谁发短信？”

“爸爸和妈妈。”

我没有回应，我知道她想听我怎么回应。给车加好油后，我驶向高速公路。

两小时后，我们在出口匝道外的第一家免下车快餐店停车点单。我不知道维奥莱特成了素食主义者，她只吃薯条。整整两小时，她一直没问要去哪里，一路上用手臂撑着车窗，指尖缓缓缠绕发梢，拉扯，展平，手如小提琴弓一般抚弄丝绸头花。我还是个小女孩时，也有这样的习惯。

驶入停车位从机器上取票时，我的心底一片柔软。我很久都没来这里了。我下了车，站在寒气中等维奥莱特跟上，可她动都不动。我拉开她那一侧的车门，手搭上她的肩膀。

“我想让你见一个人。”

在前台登记时，维奥莱特一言不发。我出示了身份证明，将访客通行证别到自己和维奥莱特的外衣上。她静静地跟我走进电梯，走过四楼的走廊。空气不新鲜，消毒水味中时不时飘来一股尿味。我不由自主地深吸一口气，轻轻敲了敲要看望的那个人的房门。

“进来吧。”

她坐在套着橙色椅套的一把椅子上，双腿交叠，大腿上摊着一页还没填的纵横字谜。房间里没开灯，她手中的钢笔套着笔帽，肩上搭着一块针脚疏松的毛毯。她张嘴想要说些什么，却只叹了口气。她忘了自己想说什么。随即她开口道：

“你来了啊！我一直在等你！”

维奥莱特看着我与她温柔相拥。我打开她身后的灯，她抬头看向灯泡，震惊于突然亮起的灯光。我示意维奥莱特在床尾坐下。

“见到你我真高兴。”她向我伸出手，我用大拇指抚过她薄如宣纸的皮肤，吻了一下她的手，感受她的血管在我唇下跳动。她闻着就像凡士林。

“你今天真漂亮。”她说得如此真心实意，刹那间我真的感觉自己很漂亮。她嘴唇很干，我伸手去拿她床边的水杯，递给她。“不用，谢谢你，亲爱的，你喝吧。你总是口渴。当你还是个小女孩时，你就经常口渴。”

维奥莱特看向我，瘪着嘴，看得出她心情不好。在这么一个散发着古怪臭味的古怪建筑里，见到一个从未见过的女人，她很难受。她坐在床上不安地动来动去，看向门口。

“我想向你介绍一个人。这是维奥莱特，我的女儿。”维奥莱特静默地看着椅子上的陌生女人，做了个“你好”的嘴型。

“哦，她很可爱，对不对？”

“她的确很可爱。”

“你知道我是怎么来这里的吗？”她愁眉苦脸地问。我握住她的手，点点头：“你是被开车送到这里的。你住在离这儿不远的地方，你家在唐宁顿克莱森，你还记得吗？”

“我不记得了。”

一位护士端着一个加盖托盘走进来，把托盘放在小滚轮桌上。“吃晚饭了！”

“莱达，你看看我的女儿。”她拉住我的手，对护士眉开眼笑，“她是不是很漂亮？”

维奥莱特终于看了我一眼。她站起身，走向门口，双手抱着胳膊肘，下巴耷拉，我觉得她快哭了。护士对我微微一笑，接着调低床板，抖松薄薄的枕头，把两粒胶囊丢入床头柜上的一个塑料杯，接着掀开晚餐托盘的盖子。加热后的罐头蔬菜散发出难闻的气味，一下子充斥整个房间。维奥莱特背过身去。

“哦，我要吃饭了，然后准备睡觉。”她缓缓从椅子上站起，试着叠好方才披在肩上的毛毯，接着走进洗手间，关上门。我帮她摆好餐具，把纵横字谜书放到柜子上。维奥莱特一言不发地看着我。马桶传来抽水声，接着我们看着她走出洗手间，坐回到椅子里。

“我们得走了。”我弯下腰亲吻她的脸颊，“我假期会过来看你。你有见过丹尼尔或托马斯吗？他们最近来过吗？”

“他们是谁？”

“你的两个儿子。”我早就和他们断了联系。

“我没有儿子，我只有你一个孩子。”

我再次亲吻她，她正凝视着刀叉，思索该怎么用。我把叉子放进她手里，帮她叉起一根四季豆。她点点头，把四季豆送到嘴里。

我和维奥莱特上了车，我先让发动机预热几分钟。天空昏暗，在返程的高速公路上，我一直在等维奥莱特拿出手机发短信，可她没这么做，一路上都目视前方。我差点以为她睡着了。离家还有一半路程时，她终于开口。

“那个女人是谁？她不是你母亲，她皮肤是黑的。”她语气刻薄，仿佛我在愚弄她，把她当作傻瓜。

“她是我最亲密的人。”

“你为什么不去找你的亲生母亲？”

我没立即开口，思索该怎么如实回答。“因为我害怕知道她成了一个怎样的人。”

我将目光从马路上移开，看着维奥莱特的剪影。悲伤扼住我的喉咙。将近十四年来，我一直想从我们之间找到并不存在的某些东西。她来自我的身体。我孕育了她。我身边这个漂亮的姑娘，我孕育了她，我曾一度渴望她，一度以为她将是我的整个世界。她现在看上去像个女人了，女性的智慧光芒在她眼中闪耀，没有我，她也将茁壮成长，活得精彩而耀眼。她将选择不包含我的生活。我将被抛弃。

1975

塞西莉亚早就知道她不适合当母亲。自怀孕起，她就从骨子里对此深有感触。当看到一个孩子牵着母亲的手，拖着脚在地上走时，她会别开目光。这是她的条件反射，就像被水龙头放出的水烫到时皱眉龇牙一样。于她而言，她不具备其他母亲所拥有的母性——她不想养育，也感受不到小宝宝胖乎乎的腿有何可爱之处。她是真的不想在另一个生命身上看到自己。

自十二岁起，她的例假每个月准时到来，像个忠诚的朋友定时提醒她：你在出血，你的子宫内膜在脱落，你的体内不需要一个宝宝，不要听从外界对你指手画脚。

她曾拥有梦想与自由，但随后又将之全部放弃。

当肚子里的宝宝动起来时，塞西莉亚时而会想，自己的感受是不是在变化。有一次，她脱光衣服站在镜子前，看着宝宝的脚在肚皮最高处移动，如同一弯新月的弓，她放声大笑，宝宝动得更欢了。她和孩子正共度一段愉快的时光，独属于她们俩。

分娩时，医生为她上了镇静剂。婴儿不愿来到这个世界，医生侧切了三刀，用产钳把婴儿的头夹成了锥形。当塞西莉亚去看孩子时，孩子已裹在法兰绒襁褓中，躺在新生儿监护室的某个地方。

“你生了个女儿。”护士对塞西莉亚说，语气好似这正是塞西莉亚想听到的话。

父亲推着母亲来到窗边，敲击玻璃，向护士示意。

“她是那一个。”母亲指向我，靠窗第三排，左数第四个。

“你怎么知道？”

“我就是知道。”

护士抱起孩子来到窗边，举起来好让他们看清。小女婴睁着大眼睛，没有叫也没有动。塞西莉亚觉得她就像自己那个旧娃娃，贝丝安妮。

护士隔着玻璃问她想不想喂奶。塞西莉亚抬头看向塞贝，问他能不能带自己到外头去。塞贝推着她穿过医院前门，来到室外。塞西莉亚穿着拖鞋和睡衣，身上连着的静脉输液架一路碰撞水泥地和水泥墙。塞贝给塞西莉亚递了烟，塞西莉亚一边吸烟，一边凝望停车场。

“我们应该上车离开这里，就我们两个人。”塞西莉亚在膝盖上拧灭香烟。

塞贝咧嘴笑了笑，摇摇头。“看样子止痛药起效了。”

他把轮椅转了个圈，往医院里推。“来吧，我们该给孩子起名字了。”

他们把孩子带回家，放在父母家餐桌上的婴儿摇篮中。塞西莉亚一直没有奶水。喝配方奶粉长大的婴儿胖得很快，塞西莉亚觉得她长得像埃塔。小女婴很少哭，即使晚上也不哭，不像别的婴儿。塞贝近乎每日都对塞西莉亚说：“我们是不是很幸运？”

83

母亲的发刷缠上了我湿漉漉的长发。她坐在马桶上，一根一根扯开发刷上的发丝。我跟她说直接剪掉就好——那时我十一岁，尚不在意自己的外表，可母亲坚称把头发剪短我一定不喜欢。我不明白她为何对此那么在意，而不是对别的事。她拉扯我的头皮，我一言不发。广播声在耳边播放，每隔几秒就有一段静电噪声。我盯着自己睡衣上褪色的彩虹。

“你外婆留的是短发。”

“你和她长得像吗？”

“不太像。我和她有很多相似之处，但长得并不像。”

“我长大后，会长得像你吗？”

她停下解我头发的动作，顿了一会儿。我伸手去摸缠着头发的发刷，可她推开我的手。

“我不知道。但愿不像。”

“有朝一日，我也想要当妈妈。”我母亲再次停下，默不作声。她的手搭上我的肩膀，握住没松开。我弓起背部——她温柔的动作给我感觉怪怪的。

"听着，你不必非得那样，你不必非得成为母亲。"

"你希望你不是个母亲？"

"有时，我希望自己是另一种人。"

"什么样的人？"

"哦，我不知道。"她又开始解发刷上的结。静电噪声覆盖了广播，但母亲任其嘶嘶作响，"我年轻时的梦想是成为一名诗人。"

"那你为什么没成为诗人呢？"

"我没那才气。"她接着说，"自从有了你后，我再也没动过笔。"

那时我还听不懂，没意识到我降生到人世夺走了她的诗歌梦。"你可以再试试。"

她低声轻笑。"不行啦，诗都已离我而去，回不来啦。"

她顿了顿，手里仍捏着我的头发。我向后靠到她膝间。"你知道吗？我们自身有很多东西是无法改变的，它们生而注定，但我们的有些部分是由见识等因素塑造的，比如他人对待我们的方式，比如外界带给我们的感受。"她终于解开最后一根头发，晃了晃发刷，让我的一团头发自然脱落。她结束时我缩了缩。她从我肩膀上把发刷递给我，我松开交叉的腿，站起身来。

"布莱丝？"

"怎么了？"我在门口转身。

"我不想你重走我的路，但我不知道怎么把你教育成一个和我不同的人。"

第二天，她离开了我们。

84

看望完埃林顿太太的次日清晨，我听到维奥莱特在卫生间给杰玛打电话，她打开了淋浴喷头，不让人听清她说了什么。我没有停留在外偷听，而是去厨房给她做早餐。我坐在她对面，喝着咖啡，看着她吃。

“干吗？”她抬起勺子，语气懊恼，牛奶溅到了桌面上。在车上说了那几句话后，到现在她一句话也没和我说过。我看到她的宽领毛衣领口露出一根细细的内衣肩带。“我很高兴你在生活中能有杰玛相伴。我带你去见了埃林顿太太，你应该看得出我能理解这点。我希望你感觉自己被你所信赖、所依恋的人爱着，那个人不一定非得是我，如果这不如你所愿。”

她把勺子甩在盛燕麦粥的碗里，把椅子往后一推，震得碗碟当啷响。我的咖啡洒了。正当前门快合上时，我抓住了她。

“等一下，你外套忘拿了。我开车送你。”我试着把她扳回身。她的反应出乎我的意料。我以为我伸出了橄榄枝，与她达成了相互的理解：我不是她想要的人，我做出让步。

“把我推给她你当然开心啦，你最后悔的事就是生下我，不是吗？”

“当然不是，你知道的。”

“你这个骗子，你讨厌我。”她想抽回自己的胳膊，但我握得很紧。我想到了萨姆，想到了婴儿车里他被碾碎的身子，想到了发生和没发生的种种，想到了疼痛，想到了我有多么想念我的宝贝，想到了我有多么想念我的母亲，想到了把我抽筋扒皮折磨数年的指责、恐惧和质疑。我使劲把她拉向自己，用了过大的劲扭转她的胳膊。飙升的肾上腺素流至双腿，我再次猛拉，把她拉到自己面前。我从未有过这种想伤害她的生理冲动，我向你保证。下一刻，我意识到她看上去十分满足，蹙眉的同时唇角缓缓上扬。继续啊。继续伤害我啊。留下点印记。我松开她，她拔腿就跑。

放学后我去接她，她没坐在台阶上。我挂空挡停车，到教师办公室去找她。老师们说她生病回家了，来接她的人是你。

我给你发了短信。我记得协议上不是这么写的。

你回复了。我觉得那协议起不了该有的作用。

那天晚上，前门传来敲门声，声音太轻，我差点没起床去应门。我套上睡袍，小心翼翼地摸黑走下台阶，打开门。门口没人，但放着一个用气泡膜包起来的大包裹，附有一张纸条。我在冰凉的地面上打开包裹。是那幅画，萨姆房间里的画。纸条是杰玛写的。

你应该得到这幅画。福克斯将它送给维奥莱特后，维奥莱特一直将它挂在自己的房间里，但今天下午她把画取了下来。画框碎了，她用针扎破了画布。对此我深感歉意。

我不知道这幅画对你有多么重要。

请给她一些空间。

希望你能理解。

圣诞节快乐。

杰玛。

你还没来得及回到车上。无论身在何处，我都能一眼认出你的身形，你肩膀的弧度，还有你走路时微抬的肘关节。我想都没想就喊了你的名字，你也想都没想就转过身来。我们目光相对，注视着彼此。陌生人，一家人。我等待你转过身走向车，可你走了过来，走向你翻修过的门廊，走向你曾爱着的家，我们纸面上仍共有的家。你看向我身后，目光上抬，望着门框的裂口，一块木片像刀片一样向外凸出。

“你应该修一下。”

“谢谢你把这送回来。”我指向身后的画，画拆了一半，放在入口处。

“也要谢谢杰玛。”我点了点头。

“你不能再给我妻子打电话了，你得继续你自己的生活。你知道的，对吗？这对大家都好。”

我知道，但我不想从你口中听到这番话。

你转过身，像是要离开。我凝视着你的侧脸，试图确认我现在对你的感觉。自我们相依相伴已经过去了太久，你让我觉得不真实，就像一段从未属于我的生活中的一个角色。现在你爱上了别人，是一个不属于我们的孩子的父亲，我想把手伸向你的下巴，触摸你，感受你在我指尖下的触感。

“还有事吗？”感受到我的目光，你问。

我摇摇头。我们对着彼此摇头，接着你闭上眼睛，低声笑了起来。

“你知道吗？来这里的路上我想起了一件事。”你在最高的台阶坐下，对着马路说道。我在你身边坐下，裹紧自己的家居袍。“这件事我从没和你说过。”你又笑了笑，肩膀耷拉下来。我对你接下来要说什么毫无头绪。

“你还记得萨姆刚出生不久后，你衣柜里的漂亮衣服全都不翼而飞了吗？我们到处找都找不到。”

“还不得怪你签约的清洁服务，打折的就是没好货。”我没好气地说。这事我记得，当时我都要疯了。我所有漂亮的衬衫和毛衣突然离奇失踪——萨姆出生后的几个月，我只有松垮垮的运动服可穿。我记不清具体是哪一天，可衣服失踪这事的确很诡异。我们那时和街区内一家新开的清洁公司签了试用合约，这是我唯一能想到的解释。我那时实在太累太忙，无法兼顾太多事。你让我别担心，安慰我说我们会把衣柜再次填满。

你低下头，笑了起来。“有一天吧……”你捏了捏鼻梁，双肩抖动，“有一天我打开你的衣柜，去拿你问我要的一件毛衣……”你说不下去，眼泪流了下来。这些年来，我从没见过哪个人笑得那么疯狂。

“什么啊？别吊我胃口，告诉我！”

“我打开你的衣柜门，所有衣服都……都被剪烂了。”你话不成句，泪流满面，接着摇了摇头，提不上气来，“所有的袖子，全都被剪断了，衬衫也被剪得七零八落，我一件件摸过去，心里纳闷得很，到底怎么回事？”你用手背抹去泪水，“接着我低头看，看到了维奥莱特，她躲在你的裙子下，手中握着从我桌子上拿的制作模型用的剪刀。是她干的。她就像进了城的剪刀手爱德华，拿着剪刀大显身手。所以我把那些衣服全都扔了，从没告诉过你。”我惊掉了下巴。我的衣服。她屠杀了我的衣柜。当我坐在楼下的沙发里给孩子喂奶时，她在楼上把我心爱的东西全都撕得粉碎。你还包庇她。

“可笑。”我想不出还有什么话可说。你看着我，又笑了起来，笑得癫狂。你真是太气人了。我摇了摇头，小声嘀咕了一句“傻瓜”。你不该为这事而笑。

接着我也扑哧一笑，忍不住，随即也开始大笑。实在是太可笑了。你依然对我有那股吸引力，让我想变得和你一样。我们像一对上了年纪的狗，在夜色中长啸，感叹自己做了件那么奇怪的事，感叹隐瞒我这种事是多么可笑，感叹经历了那么多之后，我们还能在这样一个夜晚，一同坐在冰凉的门廊上谈天。

“你早该告诉我的。”我用家居袍擦拭鼻子，平息笑意。

“我知道。”你已经平静下来，脸色也有了变化。多年来，你头一次直视我的眼睛，我们并肩而坐，一切不可言说之事沉甸甸地压在肩头。我不得不转过脸，抿着沉重的唇瓣，想到了我们的儿子，我们可爱的儿子。我想到了伊利亚，游乐场那个男孩，想到了被维奥莱特欺凌过的孩子们。我想到了维奥莱特在黑暗中盯着熟睡的萨姆，想到了她的冷漠疏离，想到了刀片，想到了她在从动物园回家的路上扔出车窗外的母狮子。我想到了我母亲的秘密和耻辱，想到了自己的希冀，想到了自己死寂的恐惧，还想到了平常的点点滴滴，想到了我读进去的人生百态，我所看见的，我所没看见的，你所知道的。

你清了清嗓子，站起身来。

“她不是那么平易近人，但她值得从你身上获得更多。”你看向远处自己停在街上的车，拉起夹克衫拉链，手插在口袋里，一步跨下所有台阶，离我而去。“你也值得从我身上获得更多。”

进屋后，我的语音信箱多了段留言。

听声音是个上了年纪的女人，她没有自报姓名，背景音有空洞的回响。她语气急促，告诉我那天我母亲去世了，没有说死在哪里，也没有说死因。她顿了顿，盖住听筒，可能是被什么人打断了。随后她给我报了她的电话号码，最后两个数字被拨号音切断了——她讲的时间太长，超过了留言限定时间。

85

平安夜，她站在你们家窗边，伸手去拉窗帘。我走下车，稿件捏在手中。我站在马路中央，雪花纷纷扬扬，被黄色街灯照亮。我看着她。

我想跟她说声对不起。

维奥莱特放下双臂，抬起下巴，与我四目相对。我想我看见她流露出柔和的神色，我想她也许会把手放到窗玻璃上，仿佛她需要我——她的母亲。转瞬之间，我以为我们能重归于好。

她的口型在说些什么，但我看不出来。我走近窗户，耸了耸肩，摇摇头——你说什么？我问她。你再说一遍？她放慢速度又做了一遍口型，接着向前一扑，双手猛推窗户，像是想破窗而出，随后保持推窗的姿势。我看到她的胸脯上下起伏。

我推了他。

我推了他。

我想我听见了这句话。

“你再说一遍！”这回我大声嘶吼，绝望到了极点，可她再也没有重复。她看到了我夹在腋下的稿件，我也低头看了一眼，接着又与她四目相对。我再也无法从她脸上看到一丝柔和。

你的身影出现在房间后方，她从窗边走开，离我而去。她属于你。你家的灯光熄灭了。

一年半后

春夏秋冬，四季更替。过了一年半，她才注意到将六月初的暖风吸入肺部是多么美妙。她在屋外停下脚步，再次吸气，将空气深深吸入柔软的腹部，就像她与治疗师每次见面最后所练习的那样。她向外快速吐气，默数一，二，三，接着去摸钥匙。

星期六下午与一周中的其他几天差不多。她掐下一斤草莓的尖儿，将每颗草莓切成两半，坐在餐桌边悠然地享用午餐。随后她会带一小杯水到楼上的一个房间，她的儿子曾经的房间。她会交叉双腿，在方方正正摆在窗前的冥想垫上伏低身子，伸展背部，接着在午后的阳光下静坐四十五分钟，放空思绪。不去想他，也不去想她，不去想她身为母亲所犯下的错误，不去想她因自己所致的伤害而背负的内疚，不去想她无法承受的孤独。

不，她已经不会再去想这些事中的任何一件。她费了很大的劲，才将之放下。

我能够继续前行，而非一味沉浸在过错之中。

我能够从因自己而致的伤痛中恢复。

她会大声且坚定地说出这些话，把手放在胸口，轻拍几下，将一切悉数释放。

晚餐时间，她合上笔记本电脑，为自己做了一盘沙拉。她允许自己放一些音乐，只放三首——她的一些享乐行为仍需克制。可今晚，她会无比轻柔地摇动双肩，脚心踩着节奏。她在努力，努力变得更为随和。

晚饭后，如同每一夜，她会打开房屋前院的灯，以防她的女儿决定最后来见她一次。

上楼后，她哼唱着刚在厨房听过的小曲，脱下衣服。浴缸里放满热水，镜子蒙上水汽。她靠在洗脸台上，擦拭镜面，想看清自己的素颜，轻拍眼睛下松弛的皮肤。这时手机响了。

她吓了一跳，抓起浴巾围住胸部，好似隔壁屋有人闯入。床尾的手机发出光亮。**是我女儿**，她心里这么想。**可能是我女儿打来的**。那一刻，她如此希望，心里飘飘然。

她划过屏幕，把手机举到耳边。

女人歇斯底里，女人绝望地寻找像是怎么找都找不到的表述。她走到卧室的另一边，接着又走向墙角，仿佛在思索如何更好地回应，仿佛这能帮电话那头的女人开口。她对手机轻轻嘘了一声，正当这时，她意识到自己在安抚谁。她闭上双眼。是杰玛。

“布莱丝。”女人终于低声说，“杰特出事了。”

致谢

感谢马德琳·米尔本（Madeleine Milburn），你作为代理人十分出色，你的为人也无可挑剔，感谢你的热情、视野、温暖和周密。你是能改变他人命运的人。

感谢马德琳·米尔本文学代理机构和电视电影代理机构的特别团队，尤其感谢安娜·霍加蒂（Anna Hogarty）、乔治娅·麦克维（Georgia McVeigh）、贾尔斯·米尔本（Giles Milburn）、苏菲·佩利西耶（Sophie Pélissier）、乔治娜·西蒙兹（Georgina Simmonds）、利亚纳－路易丝·史密斯（Liane-Louise Smith）、海利·斯蒂德（Hayley Steed）以及蕾切尔·杨（Rachel Yeoh），感谢你们的一切付出。

感谢帕梅拉·多尔曼（Pamela Dorman）对我和这部小说的信任，能向你学习是我莫大的荣幸，能成为你的作家我三生有幸。感谢布赖恩·塔特（Brian Tart）和维京企鹅图书公司的团队，这部小说能得到他们的携手相助实在幸运，团队成员包括贝尔·邦塔（Bel Banta）、简·卡沃利纳（Jane Cavolina）、特里夏·康利（Tricia

Conley）、安迪·达德利（Andy Dudley）、泰斯·埃斯皮诺萨（Tess Espinoza）、马特·贾拉塔诺（Matt Giarratano）、丽贝卡·马什（Rebecca Marsh）、兰迪·马鲁洛（Randee Marullo）、尼克·迈克尔（Nick Michal）、玛丽·米歇尔斯（Marie Michels）、劳伦·莫纳科（Lauren Monaco）、杰拉米·奥顿（Jeramie Orton）、林赛·普雷维特（Lindsay Prevette）、安德烈亚·舒尔茨（Andrea Schulz）、罗丝安妮·塞拉（Roseanne Serra）、凯特·斯塔克（Kate Stark）、玛丽·斯通（Mary Stone）以及克莱尔·瓦卡罗（Claire Vaccaro）。

感谢玛克辛·希契科克（Maxine Hitchcock），感谢你坚定的信念以及为完善这部小说而提出的真知灼见，感谢你在润色阶段为我带来的诸多乐趣。感谢路易斯·穆尔（Louise Moor）和迈克尔·约瑟夫出版社的优秀团队对我自始至终的支持，团队成员包括：克莱尔·鲍伦（Clare Bowren）、克莱尔·布什（Claire Bush）、扎娜·查卡（Zana Chaka）、安娜·柯维斯（Anna Curvis）、克里斯蒂娜·埃利科特（Christina Ellicott）、丽贝卡·希尔斯顿（Rebecca Hilsdon）、丽贝卡·琼斯（Rebecca Jones）、尼克·朗兹（Nick Lowndes）、劳拉·尼科尔（Laura Nicol）、克莱尔·帕克（Clare Parker）、薇姬·福蒂欧（Vicky Photiou）以及劳伦·韦克菲（Lauren Wakefie）。

感谢妮科尔·温斯坦利（Nicole Winstanley）作为一位出版人和一位母亲为我指点迷津，也感谢你一路对我如此信赖，你对本书的信任对我而言意义重大。感谢克里斯廷·科克伦（Kristin Cochrane）以及加拿大企鹅出版社和加拿大企鹅兰登书屋的出色团队，感谢你们对本书的大力支持，也感谢你们让我这位前经纪人梦想成真，尤其感谢：贝丝·科克拉姆（Beth Cockeram）、安东尼·德里德（Anthony de Ridder）、达恩·弗伦希（Dan French）、查理迪·约翰斯顿（Charidy Johnston）、邦尼·梅特兰（Bonnie Maitland）、梅雷迪思·帕尔（Meredith Pal）以及戴维·罗斯（David Ross）。

感谢贝丝·洛克利（Beth Lockley），她的才华无与伦比，我十多年来一直将与她的友情视若珍宝。感谢你自本书只是一颗灵感种子起就从未间断过的鼓励，感谢你常常被我采纳的明智建议，感谢你真诚的支持，我希望所有女人在生活中都能得到这样的支持。

感谢与本书热情建立合作关系的国际出版商，感谢你们。

感谢琳达·普罗伊森（Linda Preussen）教我如何将故事写得更好，感谢埃米·琼斯（Amy Jones）对本书倾注的意义非凡的信心。

感谢克里斯廷·拉德鲁特博士（Dr. Kristine Laderoute）在心理学知识方面不吝赐教。

感谢阿什利·本尼恩（Ashley Bennion），我们这个双人写作团队里堪称宝藏的另一半，感谢你读了不计其数的草稿，回了上百封邮件，感谢你多年来在纸面上和纸面外给予我的支持。

我有幸与一些出类拔萃的女性建立了深厚友谊，感谢你们每一个人的支持，也感谢你们时常问我：“写作进展如何？”尽管我总想避而不谈！特别要感谢珍妮·勒鲁（Jenny Leroux）、格利德·勒鲁（Gleed Leroux）、珍妮·埃默里（Jenny Emery）和阿什利·汤姆森（Ashley Thomson）。感谢杰西卡·贝里（Jessica Berry）对这个故事切中肯綮的帮助，你满溢的热情为整段写作之旅增添了光彩，谢谢你。

感谢菲泽尔（Fizzell）一家，感谢你们的爱与支持。

感谢贾克琳·纳皮兰（Jackelyne Napilan），感谢你始终如一的悉心照料。

感谢萨拉·奥德兰（Sara Audrain）和萨曼莎·奥德兰（Samantha Audrain），感谢你们的澎湃激情，感谢你们让与书相伴的悠悠夏日成为我们的日常。感谢凯茜·奥德兰（Cathy Audrain），你营造了我们家热爱读书的气氛，并为我展现母亲对孩子的爱能有多么全心全意，毫无保留。感谢马克·奥德兰（Mark Audrain），感谢你的写作基因，感谢你对我毫不动摇的信任并以我为骄傲。他们鼓励我心怀远大梦想，脚踏实地努力，拥有这样的父母是上天的恩赐。每一天，我都对他们满怀感激。

我在儿子六个月大时开始创作本书。母亲兼作家的生活揭开了我的人生新篇章，拥有两种身份既有乐趣，又有优势。奥斯卡（Oscar）和韦弗利（Waverly），你们给予了我无穷无尽的灵感，本书为你们而写。最后，感谢我的伴侣，迈克尔·菲泽尔（Michael Fizzell），你让一切成为可能，让一切变得更好。

图书在版编目（CIP）数据

我本不该成为母亲 /（加）阿什莉·奥德兰著；李雅欣译 . -- 北京：中信出版社，2021.1
书名原文：The Push
ISBN 978-7-5217-2652-7

Ⅰ．①我… Ⅱ．①阿… ②李… Ⅲ．①长篇小说－加拿大－现代 Ⅳ．① I711.45

中国版本图书馆 CIP 数据核字（2020）第 261046 号

我本不该成为母亲

著　　者：[加拿大] 阿什莉 · 奥德兰
译　　者：李雅欣
出版发行：中信出版集团股份有限公司
（北京市朝阳区惠新东街甲 4 号富盛大厦 2 座　邮编　100029）
承 印 者：北京通州皇家印刷厂

开　　本：880mm × 1230mm　1/32　　印　　张：10.75　　字　　数：202 千字
版　　次：2021 年 1 月第 1 版　　印　　次：2021 年 1 月第 1 次印刷
京权图字：01-2020-0115
书　　号：ISBN 978-7-5217-2652-7
定　　价：58.00 元

服务热线：400-600-8099
投稿邮箱：author@citicpub.com